Lukas Linder

Charly Broms Dilemma

Lukas Linder

Charly Broms Dilemma

Roman

KEIN & ABER

Ebenfalls von Lukas Linder:
Der Letzte meiner Art
Der Unvollendete
Die Kunst der guten Woche

Coverbild: Michael Sowa
Covergestaltung: Maurice Ettlin
Satz: satz-bau Leingärtner, Nabburg
Druck und Bindung: GGP Media GmbH, Pößneck
ISBN 978-3-0369-5041-9
Auch als eBook erhältlich

www.keinundaber.ch

Das Loch

Ich gehe nicht gern ans Telefon. Vor allem, wenn ich die Nummer nicht kenne. Ich kann nämlich überhaupt nicht Nein sagen, schon gar nicht zu Fremden und schon gar nicht am Telefon. Am Ende stehe ich da mit einem Monatsabo für Gewürzgurken mit zehnjähriger Kündigungsfrist. Das ist mir jetzt schon zweimal passiert.

Ich weiß daher wirklich nicht, was mich an dem Morgen geritten hat, den Anruf anzunehmen. Vielleicht lag es an der Nummer. Sie hatte so etwas Heimeliges.

»Brom?«

Das ist mein Name. Tut mir leid. Ich kann nichts daran ändern.

»Charly?«, hörte ich eine männliche Stimme fragen. Sie kam mir überhaupt nicht bekannt vor, klang irgendwie dumpf und gepresst. So als stecke dem Sprecher noch die Hälfte eines Schinkenbrotes im Hals.

»Charly? Wir müssen reden.«

Es war halb elf. Ich seufzte.

»Mit wem spreche ich?«

Ich stand im Wohnzimmer am Fenster. Unten schlurfte der Verwalter unserer Siedlung entlang. Ein Mann unbestimmten Alters, der Sommer wie Winter eine braune Hose und eine dazu passende braune Jacke trägt. In meinen Augen ein gemeingefährlicher Typ.

»Hier ist Hefti. Daniel Hefti.«

Im ersten Moment sagte mir der Name gar nichts. Dann aber kam es mir in den Sinn. Daniel Hefti. Natürlich. Er war Musiklehrer in Neubad, dem Dorf meiner Kindheit und Jugend gewesen. Davor hatte er an einer Steinerschule unterrichtet, weshalb er als unberechenbarer Exot galt. Ich hatte Jahre nichts mehr von ihm gehört. Um ehrlich zu sein, ich dachte, er sei längst tot.

»Wie gehts denn so?«, fragte ich gequält.

Ich mag es nicht besonders, von Untoten aus der Vergangenheit angerufen zu werden. Dann lieber Leute, die mir Gewürzgurkenabos andrehen wollen.

»Ich kann nicht mehr länger damit leben«, sagte Daniel Hefti.

Es kommt relativ häufig vor, dass mich Leute an der Schwelle zum Wahnsinn anrufen. Vielleicht liegt es daran, dass ich Kriminalromane schreibe, in denen alle paar Seiten Figuren auf das Bestialischste ermordet werden. Sie sagen sich, wenn einer meine psychische Verfassung verstehen kann, dann Charly.

»Was ist denn passiert?«, fragte ich in dem psychiatrischen Ton, den ich mir in all diesen Gesprächen angewöhnt hatte.

»Hör zu, Charly. Ich weiß, was damals passiert ist.«

»Ich verstehe nicht. Was meinst du damit?«, fragte ich, und eine seltsame Nervosität kam in mir auf.

»Walter Bruckner.«

In der Wohnung war es totenstill. Nina, meine Frau, war an der Uni und unser Sohn Emil im Kindergarten, wo er sich mit den neuesten Viren und Bakterien infizierte. Ich war allein. Trotzdem flüsterte ich, als ich weitersprach.

»Was ist mit Walter Bruckner?«

»Ich weiß, was damals mit ihm passiert ist. Ich weiß, warum er gestorben ist.«

Er schluckte. Ich konnte förmlich hören, wie das Schinkenbrot seine Kehle herunterrutschte.

»Und ich weiß, dass du es auch weißt.«

»Ich wünsche dir noch einen schönen Tag«, sagte ich, als hätten wir uns wirklich nur über Gewürzgurken unterhalten, und legte auf.

Eine Weile starrte ich regungslos auf das Handy und wartete, dass es von Neuem klingelte. Doch es schwieg bedrohlich.

Verdrängen ist eine wunderbare Sache. Ich tue es schon mein Leben lang. Und nicht nur ich. Alle Menschen. Es ist die humanste Form, am Leben zu bleiben. Doch während die meisten Menschen Entlastung in Drogen, Serien oder Fünfgangmenüs suchen, wählte ich damals eine etwas andere Strategie: Ich kaufte eine Schaufel. Erst hatte ich sie einfach aus meinem Werkzeugvorrat holen wollen, doch stellte ich fest, dass dieser nur aus einer kaputten Taschenlampe und einer Zange bestand. Was hatte ich nur mit der Zange gewollt? Doch blieb keine Zeit zum Räsonieren. Ich musste verdrängen. Also fuhr ich zum nächsten Baumarkt, und schon eine Stunde später stand ich mit einer brandneuen Schaufel in unserem Garten und machte mich an die Arbeit.

Wir wohnen in einem Fünfzigerjahreblock, der gemeinsam mit drei weiteren Häusern, die genau gleich aussehen, eine Gemeinschaft bildet. Dazu gehört auch eine kleine Wiese, die als Grünfläche zum Spielen oder Gärtnern gedacht ist, von den Anwohnern jedoch ausschließlich als Parkplatz benutzt wird. Wir sind die einzigen, die hier nicht parken und dafür an manchen Abenden bis zu einer halben Stunde durch die Gegend kurven. Bei den anderen Anwohnern gelten wir darum als fanatische Idioten.

An diesem Nachmittag machte ich mich daran, meinen Ruf noch weiter zu zementieren. Es war Januar und entsprechend kalt. Der Boden kam mir auch gefroren vor, doch war, was ich für Frost hielt, vielleicht einfach nur Ausdruck meiner körperlichen Schwäche. Bei jedem klirrenden Aufprall der Schaufel hatte ich wieder den Ton von Daniel Heftis Stimme im Ohr. *Ich weiß, warum Walter Bruckner gestorben ist. Und ich weiß, dass du es auch weißt.*

Ich musste sie vergraben. Ich musste ein tiefes, tiefes Loch schaufeln und die Stimme darin vergraben. Ich weiß, das klingt vollkommen verrückt, aber schließlich hatte ich mich zwanzig Jahre vor diesem Anruf gefürchtet. Er hatte so lange auf sich warten lassen, dass die Furcht unterdessen surreal geworden war. Wie ein Albtraum, der immer näher kommt. Und jetzt war er da. Jetzt hatte er angefangen.

Um vier kam Nina mit Emil nach Hause. Nina und

ich haben vor zehn Jahren geheiratet. So viele Jahre überlebt niemand schadlos. Doch wir sind ein gutes Team. Früher haben wir viel Tischtennis gespielt. Heute sitzen wir oft stundenlang virtuos im Wohnzimmer herum.

»Was machst du da, Papa?«, fragte Emil sichtlich erschrocken. Er war den Anblick körperlicher Arbeit bei seinem Vater nicht gewohnt und hatte sofort begriffen, dass etwas nicht in Ordnung war.

»Das siehst du doch. Ich grabe ein Loch«, erwiderte ich etwas unwirsch, denn mein klägliches Vorankommen schlug mir auf die Laune.

»Papa gräbt ein Loch oder versucht es zumindest«, erklärte Nina. »Offenbar hat er Lust dazu.«

»Aber wozu?«

Weil mein Albtraum wahr geworden ist, hätte ich wahrheitsgemäß antworten müssen. Doch so etwas sagt man nicht zu einem Fünfjährigen. Also wählte ich eine etwas positivere Variante.

»Ich grabe ein Loch, weil ich ein Loch graben will. Kapiert?«

»Schrei nicht. Er hat eine völlig vernünftige Frage gestellt.«

»Und ich habe eine völlig vernünftige Antwort gegeben. Ich mache das hier zum Vergnügen.«

Ich verzog mein Gesicht zu einem Grinsen. Meine Familie wich erschrocken zurück.

»Wir gehen jetzt wieder rein und machen was Normales«, erklärte Nina. »Du kannst gerne zu uns stoßen, wenn du spürst, dass die Begeisterung abklingt.«

Es wurde Nachmittag. Das Geräusch der Schaufelschläge sirrte durch die eiskalte Januarluft. An den Fenstern und Balkonen stand die versammelte Einwohnerschaft unserer Gemeinde und schaute mir interessiert bei meiner Arbeit zu.

Die Bewohner unserer Siedlung halten mich sowieso für einen Sonderling. Ich gehe am Morgen nicht zur Arbeit und verbringe den ganzen Tag zu Hause. Viele glauben, ich sei Alkoholiker. Und das, obwohl ich kaum einen Tropfen anrühre. Es hatte sich zwar herumgesprochen, dass ich Kriminalromane schreibe, doch wissen die Leute wenig damit anzufangen. Die These mit dem Alkoholiker klingt überzeugender.

Als ich mich an diesem Abend ins Bett legte, konnte ich mich kaum bewegen.

»Das soll dir eine Lehre sein«, sagte Nina. »Ich hoffe, das Kapitel mit dem Loch ist damit abgeschlossen.«

»Natürlich. Lehre. Abgeschlossen«, jammerte ich.

Am nächsten Morgen spürte ich beim Aufstehen noch ein leichtes Ziehen in der Schulter. Ich nahm zwei Aspirin und fing an zu schaufeln.

»Dein Vater ist ein bisschen durcheinander«, erklärte Nina unserem Sohn. »Aber er kann nichts dafür. Das liegt bei ihm in der Familie.«

Vermutliche spielte sie auf meinen Großvater an. Einen Mann, der die ganze Zeit in seinem Büro gesessen und merkwürdige Sätze auf Karteikarten notiert hatte. Von ihm habe ich mein Flair für die schöne Literatur geerbt. Er war Lehrer gewesen, und die Jagd nach Fehlern war ihm zur zweiten Natur geworden, sodass er sie im Ruhestand weiterbetrieb. Er sammelte Briefmarken, wobei er sich auf Fehldrucke konzentrierte, die er mit der Lupe suchte und dann in Registerordnern festhielt. Als kreativen Ausgleich sammelte er Kaffeesahnedeckel, selbst dann, als niemand mehr Kaffeesahnedeckel sammelte. Irgendwann war er der einzige Sammler im Land. Er kaufte alle Bestände auf. Es müssen Hunderttausende gewesen sein. Er hortete sie in schweren Lederbänden, die wie Braunbären im Winterschlaf sein Büro bevölkerten. Sie verströmten einen säuerlichen Geruch, der in meiner Erinnerung für immer mit meinem Großvater verbunden ist. Dem einzigen wirklich glücklichen Menschen, den ich gekannt habe.

Am dritten Tag kam der Biernachbar zu mir. Der Biernachbar wohnt auf unserer Etage. Nina und ich haben ihm diesen Namen gegeben, da er zu jeder Tageszeit eine Bierflasche in der Hand hält. Wenn es darum geht, Leute in Schubladen zu stecken, sind wir offensichtlich nicht viel origineller als die anderen Anwohner, die mich für einen perversen Alkoholiker halten, weil ich den ganzen Tag nur mit einer langen Unterhose bekleidet zu Hause rumsitze. Tatsächlich habe ich keine Ahnung, was der Biernachbar außer Biertrinken so macht. Import-Export, hat er Nina mal erzählt.

An diesem Morgen sah ich ihn zum ersten Mal mit Brille. Hinter den dicken Gläsern verzogen sich die entzündeten Augen zu winzig kleinen Punkten. Sein frisch rasierter Schädel leuchtete hochrot in der Wintersonne.

»Wie läufts denn so?«, fragte er und nahm einen Schluck aus seiner Flasche.

»Am Anfang hatte ich ziemlich Mühe. Aber seit es wärmer geworden ist, geht die Arbeit gut voran.«

Es tat gut, dem Biernachbarn von meinen Schaufelproblemen zu erzählen. Es klang, als würde ich hier tatsächlich einer sinnvollen Arbeit nachgehen. Der Biernachbar nickte fachmännisch. Er war genau der Gesprächspartner, den ein Mann am Rande des Nervenzusammenbruchs sich wünschen konnte.

»Wenn du Hilfe brauchst«, sagte er.

»Das ist sehr freundlich. Aber ich schaffe das schon alleine.«

»Ich meine nur. Es gibt hier viele Zeugen. Wenn du etwas verschwinden lassen willst, ich kenne da ein paar Leute, die dir dabei helfen können.«

»Ich möchte etwas verschwinden lassen?«

»Manchmal muss man etwas verschwinden lassen. Oder jemanden.«

Er zwinkerte mir zu, nahm noch einen Schluck und ging weiter.

In den ersten Tagen wartete ich darauf, dass Daniel Hefti noch einmal anrief. Doch das Handy blieb stumm. Das Schaufeln funktionierte also. Ich durfte nur nicht damit aufhören, und die Untoten würden dort bleiben, wo sie hingehören.

Eines Nachts hatte ich einen Traum. Ich finde Träume nicht besonders spannend, darum halte ich mich kurz.

Es war dunkel. Ich stand in einem Innenhof. Bauschutt

knirschte unter meinen Füßen. In der Finsternis schimmerten die Schemen von Industrie-Containern. Es roch nach Gras und Sommer. Ein paar Meter vor mir war ein Loch im Boden. Es war viel größer als jenes, das ich in unserem Garten aushob. Sein Durchmesser betrug gute zwei Meter. Mit dem Loch stimmte etwas nicht. Etwas befand sich darin. Langsam ging ich näher. Da verschob sich eine Wolke am Himmel, und das Mondlicht schien direkt in das Loch hinein, und ich konnte jetzt ganz klar erkennen, dass dort unten ein Mensch lag. Auch dass er tot war, schien klar, denn es fehlte ihm der Kopf.

Ich erwachte mir rasendem Herzen.

»So gehts nicht weiter. Du musst dir professionelle Hilfe suchen«, erklärte Nina Mitte Februar. Das Loch war mittlerweile schon zwei Fuß tief, doch ein Ende war nicht abzusehen.

»Du hast recht«, stimmte ich zu. Auch ich hatte bemerkt, dass ich zwar weiterhin am Alltagsleben teilnahm, doch eher als Gast. Das war früher gar nicht so anders gewesen, doch fällt es viel mehr auf, wenn man seine Tage in einem Loch verbringt, anstatt auf dem Sofa Interesse zu heucheln.

Wenn ich mit Emil spielte, dachte ich ununterbrochen darüber nach, wie ich am schnellsten wieder in mein Loch zurückkehren konnte.

»Ich habe eine gute Idee«, hörte ich mich in einem geisteskranken Tonfall rufen. »Wir gehen jetzt raus und spielen Schatzsuche.«

»Aber es ist kalt.«

»Wir ziehen uns warm an. Sei kein Frosch. Das wird der Hammer.«

Es ist passiert, dachte ich, während ich bei Minustemperaturen zusammen mit meinem Sohn ein Loch aushob. Ich bin zu einem dieser Psychopathen-Dads geworden, wie ich sie von YouTube kenne. Und die Nachbarschaft sah zu.

Nachdem wir eine Woche lang jeden Tag Schatzsuche gespielt hatten, legte sich Emil eines Morgens ermattet auf den Fußboden und bat, ausnahmsweise etwas anderes spielen zu dürfen. Als ich den kleinen Mann sah, wie er in seinem türkisblauen Skianzug und den Fäustlingen auf dem Boden lag, überkam mich grenzenloses Mitleid. Solange unser Mitleid noch größer ist als unser Wahnsinn, gibt es keinen Grund zur Sorge, sagte ich mir. Dann setzte ich Emil vor die Glotze und marschierte beschwingt ins Freie. Weiterschaufeln.

Auch meine Beziehung zu Nina veränderte sich. Unsere Gespräche erinnerten an das Zusammenspiel zweier Marionetten, wobei die eine – meine – von der offensichtlich schwächeren Hand gesteuert wurde, denn sie war nur zu einer einzigen Regung fähig, nämlich Nicken. Nina erzählte mir von einer schwierigen Situation auf der Arbeit oder von einem Onkel, der mit Nierenproblemen im Krankenhaus lag, und ich nickte, während ich in Gedanken immer weiterschaufelte. Jedes Nicken war ein Spatenstich.

Tonnenweise Erde holte ich aus dem Boden. Wo wollte ich hin?

Als ich Nina heiratete, hoffte ich, dadurch ein anderer Mensch zu werden. Ein Mensch mit einer Familie und einem normalen Leben. Zehn Jahre lang hatte das ziemlich gut funktioniert. Doch seit dem Anruf kam mir dieses Leben wie ein großer Betrug vor. Er konnte jeden Augenblick auffliegen, und ich würde alles verlieren. Ich nickte weiter mein dämliches Nicken, doch plötzlich liefen mir Tränen das hölzerne Marionettengesicht herunter.

»Sag mal, weinst du etwa?«, fragte Nina und sah mich neugierig an. Gewöhnlich weinte ich nur an Weihnachten.

»Du brauchst dringend eine Therapie.«

Ich nickte und weinte.

»Warum gehst du nicht zu Doktor Humbert?«

Ich weinte und nickte. Wenn auch zögerlicher.

Doktor Humbert war der Psychoanalytiker, der Ninas Schwester von ihrer Menschenangst geheilt hatte. Jetzt tanzte sie Flamenco und verbrachte ihre Wochenenden in der Massensauna.

Im Internet fand ich ein Bild von ihm.

»Unmöglich«, beschwerte ich mich bei Nina. »Hast du gesehen, was der für gelbe Zähne hat? Fast braun.«

»Was spielt das für eine Rolle?«

»Die Zähne sind Spiegel der Psyche. Wie soll der Mann meine Psyche reinigen, wenn er nicht mal seine Zähne reinigen kann?«

Doch hatte mich der Anblick der Beißerchen auf eine Idee gebracht.

»Weißt du, was? Ich geh einfach wieder zu Doktor Pauli.«

»Kommt gar nicht infrage. Du hast mir versprochen, nie wieder zu ihm zu gehen.«

Doktor Pauli ist mein Zahnarzt. Ein ausgesprochen fähiger Mann, dessen Kompetenzen nicht in der Mundhöhle enden. Er erzählte mir einmal, dass er gerne Chirurg geworden wäre und die Profession nun hobbymäßig betrieb. Als ich an Nierensteinen gelitten hatte, war er es gewesen, der die Erkrankung an meinem leidenden Gesichtsausdruck erkannt und mich zu einem Spezialisten geschickt hatte. Seither genießt der Mann mein vollstes Vertrauen.

»Was machen Sie denn schon wieder hier? Die Jahreskontrolle war doch erst vor zwei Monaten«, begrüßte mich Doktor Pauli, als ich ein paar Tage später in seiner Praxis saß.

»Ich spüre da so einen dumpfen Schmerz in einem Backenzahn«, log ich. Es kam mir seriöser vor, wenn ich zumindest der Form halber so tat, als wäre ich wegen Zahnproblemen hier.

»Mit ihren Zähnen ist alles in Ordnung«, sagte Doktor Pauli, nachdem er meine Mundhöhle untersucht hatte. Er machte eine kleine Kunstpause. »Gibt es sonst noch etwas, das Ihnen auf dem Herzen liegt?«

»Da wäre noch eine Kleinigkeit.«

Und da erzählte ich ihm von dem Loch.

»Das ist alles?«, fragte er.

»Das ist alles.«

Ich fand es unnötig, Daniel Heftis Anruf zu erwähnen. Oder Walter Bruckner. Ein Mann grub ein Loch. Damit konnte man doch arbeiten.

Doktor Pauli sah mich lange an. Es war dieser berühmte Pauli-Blick, der sich so anfühlte, als würde einem gerade die faule Seele gezogen.

»Da gibt es eine Sache in Ihrer Vergangenheit, die nicht geklärt ist. Die beschäftigt Sie immer noch. Wie ein Zahn, den man immer putzen muss, obwohl er längst sauber ist. Denn tiefer unten lauert ein schmutziges Geheimnis.«

»Was für ein schmutziges Geheimnis?«

»Das müssen Sie schon selber herausfinden. Ich bin nur Ihr Zahnarzt.«

Es gefiel mir gar nicht, was er sagte. Ich hatte gehofft, er würde so etwas wie »graben Sie ruhig weiter. Das ist gesund« sagen und mir ein starkes Beruhigungsmittel verschreiben.

»Wir haben alle unsere Dämonen, die uns von Zeit zu Zeit heimsuchen«, sagte Doktor Pauli, und ich hörte die Befriedigung in seiner Stimme.

»Vielleicht sollten Sie mal wieder ein wenig Zeit mit Ihrer Familie verbringen. Haben Sie mir nicht erzählt, dass Sie von zwei Frauen großgezogen wurden?«

»Meiner Mutter und Großmutter. Ja. Aber es war umgekehrt. Ich habe sie großgezogen.«

Die Tür ging auf, und Jörg, Doktor Paulis Praxisangestellter, kam herein.

»Herr Bachtels wartet auf Sie.«

»Ah. Die Schilddrüse. Ich glaube, wir sind hier fertig. Und denken Sie an meinen Rat: Wenn man einen Zahn zu lange putzt, wird er davon nicht sauberer. Er geht nur kaputt. Handeln Sie, bevor etwas kaputt geht.«

Ich beschloss, unter gar keinen Umständen auf Doktor Paulis Rat zu hören.

Im März hatte ich Geburtstag. Am Morgen standen Emil und Nina singend an meinem Bett. Emil trug ein weißes Hemd und eine Fliege. Er strahlte. Geburtstag war für ihn das Größte, und er konnte nicht verstehen, dass es in dieser Hinsicht andere Meinungen geben konnte. »Vielen Dank«, krächzte ich so munter wie möglich. Um meinem Sohn eine Freude zu machen, sprang ich mit einem euphorischen Satz aus dem Bett. Dabei schlug ich mir das Schienbein am Nachttisch an.

»Verfluchte Scheiße«, schrie ich am Morgen meines einundvierzigsten Geburtstages.

Emil nahm mich an der Hand. Zu dritt gingen wir in die Küche, wo neben einem großen Blumenstrauß ein Berg Geschenke lag. Ich konnte sofort Ninas ladentaugliche Versionen von den grotesken Ungetümen meines Sohnes unterscheiden.

»Nicht weinen, Papa. Heute ist ein schöner Tag«, erinnerte er mich.

Ich umarmte ihn. Dies war mein Leben. Ich hielt es mit meinen eigenen Händen fest. Die Vergangenheit lag hinter mir.

»Los jetzt. Auspacken«, befahl Nina, die mir einen Kaffee brachte.

Ich öffnete das erste Geschenk, eines von Emil. Er schaute mir aufgeregt zu.

»Was ist denn das?«, rief ich mit gespielter Dümmlichkeit.

»Ein Stuhlbein, Papa.«

»Ein Stuhlbein? Wieso schenkt ihr mir ein Stuhlbein?«

»Du musst eben weiterauspacken«, meinte Nina.

Ich öffnete das nächste Geschenk und beförderte eine Armlehne ans Tageslicht. So ging es weiter. Am Ende hatte ich sämtliche Bestandteile eines Designerstuhles ausgepackt.

»Ich fass es nicht. Ihr habt mir den Stuhl von Ray Eames gekauft.«

Zu einer Zeit, als ich noch einigermaßen normal gewesen war, hatte ich von diesem Stuhl geträumt. Er war elegant, zeitlos und genau die richtige Unterlage für einen Menschen, der seine Tage hauptsächlich im Sitzen verbrachte. Und nun hatten sie ihn mir gekauft. Ich war gerührt. Doch im gleichen Moment kam mir ein anderer Gedanke: Es konnte Stunden dauern, bis der Stuhl zusammengebaut war. Vielleicht sogar Tage. Schweiß brach mir aus, während ich zusah, wie Nina und Emil alle Teile des Stuhles auf dem Wohnzimmerboden ausbreiteten.

»Was tut ihr da?«, fragte ich nervös.

»Wir bauen deinen Stuhl zusammen«, verkündete Emil fröhlich. Es war offensichtlich: Dieser Tag war für ihn ein Fest.

»Wozu die Eile? Ich dachte, wir lassen es heute gemütlich angehen.«

Er schaute mich enttäuscht an. Auch Nina wirkte irritiert.

»Ihr habt recht. Ich kann es ja selber kaum erwarten. Packen wir es an.«

Ich setzte mich auf den Boden und griff nach der Anleitung. Sofort wurde mir schwindlig. Das war kein Stuhl. Das war ein Labyrinth. Um so etwas zusammenzubauen brauchte man Ruhe. Und vor allem brauchte man sehr, sehr viel Geduld.

»Wir machen das schon«, sagte Nina und nahm mir die Anleitung aus der zitternden Hand.

Ich sah, wie Emil eine kleine Plastikpackung allzu heftig aufriss, worauf sich dutzende kleine Schrauben auf dem Boden verteilten.

»Was machst du da? Kannst du nicht aufpassen?«, herrschte ich ihn an und bereute es sofort, als ich sein erschrockenes Gesicht sah.

»Warum setzt du dich nicht aufs Sofa und wartest, bis wir hier fertig sind«, schlug Nina vor.

»Gute Idee«, stimmte ich euphorisch zu und dachte mir: Das wird ewig dauern.

Eine gefühlte Stunde später. Ich saß immer noch auf dem Sofa. Im Wohnzimmer hatte Nina unterdessen alle Teile in eine übersichtliche Ordnung gebracht. Noch bevor es dunkel wurde, konnte die Arbeit beginnen. Auf dem Wohnzimmertisch lag mein Handy. Ich konnte förmlich hören, wie es mir zuflüsterte: *Walter Bruckner. Walter Bruckner. Walter Bruckner.*

»Wisst ihr was?«, rief ich plötzlich und sprang vom Sofa hoch. »Ich lauf schnell zum Briefkasten runter. Mal schauen, ob ein paar Geburtstagskarten gekommen sind.«

»Mach das«, murmelte Nina, ganz in die Arbeit vertieft.

Ich zog meine Schuhe an, öffnete die Haustür und stürzte das Treppenhaus hinunter. Ich schoss an unserem Briefkasten vorbei, nahm die Eingangstür ins Freie, und schon stand ich am Loch.

Psychopathen-Dad, dachte ich immer wieder. Psychopathen-Ehemann. Psychopathen-Mensch. Ich dachte aber auch: nur ein paar Zentimeter. Nur ein paar Minütchen. Dann gehe ich wieder rein und wir machen uns einen richtig schönen Tag.

Ich weiß nicht, wie viel Zeit verstrich. Eine halbe Stunde? Eine Stunde? Zwei? Plötzlich standen Nina und Emil vor mir. Sie hielten sich an den Händen. Emil hatte geweint.

»Was machst du da?«, fragte Nina.

Ich hatte sie noch nie so wütend gesehen.

»Ich …«

»Was zum Teufel machst du mit dieser Schaufel?«

»Ehm …«

Ein paar Tage später packte ich meinen Koffer und fuhr zu meiner Familie aufs Land.

Ein kurzer Abriss der Familie Brom

Als ich neun Jahre alt war, verstarben zwei Menschen in meiner Familie innert kürzester Zeit. Zuerst erwischte es meinen Großvater. Er starb eines natürlichen Todes, wie man damals so sagte. Wenige Monate später folgte ihm mein Vater. Sein Tod dürfte wohl nicht ganz so natürlich gewesen sein. Er fiel aus dem dritten Stock des Versicherungsgebäudes, in dem er arbeitete.

»Er wollte die Katzen füttern und hat sich zu weit aus dem Fenster gelehnt«, erklärte mir meine Mutter.

Ich fragte mich, wieso er nicht in den Hof hinuntergegangen war, anstatt sie aus dem dritten Stock zu füttern, und warum ausgerechnet mein Vater, der regelmäßig Steine nach der Nachbarskatze schmiss, plötzlich sein Leben für die Viecher riskierte. Er war zweiundvierzig Jahre alt gewesen. Zu früh, sagten alle. Es klang wie ein Fehler. So wie man sagte: Du bist zu früh abgebogen. Über meinen Großvater hatten sie nur gesagt, dass er friedlich eingeschlafen sei. Aber klar, es ist gar nicht so einfach, friedlich aus dem Fenster zu fallen.

Wenn sich zwei Trauerfälle in so kurzer Zeit ereignen, kann die Familie immerhin von einer gewissen Routine zehren. Die Nummer des Sargmachers ist meist noch griffbereit, und wenn man Glück hat, kriegt man im zweiten Fall noch Mengenrabatt. Auch der Trauerspruch für die Todesanzeige muss nicht mehr lange gesucht werden, meist entscheidet man sich im zweiten Fall dann doch für den Saint-Exupéry, der einem beim ersten Mal noch zu kitschig erschienen war. Auch sonst zeigte sich bei der Beerdigung meines Vaters überall der Geist der Wiederholung. In der Kirche waren nicht nur dieselben Gesichter wie bei meinem Großvater zu sehen, sie nahmen auch dieselben Plätze ein. Sogar der Pfarrer ließ es sich nicht nehmen, theologische Rückbezüge zur früheren Predigt herzustellen. Der Leichenschmaus fand natürlich wieder im Restaurant Widder statt, und nachdem uns die Eierbrötchen gemundet, die Schinkencroissants aber etwas trocken erschienen waren, konnten hier Verbesserungen im Menü vorgenommen werden, die sich positiv auf das Erlebnis der Trauergäste auswirkten. Auch ich lernte aus der Erfahrung. Als mein Großvater beerdigt wurde, hatte ich ganz vergessen zu weinen und bei den Liedern so laut mitgesungen, dass sich die halbe Kirche irritiert nach mir umdrehte. Jetzt heulte ich gotterbärmlich und fiel beim Singen in jenes gierende Nölen, in dem die Gemeinde den Herrgott zu danken pflegte. »Jetzt bist du erwachsen«, sagte der Pfarrer während des Leichenmahls zu mir. So schnell ging das also.

Am Morgen nach der Beerdigung war es sehr still in

unserem Haus. Ich ging in die Küche, wo die angebrochene Cornflakes-Packung immer noch neben dem Brotkorb stand. Bevor er aus dem Fenster gefallen war, hatte mein Vater jeden Morgen einen Teller trockene Cornflakes gegessen. Er war ein schweigsamer Mensch gewesen, und das Knuspern der Frühstücksflocken blieb oft sein einziger Gesprächsbeitrag. Ich schüttelte die Packung. Sie war noch halb voll. Ich leerte mir ein wenig in einen Teller und begann zu essen. »Du bist jetzt erwachsen«, hörte ich den Pfarrer sagen. Erwachsene Männer aßen Cornflakes zum Frühstück. Doch sie schmeckten mir nicht. *Ich bin doch erst neun*, sagte ich in die Stille und kippte den Rest in die Familienpackung zurück. Sie stand noch eine Weile neben dem Brotkorb, bis meine Mutter sie eines Tages wegschmiss. Erst geht ein Mann, dann seine Frühstücksflocken.

Ich habe nur wenig Erinnerungen an meinen Vater. Abends war er oft müde, und an den Wochenenden lag er gerne seufzend auf dem Sofa herum – eine der Angewohnheiten, die ich von ihm übernommen habe, genau wie der Hang zu schlechter Körperhaltung und frühzeitigem Haarausfall. Menschen waren nicht so sein Ding. Und Tiere schätzte er auch nur, wenn mindestens drei Stockwerke zwischen ihnen lagen. Er mochte Bleistifte. Auf seinem Schreibtisch lag stets ein Satz frisch gespitzter Caran d'Aches. Sie hatten eine bedrohliche Wirkung auf mich und sind der Grund, warum ich heute selbst Einkaufslisten auf dem Computer schreibe:

Eier
Senf
Kopfsalat

Einmal hatte er von der Versicherung, für die er arbeitete, zwei Karten für ein Frauentennisturnier in Dübendorf erhalten. Es schien keine andere Lösung zu geben, als hinzufahren. Unsere Plätze befanden sich direkt hinter einer Säule, um die man herumgucken musste, wenn man das Geschehen auf dem Center Court mitbekommen wollte. Nach ungefähr zehn Minuten wurde mir das zu anstrengend, und für den Rest des Tages starrte ich einfach die Säule an. Tennis war nicht so das meine. In der Pause zwischen den Spielen gingen wir in die Raucherlounge, wo immer die gleiche CD von den Pet Shop Boys lief. Beim vierten Besuch konnten wir bei *Go West* schon alle mitsingen. Das ist meine schönste Erinnerung an das Turnier.

Ein paar Wochen vor seinem Tod stiegen wir zusammen den Weinberg in unserem Dorf hinauf. Vater hatte ein ferngesteuertes Modelflugzeug dabei, das er über den Rebhängen fliegen lassen wollte. Als wir an einer genug hohen Stelle angekommen waren, ging die Sonne bereits unter, und ich sah meinen Vater im Gegenlicht mit der Fernsteuerung in der Hand. Es sah aus, als schmelze er in die Dunkelheit. Plötzlich war das Flugzeug verschwunden. Eine Weile lang war noch das Surren seines Motors zu hören, irgendwo in der einbrechenden Nacht, dann verstummte es ganz. Ich denke heute noch manchmal an dieses Flugzeug und wohin es wohl geflogen ist.

Kurz nach Vaters Tod zog meine Großmutter bei uns ein. Sie kam, um meiner Mutter, die auf einmal zwei kleine Kinder alleine großziehen musste, in den schweren Tagen beizustehen. Da die Tage ja immer schwer sind, blieb sie die folgenden dreißig Jahre bei uns. Dabei vergaß sie nie den karitativen Auftrag ihrer Mission und das riesengroße Opfer, das sie für uns brachte. Als Gegenleistung erwartete sie Dankbarkeit und ließ sich vom ersten Tag an bedienen. All die Jahre hatte sie als Haussklavin meines patriarchalischen Großvaters geamtet. Nun galt es, den Spieß umzukehren.

Man merke: Familie ist Sklaverei auf der Grundlage von Liebe.

»Ich habe in meinem Leben schon genug gekocht«, erklärte sie, wenn sie mit mir und meinem Bruder alleine war und eine Tüte Tutti Frutti auf den Tisch stellte.

Die Formulierung »ich habe in meinem Leben schon genug« wurde zu einem Dauerslogan, den sie in jeder erdenklichen Situation verwendete. »Ich habe in meinem Leben schon genug gesungen« (an meinem Geburtstag), »ich bin in meinem Leben schon genug gewandert« (im Berner Oberland), »ich bin in meinem Leben schon genug gerannt« (als ein Feuer in der Küche ausbrach).

Sie bezog das große Zimmer unter dem Dach, wo sie sich der Malerei widmete. Nach langem Nachdenken entschied sie sich, dass dies die richtige Beschäftigung für eine Dame im besten Alter war. Ihr Vorbild war van Gogh. Ihre ersten Sonnenblumen waren so schrecklich, dass sogar mein Onkel Karl, der hobbymäßig geboxt hatte, bei ihrem Anblick zurückwich.

»Ich suche noch nach meiner Stimme«, erklärte Großmutter. Ein halbes Jahr später beendete sie ihre Sonnenblumen-Phase und wandte sich einem emotionaleren Sujet zu: ihren verstorbenen Katzen.

Die beiden Frauen verstanden sich von Anfang an nicht besonders gut. Großmutter fehlte jene emotionale Einfühlungskraft, die einem in Zeiten von Trauer und Verzweiflung Trost spenden konnte.

»Jetzt reiß dich zusammen. Ich habe auch einen Mann verloren«, hörte ich sie mehr als einmal zu Mutter sagen.

»Aber deiner ist nicht aus dem Fenster gefallen.«

»Das wäre ihm nie in den Sinn gekommen.«

Meine Mutter wiederum brachte nicht die erwünschte Geduld für Großmutters hypochondrische Ängste auf. Wenn diese mal wieder eine vermeintliche Schwellung am Hals entdeckt hatte und eine beruhigende Diagnose wünschte, erwiderte sie:

»Das ist vermutlich Krebs. Nun ja. Das passiert selbst den Besten von uns.«

Uneins waren sie sich auch, was die Erinnerung an meinen Großvater betraf. Während Mutter vor allem an einen Mann dachte, der abends erschöpft nach Hause kam und keine Lust auf noch mehr Kinderlärm hatte, verklärte sich Großmutters Blick mit der Zeit. »Er war ein Pionier«, erklärte sie mit gewichtiger Miene. »Er war der erste Lehrer im ganzen Kanton, der mit Farbdias gearbeitet hat.«

Im Zentrum der Erinnerung stand die Kaffeesahnedeckelsammlung, die Großmutter damals zu unserem Leidwesen mitgenommen hatte.

»Wenn du brav bist, darfst du dir später die Sammlung ansehen«, versuchte mir Großmutter die braunen Lederbände schmackhaft zu machen. Mich erinnerten sie an Särge, in denen schon so viele Männer dieser Familie lagen, und die Kaffeesahnedeckel rochen nach Verwesung.

Eines Tages saß ein dicker Mann bei uns im Wohnzimmer und machte sich müde Notizen, während Großmutter die Highlights ihrer Sammlung vor ihm ausbreitete. »Und hier die Mumien. Das war eine Sonderserie. Davon gibt es weltweit nur zweihundert Exemplare, und wir besitzen alle.«

»Wir?«

»Ich und mein verstorbener Mann.«

Der müde Journalist machte sich eine Notiz. Ich vermutete, dass sie »Witwe. Vollkommen durchgeknallt« lautete.

Großmutter trug ein kurzes blaues Kleid und eine Dauerwelle. Offenbar sah in ihren Augen so die Besitzerin der weltgrößten Kaffeesahnedeckelsammlung aus. Am nächsten Tag erschien ein kurzer Artikel mit Bild in der Zeitung. Es zeigte Großmutter, die stolz einen aufgeschlagenen Lederband in die Kamera hielt. Der Titel lautete: *Wir besitzen alle.*

Beflügelt von dem Erfolg beschloss Großmutter in unserem Haus ein Museum zu eröffnen. Mutter war strikt dagegen.

»Nur über meine Leiche.«

»Ich warte«, schmetterte Großmutter zurück.

Schließlich entschied sie, das Museum auf ihr Schlafzimmer zu beschränken. So konnten die Besucher gleich noch in den Genuss ihrer Katzenbilder kommen. Trotzdem hat niemand ihr fantastisches Museum besuchen wollen. Und das, obwohl sie neben dem Briefkasten eine Informationstafel anbringen ließ:

Erstes Kaffeesahnedeckel-Museum der Schweiz
Bitte Schuhe ausziehen!

Wenn sie nicht gerade an ihren eingebildeten Krankheiten starb, litt Großmutter gerne lautstark an der Tatsache, dass mein Bruder und ich ohne Vater aufwachsen mussten. In ihren Augen waren wir damit angehende Sozialfälle, die man später vor dem Dorfladen Colafrösche essen sah. Zur Abschreckung zeigte sie uns beim Einkaufen ein paar von diesen Subjekten. Es waren Kinder, die ich aus der Schule kannte. Sie saßen auf dem Mäuerchen, tranken Eistee und aßen Colafrösche. Wir blieben einen Moment stehen, damit ich mir das Ausmaß ihrer Verwahrlosung einprägen konnte. »Und später dann der Drogenstrich«, schloss Großmutter die Besichtigung ab.

Es kam der Vater-und-Kind-Turntag. Ursprünglich hatten wir Onkel Karl, den Bruder meines Vaters, für diesen Anlass engagiert. Er war Inhaber einer Seat-Garage und genau der Richtige, um diesen Anlass, dem wir alle so beunruhigt entgegenschauten, in einen Tag des Triumphes zu verwandeln. Dann aber brach er sich beim

Skifahren das Schlüsselbein, und Großmutter sprang in die Bresche.

»Das ist gar kein Problem. Schließlich bin ich die Frau eines Turnlehrers«, meinte sie. Sie wiederholte den Satz immer wieder, auch, als wir bereits in der Turnhalle standen. Beim Anblick der ganz in Türkis gekleideten Turnlehrerwitwe verstummten die Väter, die eben noch lachend beisammengestanden hatten. »Meine Herren. Ich würde vorschlagen, dass ich das Warm-up übernehme. Gerade in Ihrem Alter kommt es bei ungewohnter sportlicher Betätigung rasend schnell zu Leistenzerrungen, Beckenbrüchen und Querschnittslähmungen.«

Es war wohl Ironie des Schicksals, dass sich Großmutter später beim Völkerball den Fuß vertrat und im Geräteräumchen gepflegt werden musste. Mehrere Väter, die bereits unter ihrer Fuchtel standen, kümmerten sich um sie. Während ich die hämischen Blicke der anderen Kinder ignorierte, hörte ich sie verkünden: »Haben Sie gewusst, dass ich die Besitzerin der schweizweit größten Kaffeesahnedeckelsammlung bin?«

Für meine Großmutter bedeutete Liebe in erster Linie Ordnung. Für meine Mutter bedeutete sie vor allem Angst.

Mutter hatte vor vielen Dingen Angst, am meisten aber davor, dass ich keine Freunde finden könnte. Deshalb lud sie andauernd irgendwelche Kinder zu uns ein. Ich mochte ihre Gesellschaft nicht. Ich kam sehr gut mit mir alleine klar und liebte es, einfach meinen Gedanken nachzuhängen. Mutter fand Nachdenken deprimierend.

»Bist du allein«, fragte sie jedes Mal, wenn sie in mein Zimmer kam. Es klang wie: »Hast du gerade Zyankali geschluckt?«

Ich glaube, ihre Angst rührte daher, dass sie selber so schlecht alleine sein konnte. Wenn sie zehn Minuten in einem Zimmer verbrachte, ohne dass jemand reinkam und etwas erzählte, drehte sie durch. Und weil sie sich so fühlte, glaubte sie, dass es anderen auch so gehen musste. Alle Menschen warteten nur darauf, dass jemand reinkam und sie erlöste.

An meinem zehnten Geburtstag organisierte Mutter eine Party. Die halbe Schule war eingeladen. Ungefragt. Mein Vater war noch kein Jahr tot. In der Küche stand nach wie vor das gerahmte Bild, das wir an der Beerdigung aufgestellt hatten. Jetzt räumte Mutter es weg, um Platz für die Snacks zu schaffen. Andere Männer werden nach ihrem Tod durch neue Kandidaten ersetzt. Mein Vater durch eine Schale Kartoffelsalat.

Es war eine Kostümparty. Doch hatte sich niemand verkleidet. Außer meiner Mutter, und zwar als Kamel. In ihrem unförmigen Kostüm stürmte sie durch das Haus, nahm ein Blech mit heißen Plätzchen aus dem Ofen, las irgendwelchen Kindern eine Geschichte vor, wischte ominöse Flecken vor dem Badezimmer auf, bevor sie um vier das Puppentheater aufführte, das sie in den letzten Tagen so vergiftet geprobt hatte. Irgendwann klingelte es an der Tür. Ein Clown stand davor und rauchte gerade seine Zigarette zu Ende. Es war Herr Rosa, ein Arbeitskollege, der in meine Mutter verliebt war und sich von ihr zu dem Auftritt hatte überreden lassen.

Zwei Stunden später glich das Haus einem Schlachtfeld. Überall standen Teller mit angebissenen Plätzchen und Tortenresten herum. Gläser waren zu Bruch gegangen. Jemand hatte auf die angeblich antike Standuhr meiner Großmutter *»Total miese Party«* geschrieben. Zum Glück hatte ich mein Zimmer abgeschlossen. Die Gäste waren endlich fort. Nur Herr Rosa saß rauchend auf dem Sofa und erzählte einem unsichtbaren Publikum Geschichten aus seiner bewegten Arbeit im Gemeindesekretariat. Ich suchte meine Mutter und fand sie beim Kasperletheater.

»Danke für die schöne Party«, sagte ich.

»Ich weiß, es hat dir nicht gefallen. Aber ich musste doch irgendetwas tun. Man darf nicht alleine sein. Sonst holt einen das Leben ein. Verstehst du?«

Meine Mutter konnte nicht alleine sein, meine Großmutter hasste nichts so sehr wie Gesellschaft. Das machte das Zusammenleben schwierig. Oder sehr einfach: Sie gingen sich aus dem Weg. Und doch gab es einen Ort, zu dem sie beide regelmäßig pilgerten, wenn auch nie zur selben Zeit: das Kinderzimmer ihres Ältesten. Merkwürdige Träume, Todesvisionen, Lücken in der Garderobe oder vergrößerte Lymphknoten – kein Problem war zu groß oder zu bizarr, um nicht in diesen vier Wänden erörtert zu werden. Eine Sitzung dauerte durchschnittlich dreißig Minuten. In gewissen Fällen, wie damals, als Mutter diesen Brief von der Steuerverwaltung erhalten hatte, konnten sie sich jedoch über mehrere Stunden hinziehen. Am Ende verließen sie das Zimmer stets erfrischt und voller Tatendrang, während der zuständige Berater, Charly, noch eine Weile über die Begriffe Aktiendepot und Schuldenderivate nachdachte.

Schon vor der Pubertät bestand die Welt für mich aus lauter Sorgen. Doch anstatt meine Ängste in Colafröschen und Eistee zu ertränken, wählte ich eine genialere Strategie: Ich wurde zum Pedanten. Ordnung war für mich das Wichtigste im Leben. Nichts schenkte mir mehr Entspannung als der Anblick meines penibel aufgeräumten Zimmers oder eines Stapels zusammengelegter Kleider. Auf meinem Schreibtisch hatte alles seinen festen Platz. Die Farbstifte waren frisch angespitzt. Das Bett bezog ich zweimal die Woche neu. Zum Geburtstag wünschte ich mir ein neues Bügeleisen, denn ich hatte festgestellt, dass unser altes Löcher in die Kleider brannte, und zu Weihnachten einen Staubsauger, der den Titel auch wirklich verdiente.

Man muss sich Zwangsgedanken wie einen Schraubstock vorstellen, in dem der Kopf eingespannt ist. Die Gedanken sind auf engstem Raum zusammengepresst, als wolle man sie auf Gedeih und Verderben am Davonfliegen hindern. Es gibt weder Freiheit noch Leichtigkeit. Alles geschieht im Trott des Zwangs, der wie ein kläffender Wachhund hinter einem herschleicht und dafür sorgt, dass man sich keine Pause gönnt.

Eines Tages rief mein Klassenlehrer Herr Roth bei uns zu Hause an.

»Es gibt ein Problem mit Charly.«

»Könnten Sie bitte lauter sprechen. Ich verstehe Sie so schlecht«, sagte Mutter.

Herr Roth sprach wirklich sehr leise. Auch wir Schüler hatten Mühe, ihn zu verstehen. Seinem Unterricht konnte nur folgen, wer ganz vorne saß. Ab den mittleren Reihen wurde Schule zur puren Mutmaßung. Herr Roth lebte allein mit seinem Hund. Anfangs begleitete ihn der Spaniel jeden Tag in die Schule. Schließlich starb der Hund. Danach kam Herr Roth mit der leeren Hundeleine zur Arbeit.

»Es geht um Charly. Ihren Sohn«, brüllte er, so laut er konnte. »Er macht komische Sachen.«

Während des Unterrichts war mir draußen vor dem Fenster eine leere Chipstüte aufgefallen, die vom Wind über die Wiese getragen wurde. Es hätte nur eine beherzte Hand gebraucht, die sie aufgelesen und in den Mülleimer geworfen hätte. Doch da war niemand. Also verließ ich das Klassenzimmer, um mich der Sache anzunehmen.

»Er ist eben ein kleiner Reinlichkeitsfanatiker«, sagte meine Mutter zu Herrn Roth am Telefon. »Aber lassen wir ihm doch die Freude.«

Da ich einer der wenigen in der Klasse war, die seinem Flüsterunterricht mit Interesse folgten, wollte er es darauf beruhen lassen. Und auch ich versprach meiner Mutter, künftig nicht mehr jeder herrenlosen Chipstüte hinterherzurennen. Doch es war nicht einfach. Wohin ich auch schaute, sah ich Müll, um den sich niemand kümmerte. Bierdosen im Gestrüpp. Vogelscheiße auf der Motorhaube. Zigarettenstummel auf dem Trottoir.

Fehler, wohin das Auge reichte. Mängel. Makel. Unordnung. Und die Leute gingen einfach so daran vorbei. Wie konnten sie nur? Mein Herz galoppierte jedes Mal. Die Welt war ein Chaos, und ich ganz alleine musste es aufräumen.

Eines Tages machte ich eine sensationelle Entdeckung: Wippen. Ich besaß einen Bürostuhl. Er war mehr oder weniger das Einzige, was ich von meinem Vater geerbt hatte. Ein schweres schwarzes Gerät, auf dem man vollkommen geräuschlos durchs Zimmer rollen konnte, was lange das Einzige war, was ich mit dem Stuhl anstellte. Ich rollte herum und dachte an meinen Vater, der ebenso geräuschlos gelebt hatte. Einmal bemerkte ich, dass die Rückenlehne bei Druckausübung leicht nachgab, bevor sie wieder in die ursprüngliche Position zurückfederte. Durch die Bewegung entstand eine Schwingung, die größer wurde, wenn man sich exakt im richtigen Moment mit Wucht in die zurückschnellende Lehne fallen ließ. Richtig ausgeübt entstand eine symbiotische Beziehung zwischen Lehne und Mensch, die sich wie ein Perpetuum mobile gegenseitig in die Unendlichkeit wiegten.

Wenn nun meine Mutter oder meine Großmutter mit einem Problem von höchster Dringlichkeit zu mir kamen, brauchte ich mich nur in meine Rückenlehne zu schmiegen, und schon lösten sich alle Sorgen dieser Welt in Harmonie und Friedlichkeit auf. Wippen war mein Marihuana.

Bald reifte ich zum perfekten Zuhörer. Fußwarzen?

Rheuma? Komische Geräusche aus dem Schrank? Noch heute schwärmen die Leute davon, was für ein Genuss es doch sei, mit mir zu reden. »Ich habe den Eindruck, dass du mir wirklich zuhörst«, sagen sie. Gelernt ist gelernt. All die Stunden, in denen die beiden Frauen ihr Leid vor mir ausgeschüttet haben, waren nicht umsonst. Damals habe ich zwei Dinge gelernt. Erstens: Es ist wirklich unbefriedigend, wenn man selbst nie zu Wort kommen kann. Zweitens: Ich werde immer alles für mich behalten.

Die Heimkehr

Ich stand vor der Tür, die ich in meinem Leben am häufigsten geöffnet hatte, und sie war verschlossen. Niemand reagierte auf mein Klingeln. Ich rief einmal energisch »Hallo«. Doch wie alle meine energischen Aktionen zeitigte auch diese nicht das geringste Resultat.

Tags zuvor hatte ich mit meiner Mutter telefoniert.

»Ich bin morgen gegen zwei bei euch. Seid ihr zu Hause?«

»Wo sollen wir sonst sein?«, hatte sie mich gereizt gefragt. Verbindliche Aussagen sind noch nie ihr Ding gewesen. Ich rief noch einmal »Hallo«, dann lief ich ums Haus herum.

Es sah alles noch genauso aus wie bei meinem letzten Besuch vor knapp einem Jahr, nur noch verwahrloster. Neben dem Briefkasten entdeckte ich das Schild vom Kaffeesahnedeckelmuseum. Der Schriftzug war verbleicht. *Bitte Schuhe* stand da jetzt nur noch.

Als ich um die Ecke bog, sah ich einen Mann aus der Waschküche herausklettern. Es war Gabor Speckeisen. Ich hatte ihn sicher fünfzehn Jahre nicht mehr gesehen, und doch erkannte ich ihn sofort. Er hatte im

Unterdorf ein Geschäft für Skiausrüstung betrieben und irgendwann den Anschluss an das Snowboardzeitalter verpasst. Was er gegenwärtig machte, wusste ich nicht. Sein Haar war grau und mit viel Gel nach hinten gekämmt. Er sah wie der Betreiber eines Wettbüros aus, das auch unkonventionelle Wetten annahm. Als er mich bemerkte, zuckte er kurz zusammen, nickte mir förmlich zu und schritt entschlossen in Richtung Straße.

Mit blieb keine Zeit, mich über die seltsame Begegnung zu wundern, denn in diesem Augenblick hörte ich die Stimme meiner Mutter.

»Charly? Bist du da?«

Sie stand vor dem Haus und blickte erwartungsvoll in den Tag, an dem doch nur ihr ältester Sohn erschien, der ihr zum letzten Geburtstag die Sprachnachricht »Happy Birthday. Ich melde mich bald« geschickt hatte.

»Wo kommst du jetzt her?«, fragte sie mich als Erstes.

»Ich habe geklingelt, aber es war niemand da.«

»Was soll das heißen? Hier bin ich doch.«

Wir umarmten uns. Wir sind beide von Natur aus dürr gebaut. Wenn unsere knochigen Körper sich umarmen, ist das daher eine eher schmerzhafte Angelegenheit. Ich roch ein neues, schweres Parfüm. Es war diese Art morbider Duft, mit dem Frauen betonten, dass sie sich im Herbst ihres Lebens befanden. War es bei Mutter etwa schon so weit? Ich hätte mich nach der Sprachnachricht doch einmal melden sollen.

»Lass uns reingehen. Ich bin heute schon um halb fünf aufgestanden«, stellte Mutter ihr Talent unter Beweis, zwei unterschiedliche Aussagen in einen logischen Zusammenhang zu bringen.

»Ich habe Gabor Speckeisen aus unserer Waschküche klettern sehen.«

»Es kommen so viele Leute hier vorbei«, antwortete Mutter vage.

Drinnen erwartete mich eine Überraschung. Im Flur standen lauter Kisten mit altem Plunder herum.

»Was ist denn das?«, fragte ich und zog eine verrostete Schöpfkelle heraus.

»Das ist Silber.«

»Das habe ich nicht gemeint. Ich meinte vielmehr, was haben die Kisten hier zu suchen?«

»Habe ich dir das nicht erzählt? Ich beschäftige mich jetzt mit Antiquitäten.«

»Du machst was?«

Als Antwort streckte sie mir ein laminiertes Stück Karton entgegen. Darauf stand in Schnörkelschrift:

Renate Brom-Zurbriggen
Antiquitäten und andere Preziosen

»Brom-Zurbriggen?«

»Doppelnamen passen irgendwie so gut zu Antikem.«

»Aber es fehlt die Adresse.«

»Meine Kunden wissen, wo sie mich finden können. Komm mit ins Wohnzimmer. Dort steht etwas Spezielles.«

Auf dem Salontisch stand eine gläserne Früchteschale, die ich nie zuvor gesehen hatte.

»Was für eine tolle Schale.«, sagte ich, um meiner Mutter eine Freude zu machen.

»Bist du verrückt geworden? Die Schale steht dort seit vierzig Jahren. Was ich dir zeigen wollte, steht hier drüben.«

Sie führte mich zu einem Rahmen aus dunklem Holz, in den einzelne Streben schief eingespannt waren. Es sah aus wie die Lehne eines besonders unbequemen Stuhls.

»Was ist das?«, fragte ich beunruhigt.

»Eine Murmelbahn«, rief Mutter euphorisch, setzte eine kleine Glaskugel ganz oben in die Schiene und ließ sie hinunterlaufen. Wir schauten ihr andächtig zu. Das rollende Rattern erfüllte das ganze Wohnzimmer.

»Die Fahrt dauert exakt siebenundzwanzig Sekunden. Ich habs gestoppt«, raunte mir Mutter zu.

»Das ist lange«, sagte ich unbegreiflicherweise.

»Die Bahn stammt aus den Dreißigern. Als alles besser war.«

»Redest du von den Nazis?«

»Du weißt, was ich meine.«

Die Fahrt war zu Ende. Siebenundzwanzig Sekunden. Damit hatte sie länger gedauert als meine Sprachnachricht.

»Und jetzt du«, forderte Mutter und drückte mir eine Glaskugel in die Hand.

Auch wenn es nicht so aussieht: Das hier war ein Fortschritt.

Ein Jahr zuvor hatte mich mein Bruder angerufen.

Alan ist zwei Jahre jünger und ungefähr hundert Mal dynamischer als ich. Er lebt in Berlin, wo er Inhaber einer der größten Curry-Wurst-Ketten der Stadt ist. Mit einer schmierigen Bude hat es angefangen. Heute besitzt er ein ganzes Imperium. Curry-Wurst. Warum bin ich damals nicht auf die Idee gekommen? Genau wie ich meldet sich Alan nur, wenn es nicht mehr anders geht. Also Tod, finanzielle Engpässe oder eben Geburtstage, sofern man sie nicht vergisst.

»Zu Hause geht niemand ans Telefon«, sagte er beim letzten Anruf.

»Schick eine Sprachnachricht«, schlug ich vor.

»Vielleicht ist etwas passiert. Ich möchte, dass du nach Neubad fährst und nach ihnen siehst.«

Als erfolgreicher Unternehmer hat er sich angewöhnt, seine Wünsche wie Befehle klingen zu lassen. Bei mir klingen sogar die Befehle wie Wünsche.

»Kannst nicht du das übernehmen«, fragte ich. »Auf dich reagieren sie viel positiver.«

»Aus Berlin? Das dauert acht Stunden. Mindestens. Du bist in einer bei ihnen.«

Am späten Nachmittag traf ich in Neubad ein. Die Haustür stand offen. Mutter saß auf dem Sofa und schaute sich die Darts-Europameisterschaft an.

»Alles in Ordnung. Sie schaut Darts«, schrieb ich Alan eine SMS. Dann schaute ich mir Mutter einmal genauer an. Sie trug einen alten Bademantel aus gelbem Frottee, der einen säuerlichen Geruch verströmte. Ihr Haar war dünn und grau. Ab und zu nahm sie sich in Zeitlupe ein paar gesalzene Nüsse. Immerhin. Sie aß.

»Soll ich dir noch mehr Nüsse holen?«, fragte ich sie.

»Nein.«

Damit war alles gesagt. Ich öffnete die Fenster, um den säuerlichen Geruch zu vertreiben. Dabei stellte ich fest, dass der Boden sehr klebrig war. Seit ich verheiratet bin, hat sich mein Sauberkeitszwang gelegt. Trotzdem kann ich noch immer nicht über einen klebrigen Boden gehen, ohne ihn sogleich feucht aufnehmen zu müssen. Mein Handy vibrierte. Alan hatte zurückgeschrieben.

»Darts?«

Die zweite Nachricht lautete:

»Und was ist mit Großmutter?«

Ich wusste doch, dass ich etwas vergessen hatte. Sofort schwante mir das Schlimmste. Sie lag dort oben seit Wochen. Maden und Würmer hatten ihren Körper bis zur Unkenntlichkeit zerfressen, sodass sie nur noch an dem aufgeschlagenen Kaffeesahnedeckelband *Globi in der Schweiz* zu identifizieren war.

»Wo ist Großmutter?«, fragte ich mit klopfendem Herzen.

»An einem besseren Ort«, antwortete Mutter ungerührt. Mir schwindelte.

»Sie ist tot?«

»Leider nicht. Sie ist auf Kaffeefahrt im Schwarzwald.«

Ich atmete durch. Alle lebten. Zumindest vorläufig. Zur Feier beschloss ich, uns etwas zu kochen. Der Kühlschrank war leer, doch das Eisfach vollgestopft mit Tiefkühlprodukten von Doktor Oetker. Ich wählte die

Ricotta-Cannelloni und machte sie uns im Ofen heiß. Wir aßen sie während des Finales der Darts-Europameisterschaft. Danach verabschiedete ich mich und schwor mir, nicht so bald wiederzukommen.

Seit meinem letzten Besuch hatte sich Mutter sehr zum Positiven verändert. Ihr Haar war gefärbt. Sie trug einen eleganten Hosenanzug aus dunklem Manchester, und in ihrem Gesicht funkelte eine Brille mit Goldrand. Sie hätte eine Maklerin sein können, die sich auf Bijous am Waldrand konzentriert hatte, oder jemand, den man an klassischen Konzerten mit Kennermiene das Programm studieren sah. Das Darts hatte sie hinter sich gelassen. Ich wedelte mit der laminierten Karte. Wenn Leute anfangen, Sachen zu laminieren, braucht man sich keine Sorgen mehr um sie zu machen.

»Mit was für Preziosen handelst du denn?«, wollte ich wissen.

»Alles, was alt ist, ist schön«, erklärte sie gewichtig.

»Müll ist auch alt.«

»Nimm diese Lampe.«

Sie zeigte auf ein furchterregendes Stück, das sich auch gut auf dem Schreibtisch eines SS-Offiziers gemacht hätte.

»Die hat dem alten Herrn Zubiger aus dem Unterdorf gehört. Er ist gestorben. Aber seine Lampe lebt weiter.«

»Umgekehrt wäre es ihm vermutlich lieber gewesen.«

»Ihr habt eben keinen Sinn für Romantik.«

Es war nicht so, dass dies ihr erstes Hobby gewesen wäre. In der Vergangenheit hatte es schon viele andere

Versuche gegeben. Malen, fischen, tanzen, singen, wandern, kochen, jassen. Im Grunde hatte sie alle Tätigkeitsverben ausprobiert. Dazwischen gab es immer wieder depressive Phasen, während derer sie mit ungewaschenen Haaren vor dem Fernseher saß und dem Darts huldigte, bevor sie auf ein Neues den Sinn des Lebens entdeckte. So gesehen war das hier keine Überraschung. Neu hingegen war dieses Feuer in ihren Augen. Normalerweise waren ihre Augen Eiszapfen, die bei größerer Wärme manchmal schmelzen konnten. Und neu waren auch gewisse merkwürdige Wörter, die sie benutzte. Mutter hatte immer schon ein Gespür für den passenden negativen Ausdruck gehabt, für Wendungen, die unabhängig vom Kontext eine gruselige Distanz schufen. Und nun summte es in ihrem Leben auf einmal vor Romantik und Preziosen. Etwas musste passiert sein. Ich dachte daran, wie Gabor Speckeisen aus der Waschküche geklettert war. Und plötzlich hatte ich noch ein anderes Bild vor Augen. Es war fünfundzwanzig Jahre her. Ich stand auf dem Platz vor dem Dorfladen, wo ein Festzelt aufgebaut war, in dem selbst gebrautes Bier ausgeschenkt wurde. Zwei Männer trugen eine Festbank ins Zelt hinein. Der eine war Gabor Speckeisen. Er rief mir zu:

»Hey, Charly. Mach bei unserem Wettbewerb mit. Es gibt tolle Preise, und zwar nicht nur Bier.«

In diesem Moment drehte sich der andere Mann zu mir um. Es war Walter Bruckner.

Mein Herz schlug schneller. Ich verspürte eine heftige Übelkeit.

»Was hast du gesagt?«

»Ich sagte, dass ich einen Kaffee brauche«, wiederholte meine Mutter.

In der Küche gab es glücklicherweise keine Sachen, die anstelle von Verstorbenen weiterlebten. Sogar die Nespressomaschine, die ich ihnen vor ein paar Jahren geschenkt hatte, war noch da. Mutter schaltete sie ein. Ein furchtbares Geräusch ertönte.

»Das hatte ich vergessen. Die ist ja kaputt.«

»Warum?«

» Weil jemand auf die Idee gekommen ist, den Tank mit Sprudelwasser zu füllen. Angeblich hat sie irgendwo gelesen, dass der Kaffee so besonders lecker werde.«

»Wie geht es Großmutter?«

»Sie hat komplett den Verstand verloren. Abgesehen davon geht es ihr hervorragend.«

Ich dachte an die ganzen Preziosen im Haus. Komplett den Verstand zu verlieren, lag bei uns in der Familie.

»Komm. Ich mach uns einen Tee«, schlug ich vor.

Im Teeschrank gab es nur eine Geschmacksrichtung, nämlich Brennnessel. Sollten am nächsten Tag die Lieferketten einbrechen, hätten wir auf alle Fälle genug Brennnesseltee zu trinken.

»Hast du auch noch eine andere Sorte?«

»Da müsste irgendwo noch eine Packung Schwarztee von Vater herumliegen.«

»Vater ist seit über dreißig Jahren tot.«

»Schwarztee verdirbt nicht.«

Der Brennnesseltee war heiß und schmeckte säuerlich. Aber vermutlich musste das so sein.

»Wie geht es Nina?«, fragte Mutter.

»Sehr gut.«

»Du kannst es mir sagen, wenn ihr euch getrennt habt. Ich werde es überleben. Es ist vielleicht besser so.«

»Aber wir haben uns nicht getrennt. Wieso *besser*?«

»Ihr passt nicht zusammen. Das war mir immer schon klar. Ich wollte es dir nur nicht sagen. Du regst dich so schnell auf.«

»Bei uns läuft es hervorragend«, rief ich wütend.

Wahrscheinlich lief es bei uns nicht hervorragend. Aber wenn ich nicht gerade eine Schaufel in der Hand hielt, schlugen wir uns ganz leidlich. »Lacht ihr auch zusammen?«, hatte ich neulich jemanden in einem Film sagen gehört. So als wäre dies der ultimative Beziehungstest. Nina und ich lachten tatsächlich nicht besonders häufig zusammen. Aber was hatte das schon zu bedeuten? Wir gähnten viel zusammen. Hauptsache, man hatte Gemeinsamkeiten.

»Emil geht seit letztem Herbst in den Kindergarten. Es gefällt ihm sehr gut«, wechselte ich das Thema.

»Wirklich? Wie schön.«

Mutter interessiert sich nicht für meinen Sohn. Nachdem sie zwei Kinder großgezogen hat, reicht ihre Kraft nicht auch noch für einen Enkel. Obwohl ich das weiß, ignoriere ich es vollkommen und tue so, als wäre sie eine dieser Großmütter, die noch den letzten Schmuck für ihr Enkelkind versetzen würden.

Zur Strafe zeigte ich ihr auf dem Handy Fotos von Emil aus den letzten Jahren.

»Wie hübsch. Und wo war das? Ah, ich sehe, da trägt

er einen Hut«, spielte sie gelangweilt mit, bis eine gebrechliche Stimme von oben sie erlöste.

»Charly? Bist du das?«

»Natürlich bin ich es, Großmutter. Erkennst du meine Stimme nicht?«

»Ich höre so schlecht.«

»Sie hört ganz ausgezeichnet«, korrigierte Mutter sofort. »Aber sie hört nur noch das, was sie hören will.«

Dann waren sie ja schon zu zweit.

»Charly? Kannst du zu mir kommen?«

Als ich aufstand, hielt mich Mutter am Arm fest.

»Ich verstehe einfach nicht, was du hier willst.«

Hinter ihr befand sich der Kühlschrank, an dem noch immer ein alter Zeitungsartikel über mich hing. Er war kurz nach meinem ersten Buch erschienen und trug den Titel *Ein Neubadner auf dem Weg nach oben.* Auf dem dazugehörigen Bild blickte ich triumphierend in meine glorreiche Zukunft. In all den Jahren war der Artikel mit den verschiedensten Flüssigkeiten in Berührung geraten. Das Papier war ausgebleicht und gewellt. Mein Gesicht erschien voller Runzeln und Flecken. Ein vorzeitig Vergreister auf dem Weg nach unten.

»Ich wollte mal wieder ein wenig Zeit mit euch verbringen«, sagte ich.

Mutter kniff die Augen zusammen.

»Das glaube ich dir nicht.«

Ich zuckte die Schultern. Ich hatte nicht vorgehabt, ihr von Daniel Hefti zu erzählen. Auch nicht von Elsa Haslinger, Walter Bruckner und dem Loch, das ich zu Hause grub. Jahrelang waren diese Geschichten mein

Geheimnis gewesen. Und das sollte auch so bleiben. Ich war nicht nach Neubad zurückgekehrt, um mit der Vergangenheit aufzuräumen. Nein. Ich wollte nur einen Blick auf sie werfen und schnell wieder das Weite suchen. Daniel Heftis Anruf hatte mein harmonisches Leben durcheinandergebracht. Darum war ich hier. Ich stellte die alte Ordnung her. Es war wie früher beim Wippen. Nur wusste ich nicht mehr, wie Wippen ging.

»Charly?«, ertönte erneut Großmutters Stimme.

»Ich komme.«

Mutter hob den Zeigefinger.

»Wie lange bleibst du?«

Ich zuckte die Schultern.

»Ich weiß nicht so genau.«

»Eine Woche? Einen Monat? Ein Jahr?«

»Soll ich wieder gehen?«

Sie schüttelte den Kopf.

»Du kannst bleiben, solange du willst. Aber ich bin sehr beschäftigt. Bald findet die Antiquitätenmesse in Gruyère statt.«

»Die Antiquitätenmesse in Gruyère«, wiederholte ich mechanisch. Fast jedes menschliche Leben ist vollkommen bizarr. Man nimmt das meiste so hin, weil man den Menschen nur selten richtig zuhört, doch wenn man einmal darüber nachdenkt, was sie einem alles so erzählen, kommt man zum Schluss, dass sie alle nicht ganz bei Trost sind.

»Du wirst mich kaum bemerken«, murmelte ich einen Satz, der auch passend für meinen Grabstein wäre, und verließ die Küche.

»Schön, dass du da bist«, rief mir Mutter nach.

Dem Ton ihrer Stimme hörte ich an, dass sie selbst nicht wusste, ob sie es wirklich so meinte.

Seit einigen Jahren nahm Großmutter regelmäßig an Kaffeefahren teil, bei denen man mit dem Bus ins Sauerland oder zum Loreley-Felsen fuhr und während der Reise Pfannen, Tassen oder Handstaubsauger erstand. Sie fuhr aber nicht mit wegen diesem Krempel, sondern wegen der anderen Rentner. Es waren immer dieselben, doch mit jeder Fahrt wurden es weniger, was Großmutter mit Genugtuung zur Kenntnis nahm. Ihr Ziel war es, am Ende allein in dem Bus zu sitzen. Alle lagen schon unter der Erde, aber sie brach noch einmal in den Schwarzwald auf.

Als ich jetzt ihr Zimmer unter dem Dach betrat, sah sie jedoch so aus, als würde sie die nächste Kaffeefahrt nicht mehr erleben. Sie war immer etwas fester gewesen, jetzt aber schien sie mager, geradezu dürr. Die Wangen waren eingefallen, und die Augen starrten riesengroß aus dem knochigen Gesicht. Sie sah aus wie ein Skelett, das sich mehr schlecht als recht als Mensch verkleidet hatte.

»Du siehst gut aus«, sagte ich wie immer zur Begrüßung.

»Ich sehe schrecklich aus«, korrigierte Großmutter.

»Ist etwas passiert?«

»Ich sterbe. Das ist passiert.«

Großmutter redete vom Tod wie andere Leute vom Wetter. Wir hatten uns längst daran gewöhnt und schenkten ihren morbiden Eröffnungen kaum noch Beachtung. Jetzt aber schien sie es wirklich ernst zu meinen.

»Warst du beim Arzt?«

»Bruce war bei mir.«

Bruce hieß eigentlich Renato und war der Sohn der Nachbarin. Nach einer Karriere auf dem Drogenstrich (Colafrösche) und einem Aufenthalt in der Entzugsklinik hatte er im Alter von fünfunddreißig Jahren umgesattelt und eine Zweitausbildung zum Akupunkteur angefangen. Er nannte sich Bruce, wegen Bruce Lee, und kam einmal im Monat vorbei, um den beiden Frauen heiße Nadeln in den Rücken zu stecken. Mutter und Großmutter hatten eine panische Angst vor Ärzten und vertraten beide die Ansicht, dass Krankheiten nicht existierten, solange ein Arzt sie nicht diagnostiziert hatte. Bei Bruce machten sie jedoch eine Ausnahme.

»Du solltest auch mal zu ihm gehen«, sagte Großmutter zu mir. »Du siehst müde aus.«

»Viel Arbeit in letzter Zeit«, erklärte ich und dachte an mein Loch.

»Wie geht es Kate und William?«

Offenbar war etwas über die Royals im Fernsehen gekommen. Großmutter konnte sich die Namen meiner Familie schon lange nicht mehr merken. Sie schob es aufs Alter, in Wahrheit war es aber pures Desinteresse. Bei unserem letzten gemeinsamen Besuch hatte sie Emil mit Würfelzucker gefüttert und ihn gebeten, nicht so laut zu wiehern. Damals entschied ich, in Zukunft nur noch alleine nach Neubad zu fahren.

»Es geht ihnen gut, danke.«

»Wie läufts bei Kate im Büro?«

»Bestens.«

»Und William? Weiß er schon, was er für eine Lehre machen will?«

»Er ist fünf«, gab ich zu bedenken.

»Ich bin erschöpft.«

Damit war die Fragerunde zu Ende. Ich wusste, dass sich Großmutter bis zu meiner Abreise nicht mehr über meine Familie erkundigen würde. Warum denn auch? Es war ja alles geklärt. Kate arbeitete im Büro, und William suchte eine Lehrstelle.

»Setz dich doch.«

Es gab im ganzen Zimmer keinen Stuhl. Damit wollte Großmutter verhindern, dass Besucher länger verweilten. Ich setzte mich aufs Bett. Eine grobe Tagesdecke mit Kuhmotiven bedeckte Großmutters Beine. Sie hatte Kühe immer gehasst. Da sie sich ihnen jetzt so willfährig auslieferte, musste es wirklich schlecht um sie stehen.

Ich schaute mich im Zimmer um, so als wäre ich hier zum ersten Mal. An der Wand hingen Großmutters Katzenbilder. Sie hatte sechs Katzen gehabt. Alle waren überfahren worden. Alle hatte sie danach in Öl gemalt. Sie hatte einen pechschwarzen Hintergrund gewählt, wie man ihn von den Werken des Mörders Caravaggio kannte, und die Katzen wirkten so, als wären sie in ewiger Finsternis gefangen.

»Erinnerst du dich an das Bild, das ich von dir gemalt habe?«

»Ja, ich erinnere mich.«

Am Morgen meines zehnten Geburtstags wollte mich Großmutter in Öl festhalten. Ich trug einen zitronengelben Pullover und zappelte die ganze Zeit herum. Sie rastete aus und jagte mich fort, um das Werk nach Gefühl fertig zu malen. Am Ende sah ich aus wie ein Sumoringer, der gerade von einem Laster überfahren worden war.

»Wo ist das Bild eigentlich?«, erkundigte ich mich, denn ich glaubte, gerade mein Problem mit Ninas Geburtstagsgeschenk gelöst zu haben.

»Verschwunden. So wie alles in diesem Bordell.«

»Wieso Bordell?«

Großmutter senkte die Stimme. Sie flüsterte beinahe.

»Deine Mutter empfängt hier Herrenbesuch.«

»Was meinst du damit?«

»Männer kommen zu Besuch. Und bleiben. Manchmal über Nacht.«

Sie schaute mich triumphierend an und wartete, dass ich die Nachricht verdaute, sofern das überhaupt möglich war. Mutter traf sich mit Männern. Natürlich hatte es Verehrer gegeben. Zum Beispiel Herr Rosa, der an meinem Geburtstag als Clown aufgetreten war. Er hatte eine Weile lang heftig um sie geworben, bis er eines Tages verschwunden war, genau wie die anderen. Es schien so, als hätte sich Mutter mit dem Alleinsein arrangiert. Und jetzt besuchten sie auf einmal Männer und blieben über Nacht. Ich dachte an meine seltsame Begegnung vor einer Stunde.

»Redest du von Gabor Speckeisen?«

»Auch.«

»Wie? Auch? Du meinst, es gibt mehrere Männer?«

Sie nickte heftig.

»Darum sage ich ja. Bordell. Der Speckeisen war da. Und vorher noch dieser andere. Wie heißt er noch einmal? Du kennst ihn. Diese Singdrossel.«

»Singdrossel?«

Ich fragte mich, wo Großmutter wohl ihre Medikamente aufbewahrte. Da entfuhr ihr ein kleiner Schrei.

»Hefti.«

»Wie bitte?«

»So heißt der Mann. Daniel Hefti. Er ist einige Male hier gewesen und hat sich lange mit deiner Mutter unterhalten.«

Nach dem Gespräch mit Großmutter verspürte ich plötzlich eine heftige Müdigkeit. Ich ging in mein altes Kinderzimmer und legte mich für einen Moment ins Bett. Die Berührung fühlte sich vertraut an. Auf dieser Matratze hatte ich Kishon gelesen, ich war von Albträumen gepeinigt worden und hatte alle Kinderkrankheiten durchgemacht. Wir hatten einiges zusammen erlebt. Die Matratze war reichlich durchgelegen, und ich hatte den Eindruck, als würde mein Körper auf keinerlei Widerstand treffen. Ich sank nur immer tiefer. Ich sank und sank …

Auch dieses Zimmer diente neuerdings als Lagerraum für Mutters Antiquitätenhandel. In der Ecke stand eine Lampe mit gewaltigem Schirm, und daneben entdeckte ich eine Kiste voller Kochbücher. Das oberste trug den Titel *Endlich leichter kochen*. Davon abgesehen sah alles noch so aus wie früher. Da war mein alter Schreibtisch, an dem ich Hausaufgaben gemacht und schlechte Gedichte verfasst hatte. Daneben stand das Bücherregal, mit dem sich mein Vater damals fluchend abgemüht hatte.

Die Auswahl der Bücher hatte sich jedoch verändert. Offenbar hatte Mutter angefangen, ihre eigenen Bücher ins Regal zu stellen. Es fanden sich Titel wie *Ich gehe*, *Eine Frau steht auf und geht* und *Der Gang nach Osten*. Wer die Auswahl sah, hätte Mutter für eine ausgemachte Bewegungsfanatikern halten können. Tatsächlich bewegte sie sich so wenig wie möglich und nahm selbst für kleine Einkäufe im Dorfladen immer das Auto.

Zwischen all der Geherei entdeckte ich auch den *Seewolf* von Jack London. Wie ich nur zu gut wusste, fehlte die erste Seite. Trotzdem erinnerte ich mich noch ganz genau, was dort in schrägen, leicht abgesetzten Buchstaben gestanden hatte.

Leben heißt Entscheidungen treffen und die Konsequenzen tragen.

Ich schnappte nach Luft. Für einen Moment hatte ich das Gefühl, in meiner eigenen Vergangenheit zu ertrinken, auf die ich nur einen kurzen Blick werfen wollte, und stattdessen sank ich immer tiefer in sie hinein.

»Ich bin gut angekommen. Es ist alles in Ordnung«, hatte ich Nina zuvor eine SMS geschrieben. Aber natürlich war gar nichts in Ordnung. Daniel Hefti war bei meiner Mutter gewesen und hatte sich mit ihr unterhalten. Wann war das gewesen? Vor oder nachdem er mich angerufen hatte? Und worüber hatten sie gesprochen? Hatte er ihr von Walter Bruckner erzählt? Was wusste sie? Wusste sie *es*?

Ich war nach Neubad zurückgekehrt in der Hoffnung, dass der Anruf von Daniel Hefti nur ein Missverständnis gewesen war, wer weiß, vielleicht hatte ich ihn mir ja sogar nur eingebildet. So was kommt vor. Nun aber hatte ich festgestellt, dass alles noch viel schlimmer war. Daniel Hefti wusste nicht nur, was damals passiert war, er hausierte damit sogar durchs ganze Dorf. Ich musste unbedingt mit ihm reden. Erst aber musste ich herausfinden, was Mutter wusste. Vielleicht ja schon beim Abendessen.

Mutters Veränderungswille war noch nicht bis zum Kühlschrank vorgedrungen. Dort herrschte nach wie vor Doktor Oetker. Ich wählte die vegetarische Lasagne mit Ricotta und Spinat, etwas Festliches für unser erstes gemeinsames Abendessen nach so langer Zeit. Ich zündete eine Kerze an und stellte Weingläser auf den Tisch. *Ich fülle sie ab*, sagte ich mir, *und bringe sie so zum Reden.* Am Ende war ich der Einzige der trank, da Großmutter verschiedene Medikamente nahm und Mutter von Rotwein Schluckauf bekommt.

Sehr viel positiver reagierten sie auf das Mahl aus dem Hause Oetker.

»Sieh mal an, die vegetarische Lasagne mit Ricotta und Spinat«, begrüßte Mutter das Gericht wie eine alte Bekannte. Und auch Großmutter versprühte beim Verzehr der Tiefkühlkost zum ersten Mal seit meiner

Ankunft einen Hauch Lebensfreude. Jetzt galt es, die kulinarische Hochstimmung auszunutzen:

»Was haltet ihr davon, wenn wir morgen zum Mittagessen in die Alte Mühle fahren?« Und bevor sich Widerstand regen konnte, ergänzte ich schnell: »Ich bezahle.«

Die Alte Mühle war unser Familienort für spezielle Gelegenheiten. Es war ein Fischrestaurant, direkt am Rhein gelegen, in dessen lauschigem Garten wir einander jene Dinge erzählten, für die wir zu Hause keine Worte fanden. Hier hatte ich den beiden von meiner Hochzeit mit Nina erzählt. Hier hatten sie von ihrem Enkelkind erfahren. In beiden Fällen hatte ihre Reaktion darin bestanden, dass sie das Dessert abbestellten. Und so war die Alte Mühle auch der geeignete Ort, um meiner Mutter auf den Zahn zu fühlen: Was hatte Daniel Hefti ihr erzählt? Doch das Schicksal durchkreuzte meine Pläne.

»Gar nichts halten wir davon«, sagte Großmutter.

»Wieso?«

»Die Alte Mühle ist nicht mehr«, erklärte Mutter.

»Was ist passiert?«

»Herzinfarkt.«

So war das. Ein Wort genügte, um eine alte Tradition für immer zu beenden. Doch ich gab mich noch nicht geschlagen.

»Fällt euch ein anderes Restaurant ein, wo wir hingehen könnten?«

»Wir könnten in den Zoo gehen«, meinte Großmutter.

»Aber das ist doch kein Restaurant.«

»Ich will auch gar nicht ins Restaurant. Ich habe in meinem Leben schon genug gegessen. Aber bevor ich sterbe, will ich noch einmal Elefanten sehen.«

Der Tod vermochte, was das Leben in den vergangenen vierzig Jahren nicht geschafft hatte: Wir gingen in den Zoo.

Familie Brom geht in den Zoo

Am nächsten Morgen regnete es in Strömen. Kein gutes Wetter für den Zoo. Doch als ich vorschlug, den Ausflug auf den nächsten Tag zu verschieben, protestierte Großmutter heftig.

»Morgen ist vielleicht schon zu spät.«

Also machten wir uns auf den Weg. An der Kasse mussten wir lange warten, da direkt vor uns eine Schulklasse eingetroffen war.

»Ich bin einundneunzig Jahre alt«, knurrte Großmutter immer wieder, um daran zu erinnern, dass sie eigentlich als Erste reingelassen werden müsste.

»Ich dachte, du bist neunundachtzig«, sagte ich irritiert.

»Aber ich fühle mich wie einundneunzig.«

Die beiden Frauen trugen die gleiche rote Regenjacke von Helly Hansen. Vermutlich hatte es die im Ausverkauf gegeben. Ich hatte im Kleiderschrank eine alte Regenjacke von meinem Vater gefunden. Wie alle seine Kleider war auch diese Größe XXL. Nicht weil er so groß gewesen wäre. Bestimmt war die Jacke damals auch im Angebot gewesen. Ein Schnäppchen aus der Vergangenheit. Sie reichte mir bis zu den Knien, und von den Händen waren nur die Fingerspitzen zu sehen. Außerdem hatte ich mich am Morgen beim Rasieren geschnitten, und dunkle Blutkrusten klebten mir am Kinn.

»Wir gehen in den Zoo. Ich sehe aus wie ein Serienmörder«, schrieb ich Nina zum Frühstück.

»Dann halte dich besser von den Zoowärtern fern«, schrieb sie zurück.

Während wir in der Schlange standen, begannen vor uns zwei Kinder zu streiten. Großmutter erinnerte sich daran, dass sie ja die Witwe eines Lehrers war, und mischte sich in die Auseinandersetzung ein.

»Was fällt euch ein? Jetzt ist sofort Schluss, sonst werde ich andere Seiten aufziehen.«

Die beiden Jungs verstummten erschrocken.

»Es ist alles in Ordnung. Sie meint es nicht so«, sprang ich helfend ein. Doch da mein Gesicht voller Blutkrusten war, machte ich die Sache nur noch schlimmer. Endlich standen wir vor der Kasse.

»Gibt es Seniorenrabatt?«, fragte Großmutter und kramte verschiedene Karten und Ausweise aus ihrer Handtasche. Sie war aus Schlangenleder. Anscheinend glaubte sie, den Tieren damit eine besondere Freude zu machen.

»Mein Mann ist hier Stammgast. Er ist Lehrer, müssen Sie wissen«, erklärte sie der Dame am Schalter, die ihr gelangweilt zuhörte.

»Besitzt Ihr Mann eine Dauerkarte?«, wollte sie wissen.

»Das weiß ich nicht. Er ist seit dreißig Jahren tot.«

Jetzt schaute die Dame sie verwundert an. Es sind die Verrückten, die uns aus unserer Lethargie reißen.

»Das tut mir leid«, stammelte sie.

»Schwamm drüber. Das Leben geht weiter.«

Damit war die Szene jedoch nicht zu Ende. Denn jetzt mischte sich auch noch meine Mutter ein.

»Diese Lampe«, begann sie mit Kennerstimme und meinte das Lämpchen auf dem Kassentisch. »Ist das eine Banker-Lampe?«

Die Dame schaute sie hilflos an.

»Ich sage es Ihnen. Das ist eine Banker-Lampe. Die ist antik.«

»Vielen Dank«, antwortete die Dame und überreichte uns die Tickets.

Beim Hineingehen wiederholte Mutter noch einmal: »Das ist eine Banker-Lampe, eine echte Banker-Lampe.«

Dann waren wir drin. Der Zoo sah genauso aus, wie man sich das vorgestellt hatte. Überall Käfige mit Affen oder irgendwelchen Vögeln. Wo aber waren die Elefanten?

»Ich will nur die Elefanten sehen. Danach kann ich sterben«, wiederholte Großmutter das Tagesprogramm.

Wir stapften los. Der Regen wurde stärker. Die Gesprächsbeiträge seltener. »Elefanten«, sagte Großmutter von Zeit zu Zeit. »Banker-Lampe«, sagte Mutter. Ich sagte nichts. Ich überlegte fieberhaft, wie ich Mutter auf Daniel Hefti ansprechen konnte. *Vielleicht ist das nicht der richtige Zeitpunkt*, sagte ich mir, während ich in der Ferne zwei Schüler in einer Pfütze ausrutschen sah.

»Lasst uns irgendwo reingehen«, schlug ich vor.

Wir gingen ins Affenhaus. Die Wärme der Affen vermischte sich mit jener der Menschen. Der halbe Zoo schien sich vor dem Unwetter hierher gerettet haben. Auch die Schulklasse. Es roch nach nassen Haaren und Schweißfüßen. Großmutter setzte sich auf eine Bank, nachdem sie zwei vor sich hindämmernde Schüler dort weggescheucht hatte. Ich dachte, sie würde sich jetzt dem Elend des Daseins hingeben und stellte erstaunt fest, dass sie anfing, ein Kreuzworträtsel zu lösen. *Das ist eben diese Generation*, sagte ich mir. Selbst im Auge des Tornados gehen sie noch ihren Hobbys nach.

Mutter stand direkt vor dem Käfig und machte den Eindruck, als erkenne sie das Wesen des Affen in seiner ganzen Tragweite. Ich gesellte mich zu ihr.

»Idiotische Lebewesen«, bemerkte sie.

»Menschen sind sogar noch idiotischer«, ergänzte ich.

Das Thema war abgehandelt. Wir sagten Nein zu Menschen und Affen.

»Als was möchtest du wiedergeboren werden?«, fragte ich Mutter.

»Ich möchte nicht wiedergeboren werden.«

»Ich auch nicht. Und wenn dann als Stein.«

Damit hatte das Gespräch die nötige existenzielle Tiefe erreicht. Trotzdem fiel es mir immer noch schwer, sie auf Daniel Hefti anzusprechen. So gut ich im Zuhören bin, so schlecht kann ich etwas von mir erzählen. Vielleicht höre ich nur darum so gerne zu, um nicht selber etwas sagen zu müssen. Oft verpasse ich auch einfach den richtigen Zeitpunkt. So wie damals, als ich zum

Studieren nach Basel ziehen wollte und nicht wusste, wie ich es meiner Mutter erzählen sollte. Woche für Woche schob ich es hinaus. Schließlich war der Tag meines Auszugs gekommen.

»Wo willst du denn mit den Koffern hin?«, wollte Mutter wissen.

»Nach Basel.«

»Gehst du jemanden besuchen?«

Wenn ich sterbe, erfahren es die Leute wohl erst, wenn ich bereits tot bin.

Der Regen prasselte heftig auf das Dach des Affenhauses, in dem es immer schwüler wurde. Schweiß rann mir unter meiner XXL-Jacke den Rücken hinunter, während ich hörte, wie Großmutter hinter mir »Alpenmassiv mit sieben Buchstaben. Auf gehts. Wer findet die Lösung?« sagte. Offenbar hatte sie die Schulkinder in ihr Kreuzworträtsel eingespannt.

»Weißt du, wer mich neulich angerufen hat?«, fragte ich Mutter endlich.

»Woher soll ich das wissen?«

»Daniel Hefti.«

»Das kann nicht sein.«

»Ich konnte es auch nicht glauben. Ich dachte, er sei längst tot.«

»Er *ist* tot.«

»Was?«

Ich erstarrte. Die Hitze im Affenhaus war jetzt unerträglich, doch der Regen hatte aufgehört. In der ungewohnten Stille hörte ich Großmutter »Unfassbar. Nicht einmal die Bergmassive sind bekannt« schimpfen.

»Er hat sich erhängt.«

»Wann?«

»Vor ein paar Monaten. Im Februar, glaube ich.«

»Er hat mich im Januar angerufen.«

»Da hat er noch gelebt«, sagte sie kühl. »Was wollte er von dir?«

»Nichts bestimmtes. Bisschen Plaudern. Du weißt doch, wie die Leute sind, seit ich bei *Glanz & Gloria* aufgetreten bin.«

Daniel Hefti hatte mich im Januar angerufen. Kurz darauf hatte er sich erhängt. Ich erinnerte mich wieder daran, was er am Telefon gesagt hatte. *Ich kann nicht länger damit leben.* Aber warum sollte er sich das Leben nehmen? Was hatte er mit der Geschichte zu tun? *Ich weiß, was damals passiert ist. Und ich weiß, dass du es auch weißt.*

»Weiß man, warum er es getan hat?«

Mutter zuckte die Schultern.

»Du hast ihn doch gekannt. Er hat früher an der Steinerschule unterrichtet.«

Wir setzten die Elefantensuche fort. Mit den Affen waren wir fertig.

»Ich verstehe wirklich nicht, warum wir Menschen immer mit ihnen verglichen werden. Ich habe sie genau beobachtet und konnte keine Gemeinsamkeiten feststellen«, meinte Mutter.

»Also bei der Jugend von heute sehe ich durchaus Gemeinsamkeiten«, erklärte Großmutter.

Die frische Luft tat gut. Nach dem Regen war alles nass. Die Wege, die Bäume, sogar die Tiere. Wir standen lange vor einem Käfig voller Zebras. Es war erfrischend nach all den Affen, mal wieder ein anderes Tier zu sehen.

»Hier steht, dass diese Tiere vorwiegend in Afrika verbreitet sind«, las Mutter von der Informationstafel ab.

»Hört, hört«, rief Großmutter.

Nach den Zebras waren die beiden Frauen in Hochstimmung. Sie kamen sich wie Zoo-Expertinnen vor. Man merkte mal wieder, dass sie aus einer Lehrerfamilie stammten. Großvater war schon lange tot, aber immer noch wollten sie brillieren.

Beim Gehen fühlten sich meine Beine wie Blei an. Das taten sie eigentlich immer, aber so viel Blei war noch nie. Ich hatte geglaubt, dass dies eine Angelegenheit zwischen mir und Daniel Hefti wäre. Er war ein Problem aus meiner Vergangenheit, das es zu lösen galt. Und jetzt hatte sich das Problem von selber gelöst, und ich wusste nicht, was ich tun sollte

»Früher sind wir mit deinem Bruder zusammen auch immer in den Zoo gegangen«, riss mich Großmutter aus meinen Gedanken.

Vermutlich spielte sie auf unseren Ausflug ins Petzi-Land an. Das war ein handgestrickter Streichelzoo gewesen, der kurz danach von der Tierschutzbehörde geschlossen wurde. Der Besitzer war ein ehemaliger Nachbar meiner Großeltern. Wir besuchten ihn in seinem Büro, das sich in einem Wohnwagen befand. Er rauchte Zigarillos und fütterte seinen Hund mit Würstchen aus dem Glas. »Die Frau ist weg«, erzählte er uns.

»Der Streichelzoo wurde kurz darauf geschlossen«,

wusste Großmutter. »Zu Recht. Das war pure Tierquälerei.« Sie ließ die Schlangenledertasche anklagend schwingen.

Warum war ich nicht erleichtert? Daniel Hefti war tot. Da war niemand mehr, der mit mir über Walter Bruckner sprechen wollte. Niemand außer all den anderen, denen er in der Zwischenzeit davon erzählt hatte. Meine Mutter, beispielsweise. Und wer noch? Darum beruhigte mich die Nachricht von seinem Ableben kein bisschen. Schließlich war er nicht friedlich eingeschlafen. Er hatte sich umgebracht, was für mich ein untrügliches Zeichen war, dass die Vergangenheit nach all den Jahren endlich ihr Recht einklagte.

Nach einer halben Stunde verschlechterte sich die Stimmung. Wir hatten die Elefanten immer noch nicht gefunden. Mutter wollte nach Hause, was Großmutter als Verrat empfand.

»Du willst also wirklich, dass ich sterbe, ohne noch einmal Elefanten gesehen zu haben?«, fragte sie fassungslos.

»Tatsächlich bin ich bereit, dieses Risiko einzugehen«, antwortete Mutter und setzte sich die Kapuze ihrer Helly-Hansen-Jacke auf. Es hatte wieder angefangen zu regnen. Wir standen neben einem Käfig voller Schleiereulen. Großmutter wendete sich schluchzend an sie:

»Ein Leben voller Entbehrungen. Und am Ende werden mir nicht einmal Elefanten gegönnt.«

»Wollen wir stattdessen im Zoo-Bistro einen Happen essen gehen«, schlug ich mit gespielter Begeisterung vor.

»Hört endlich mit diesen verdammten Restaurants auf. Ich habe dir doch schon gesagt, mit dem Essen bin ich fertig.«

»Und ich mit dem Zoo.«

»Und ich mit dieser Familie.«

Ich kam mir vor wie in einem bitteren Schwank. Doch war der bittere Schwank mein Leben. Ich ging zur Kasse zurück, wo die Zoodame die sagenumwobene Banker-Lampe unterdessen eingeschaltet hatte. Sie hatte einen Wackelkontakt.

»Wo sind denn hier die Elefanten?«, fragte ich sie. Sie schaute mich verwundert an.

»Elefanten? Wir haben keine Elefanten. Hatten wir noch nie.«

Zermürbt fuhren wir nach Hause.

»Wie wars im Zoo?«, fragte Nina, als wir am Abend telefonierten.

»Nass.«

»Und habt ihr die Elefanten gesehen?«

»Leider nein. Dummerweise haben wir einen Zoo ohne Elefanten erwischt. Nicht so schlimm. Großmutter hat beschlossen, dass sie trotzdem weiterleben will.«

Zum Abendessen hatte es Schlemmerfilet Bordelaise gegeben. Großmutter hatte sich zweimal genommen.

»Und wie geht es dir?«

»Gut.«

Das war meine Standardantwort. Wenn man mich fragte, ging es mir seit zwanzig Jahren ununterbrochen gut.

»Hattest du schon Gelegenheit, mit deiner Mutter zu reden?«

Ich hatte Nina erzählt, meine Störungen rührten vermutlich daher, dass ich nie mit meiner Mutter über den Tod meines Vaters und die schwierige Zeit danach gesprochen hatte. Da sie selber diese Meinung vertrat, glaubte sie mir sofort. Ich hatte immer angenommen, dass sie mich für einen mehr oder weniger normalen Ehemann hielt. Anscheinend zweifelte sie jedoch schon länger an meiner geistigen Zurechnungsfähigkeit.

»Denk nur an deine Münzensammlung«, meinte sie lachend.

»Was ist denn mit der Münzensammlung?«, fragte ich verletzt.

Ich fühlte mich betrogen. Gleichzeitig war es ein eher harmloser Betrug im Vergleich zu den Dingen, die ich vor ihr verborgen hielt. Trotzdem leitete ich für mich daraus das Recht ab, die Wahrheit weiterhin für mich zu behalten und ihr nicht von Daniel Hefti oder Elsa Haslinger und schon gar nicht von Walter Bruckner zu erzählen.

»Im Moment nähern wir uns langsam wieder an. Aber ich habe ein gutes Gefühl.«

Nach dem Abendessen waren die beiden Frauen mit einer Tasse Brennnesseltee vor den Fernseher umgezogen. Dort moderierte Kai Pflaume die Sendung *Klein gegen Groß*. »Heute wirds spannend«, verkündete Großmutter vorfreudig. Zwanzig Minuten später waren beide eingeschlafen. Ich stellte den Ton leiser und verfolgte die Sendung zur Begleitung ihres ungleichmäßigen Schnarchens.

»Überstürz bloß nichts«, sagte Nina. »Was ihr jetzt braucht, ist Zeit.«

Ich war dankbar für ihr Verständnis. Auch wenn es für eine Lüge war.

»Wie geht es Emil? Fragt er nach mir?«

»Im Moment überwiegt noch die Freude am Abstand. Er hatte es in letzter Zeit nicht gerade leicht mit dir.«

»Ich weiß.«

»Aber in ein paar Tagen wird er seinen Vater bestimmt vermissen.«

»Ich vermisse euch jetzt schon.«

Als ich es aussprach, realisierte ich, dass ich ausnahmsweise einmal die Wahrheit gesagt hatte.

Nach dem Gespräch setzte ich mich an den Schreibtisch und schrieb einen Brief an meine Frau und meinen Sohn. Es war ein langer Brief. Ich erzählte ihnen alles. Alles, was ich wusste. Und auch das, was ich nicht wusste und bloß vermuten konnte. Es war ein Geständnis, nichts anderes. Als ich fertig war, faltete ich den Brief zusammen und verstaute ihn in der obersten Schublade. Dort lag bereits ein Notizbuch. Ich erkannte es sofort. Es war das kostbare Notizbuch, in das ich damals meine Gedichte über grüne Augen und fleischige Oberarme notiert hatte. Das handgeschöpfte Papier hatte die Tinte nur widerwillig aufgenommen, weshalb noch kaum etwas zu erkennen war. Trotzdem entdeckte ich sofort den Namen *Elsa*, den zu schreiben ich mir offensichtlich besonders viel Mühe gegeben hatte. Elsa. Elsa. Elsa. Las ich immer wieder. Ein heftiger Ekel überkam mich, und ich beschloss, das Notizbuch am nächsten Tag zu entsorgen.

Später lag ich im Bett und sank in Richtung Vergangenheit. Ich sank und sank und dachte dabei an all die ungeahnten Probleme, die aus der Tiefe der Jahre stiegen, je weiter ich in sie hineintauchte. Daniel Hefti war tot. Er hatte sich umgebracht. Er hatte es wegen Walter Bruckner getan. *Ich weiß, was damals passiert ist.* Wenn er es aber gewusst hatte, warum hatte er sich deshalb das Leben genommen? Warum war er nicht einfach zur Polizei gegangen? Warum hatte er statt der Polizei meine Mutter aufgesucht? Was wusste sie?

Plötzlich hatte ich eine Erinnerung. Ich konnte sie nicht so recht einordnen. Es war dunkel. Ich stand auf einer Bühne. Ich hielt ein Messer in der Hand. Das Publikum applaudierte. Ich schaute durch die Dunkelheit und sah weiter oben am Ende der Treppe ein Licht aufscheinen und eine Gestalt zur Tür hinaushuschen.

Unsere Vergangenheit ist kein Museum für Nostalgiefreunde. Sie ist eher eine Art Gruselkabinett voller Spiegel, die uns das Fürchten lehren, indem sie uns das Schrecklichste zeigen, was es gibt: uns selbst. Warum also beschäftigte ich mich überhaupt mit der Vergangenheit? War es in der Gegenwart nicht viel gemütlicher? Was hielt mich eigentlich davon ab, in ein paar Tagen die Koffer zu packen, den Frauen einen Kuss auf die Wange zu drücken und in mein altes, in mein richtiges Leben zurückzukehren? Was mich davon abhielt? Die Ungewissheit. Denn kaum zurückgekehrt, das wusste ich genau, würde ich wieder mit Schaufeln anfangen, und das Loch würde noch viel tiefer werden als beim letzten Mal. Mir blieb keine andere Wahl. Ich musste in die

Vergangenheit sinken, wenn ich überhaupt noch einmal heil in der Gegenwart herauskommen wollte. Also sank ich widerwillig weiter. Bauschutt knirschte in der Ferne, während sich über mir ein smaragdfarbiger Himmel schloss.

Die Frau des Metzgers

Mit sechzehn wusste ich, wie der Tod riecht, nämlich säuerlich wie die Kaffeesahnedeckel meines Großvaters. Und er war knusprig wie die Cornflakes, die mein Vater jeden Morgen zum Frühstück gegessen hatte. Wie aber roch und wie schmeckte das Leben? Welches Geräusch machte es beim Essen? Ich wusste es nicht. Der Tod war ein guter Bekannter, ein enger Freund der Familie, der ab und an zu Besuch kam. Das Leben hingegen war wie ein lang erwarteter Gast, der seinen Auftritt immer wieder hinausschob. Immer noch stieg ich regelmäßig den Rebberg hinauf und suchte nach dem Modelflugzeug.

Doch schließlich war ich sechzehn, und das Leben bekam zum ersten Mal einen Geruch, und zwar nach Wurst. Es duftete nach der würzigen Panade eines Schnitzels, nach geräuchertem Landschinken und getrocknetem Hobelfleisch. Es verströmte die Aromen von Streuwürze und Rosmarin. Aber vor allem roch es nach Wurst.

Mit sechzehn bekam das Leben auch eine Farbe. Davor war alles eher grau gewesen. Grau wie der Grabstein meines Vaters. Oder braun wie die schweren Lederbände, in denen Großmutter die Kaffeesahnedeckel aufbewahrte.

Vielleicht war es auch ein wenig Gelb. Gelb wie der Geburtstagspulli, den ich getragen hatte, als meine Großmutter mich in Öl hatte malen wollen. Und genau wie diese künstlerische Intervention hatte ich auch das Leben empfunden: Es war ein persönlicher Angriff, vor dem man sich besser in Sicherheit brachte.

Von einem Tag auf den anderen wurde das Leben grün. So lautete jedenfalls meine Vermutung. Richtig hingeschaut hatte ich nämlich nicht. Wer sechzehn Jahre blind ist, lernt das Sehen nicht von einem Tag auf den anderen. Stattdessen ging ich nach dem Ausschlussverfahren vor. Alle Menschen, die ich kannte, hatten entweder braune oder graue Augen. Augen wie Lederbände. Augen wie Grabsteine. Das Leben musste eine andere Farbe haben. Ich wählte Grün. Smaragdgrün.

Zu meinem neu gewonnenen Lebenskult gehörten auch Spaziergänge, die ich in der Dämmerung unternahm. Nach dem Abendessen erhob ich mich, als hätte ich einen Trompetenstoß gehört, dem unbedingt Folge zu leisten war, und brach in den alten Dorfkern auf. Dort umkreiste ich mein Ziel wie eine Spinne, die ihr Opfer langsam in die Enge trieb. Es handelte sich um ein altes Riegelhaus, in dessen Schaufenster das Bild eines aufgemalten Schweins prangte.

Ich kaufte mir auch ein Notizbuch. So eines mit verschnörkeltem Einband und handgeschöpftem Papier, das die Tinte nur sporadisch aufnahm, was es in meinen Augen nur umso kostbarer machte. In diesem Notizbuch hielt ich meine Gedanken über das Leben fest. Natürlich spielte die Farbe Grün eine zentrale Rolle. Doch machte ich eine verwirrende Entdeckung: Wenn alles grün war, verlor die Farbe ihre spezielle Bedeutung. Das Leben wich aus ihr. Der Tod kam um die Ecke. Aus Grün wurde Grau. Ein weiteres Problem ergab sich, wenn ich versuchte, den Duft dieses neuen Lebens zu beschreiben. Durften Gedichte von Würsten handeln? Von Schinkenspeck und Schweineschwarten ganz zu schweigen.

Alle paar Tage fragte ich die beiden Frauen, ob sie noch etwas vom Metzger bräuchten.

»Was meinst du, Großmutter? Soll ich noch schnell zum Haslinger laufen und dir zweihundert Gramm Fleischkäse holen?«

»Du hast mir vor zwei Tagen erst von dem Fleischkäse geholt. Willst du, dass ich an Herzverfettung sterbe?«

Doch so leicht gab ich nicht auf.

»Bei Rutz wird heute gegrillt. Kaum steigt einem der Duft von Holzkohle in die Luft, schon hat man Lust auf Bratwurst. Geht euch das auch so?«

»Nein«, sagte Großmutter. »Überhaupt nicht.«

»Ich habe Bratwürste nie gemocht«, erklärte Mutter. »Ein unsympathisches Lebensmittel.«

»Und gefährlich«, ergänzte Großmutter. »Erinnerst du dich an Herrn Moll? Hat eine Bratwurst gegessen und danach das Tanzbein geschwungen. Eine halbe Stunde später war er tot.«

Das Gespräch nahm einen unbefriedigenden Verlauf. Ich musste es auf das Kernthema zurückbringen.

»Also ich habe schrecklich Lust auf Bratwurst.«

»Dann hol sie dir doch«, forderte mich Großmutter

genervt auf. »Ich verstehe wirklich nicht, warum du uns damit andauend in den Ohren liegen musst.«

Natürlich brauchte ich mit sechszehn nicht die Legitimation meiner Familie, um mir eine Bratwurst zu kaufen. Doch verlieh es meiner Mission zusätzlich den Ruch des Klandestinen. Ich konnte mir dann sagen, dass ich zur Metzgerei Haslinger ging, um für Großmutter zweihundert Gramm Fleischkäse zu kaufen und nicht, um dort Elsa Haslinger zu treffen.

Das Leben kam zu mir in Gestalt von Elsa Haslinger. Sie war die Frau unseres Metzgers, Justus Haslinger, und Mutter zweier Mädchen in meinem Alter. Das alles spielte keine Rolle für mich, ja, ich bemerkte es nicht einmal. Wer zum Leben erwacht, fragt nicht, was bisher passiert ist. Für mich zählten nur ihre Augen, von denen ich bis zum heutigen Tag nicht weiß, ob sie wirklich grün waren. Hingegen erinnere ich mich noch sehr genau an die Bewegung ihrer Oberarme, wenn sie das Hackfleisch mit dem Wiegemesser kleinschnitt. Mehr noch als ihre Augen waren Elsa Haslingers Oberarme damals der Maßstab, mit dem ich die Welt beurteilte. Waren die Oberarme dick? Vielleicht. Sie sahen auf jeden Fall ganz anders aus als die spindeldürren Ärmchen meiner Mutter oder Großmutter, die bei der frugalen Küche in unserem Haus niemals Fett ansetzen konnten. An Elsa Haslingers Oberarmen hing Fleisch. Echtes, lebendiges Fleisch. Elsa Haslingers Oberarme lebten.

Es ist für mich nicht weiter verwunderlich, dass ich

mich in eine ältere Frau verliebt habe. Ich litt damals unter einer heftigen Form von Artgenossendünkel. Wofür auch immer sich meine Klassenkameraden interessierten, ließ mich aus Prinzip kalt. Ich machte mir nichts aus Sport, ich hörte andere Musik, ich trank keinen Alkohol. Und ich interessierte mich auch nicht für Frauen. Die körperliche Liebe war für mich ein Hobby, dem nur verwirrte Seelen ohne moralischen Kompass frönten. Denn sie wissen nicht, was sie tun, dachte ich seufzend, wenn ich die anderen in der Umkleidekabine ihre ersten Pettingerfahrungen schildern hörte. Ich war wie ein Pastor, der die schwarzen Schafe seiner Herde mit Sorge betrachtete. Und erstaunlicherweise gab es in meiner Herde nur schwarze Schafe.

In Büchern begegnete ich der Liebe auf Schritt und Tritt, weshalb ich annahm, auf diesem Gebiet bereits ein alter Hase zu sein. Wenn Markus Sütterli aus der Parallelklasse damit prahlte, wie er seiner Freundin den BH ausgezogen hatte, sagte ich mir: Das habe ich so aber schon schärfer bei John Irving gelesen. Mit sechzehn lag die Liebe hinter mir. Brennendes Verlangen und tödliche Eifersucht. Ich kannte beide zur Genüge. Die zersetzende Amour fou hatte ich genauso kennengelernt wie die genügsame Altersliebe. Dass dies alles nur Worte waren, ließ mich nicht zweifeln. Im Gegenteil. Das Wort war die einzige Wahrheit, die ich akzeptierte. Alles Körperliche war mir fremd. Darum konnte ich ihm nicht trauen. Ich dachte an meinen Vater. Beim Katzenfüttern war sein Körper so schwer geworden, dass ihn die Seele nicht mehr zurückhalten konnte. Sein Körper hatte ihn betrogen. Alles Körperliche war Betrug. Nur das Wort hielt Wort.

Mit dreizehn erhielt ich einen Liebesbrief. Es musste sich um ein Missverständnis handeln. Ich las ihn immer wieder und konnte es nicht begreifen. Der Brief war voller Rechtschreibefehler, und einige Formulierungen blieben auch nach mehrmaliger Lektüre im Dunkeln. Doch der Kerngedanke war klar: Dieses Mädchen wollte mit mir gehen. Sie hieß Claudia. Claudia Huber und war ein sehr dünnes und sehr unscheinbares Mädchen, das mir, genau wie ihre Kolleginnen, bislang kaum aufgefallen war. Ihr Etui war pink, und im Musikunterricht hatte sie *Probiers mal mit Gemütlichkeit* vorgesungen. Und jetzt wollte sie plötzlich mit mir gehen. Wie in aller Herrgotts Namen war sie auf diese Idee gekommen? Im Brief erwähnte sie das Schultheater. Vor einer Woche war die Aufführung gewesen. Ich hatte den Herold gespielt, die männliche Hauptrolle. »Steif wie eine Mumie«, hatte Mutter kommentiert. Offenbar gab es da andere Ansichten. Claudia Huber schrieb, sie wolle sich mit mir treffen. Kommt nicht in die Tüte, dachte ich und beschloss so zu tun, als hätte es nie einen Brief gegeben. Am nächsten Morgen erwartete mich ein Begrüßungskomitee vor der Schule. Sie führten mich zu Claudia Huber, die beim Ping-Pong-Tisch auf mich wartete. Sie trug eine rote Bommelmütze und wirkte feierlich. *Verrat*, dachte ich und schaute mich nach Fluchtwegen um. Doch überall standen Leute aus meiner Klasse, die mit ernster Miene dafür sorgten, dass dies hier regelkonform ablief.

»Hast du meinen Brief erhalten?«, fragte Claudia.

»Ja«, sagte ich zerknirscht.

»Und?«

»Vielen Dank.«

»Willst du mit mir gehen?«

Die Wahrheit schien hier angebracht.

»Vielleicht ein andermal.«

»Ein andermal?«

»Habe gerade so viel um die Ohren und-«

Sie lief weg. Besonders schwer konnte der Schmerz nicht sein, schließlich kannten wir uns ja gar nicht. Ich schaute ihr ratlos nach. Auch die Bodyguards schienen nicht zu wissen, wie sie mit der neuen Situation umgehen sollten. Schließlich zuckten sie die Schultern und schlurften in Richtung Schulhaus. Ich blieb alleine beim Ping-Pong-Tisch zurück.

Nach der Claudia-Huber-Episode galt ich als Sonderling. Das war ich vorher schon gewesen, jetzt aber war es quasi wissenschaftlich erwiesen. Niemand kam mehr zu mir, um die Fußballergebnisse vom Wochenende oder die Vorzüge des neuen McBurritos zu erörtern. Die Einsamkeit war in Ordnung. Sie kam mir ganz normal vor. So war eben das Leben. Mein Sarkasmus verhinderte außerdem, dass sich die anderen über mich lustig machten. Sie gingen mir einfach aus dem Weg. Ich war ein guter Schüler. Doch wäre ich niemals auf den Gedanken gekommen, schwächeren Mitschülern zu helfen. Jeder Mensch hatte nun einmal sein Schicksal, mit dem er sich abzufinden hatte. Meinerseits hatte ich früh den Vater verloren, und nichts und niemand hatte mir damals helfen können.

Am Gymnasium freundete ich mich mit einem Jungen aus der Parallelklasse an. Er hieß Bloch und kam aus einer jüdischen Familie. Wir lernten uns dort kennen, wo der Druck des Geschlechts seit jeher so groß ist, dass in der Not Allianzen geschmiedet werden müssen: im Sportunterricht.

Beim Geräteturnen machten wir uns beide zum Gespött, indem wir das Programm höchst eigenwillig interpretierten. Im Gegensatz zu mir machte sich Bloch gar nicht erst die Mühe, die Vorgaben ernst zu nehmen.

»*Noblesse oblige*«, teilte er dem Sportlehrer mit.

Auf dem Weg zurück zur Schule kamen wir ins Gespräch. Er erzählte mir, dass er sich für klassische Musik interessiere und die Titel sämtlicher Bach-Kantaten auswendig könne. Einmal war er sogar in einer Radio-Sendung aufgetreten, wo er sich mit seinem Wissen gegen einen international renommierten Bach-Forscher durchgesetzt hatte. Seither schrieben er und der Forscher sich regelmäßig Briefe. Ich war schwer beeindruckt. Mit klassischer Musik war ich bis dahin kaum in Berührung gekommen. Als Herr Rosa uns noch regelmäßig besuchte, legte er manchmal eine Schallplatte auf. »Jetzt kommt das *Forellenquintett* von Schubert«, sagte er und spreizte die Finger. Was danach folgte, war für meine Ohren genauso gespreizt wie Herrn Rosas Finger.

»Ich hasse Schubert«, teilte ich Bloch mit. »Vor allem sein *Forellenquintett*.«

»Es ist nicht sein stärkstes Werk«, stimmte er mir zu. »Du solltest dir mal *Die Unvollende*te anhören.«

Ich hörte mir *Die Unvollendete* an, musste dabei jedoch die ganze Zeit an Herrn Rosas gespreizte Finger denken. Schließlich fand ich einen Komponisten, der mir besser gefiel. Beethoven. Bloch lobte die Entscheidung, meinte jedoch, Beethoven sei Musik für Bekloppte. Doch das war mir egal.

Eines Tages fand ich in den alten Sachen meines Vaters eine Aufnahme der *Schönen Helena* von Offenbach. Während ich sie mir anhörte, dachte ich an ein Flugzeug, das stoisch durch die Dunkelheit segelte. Plötzlich veränderte sich das Bild, und obwohl sie überhaupt nicht Helena hieß, sah ich plötzlich Elsa Haslinger vor mir, genauer gesagt ihre schönen weißen Arme, während sie im Rhythmus der Musik das Hackfleisch schnitt.

Ich hörte mir die Aufnahme nun täglich an. Bloch sagte ich nichts davon. Zu oft schon hatte er über Offenbach gespottet, der seiner Ansicht nach Weichspülmusik für Menschen machte, die sich vor dem Leben versteckten.

»Man darf keine Angst vor dem Leben haben, Charly. Es ist die hohe Aufgabe der Kunst, den Menschen aus dem Schneckenloch zu holen, in dem er sich vor dem Leben versteckt.«

Elsa Haslinger hatte mich aus meinem Schneckenloch herausgeholt, und da stand ich nun, hörte *Die Schöne Helena* und wartete auf das Leben.

Bloch wollte mich unbedingt besuchen. »Ich liebe das Land«, erzählte er mir. Lange konnte ich es verhindern, eines Tages aber stieg er tatsächlich in den Bus und fuhr zu uns nach Neubad. Es war Jahre her, seitdem das letzte Mal etwas Vergleichbares geschehen war. Früher war manchmal ein Junge namens Rolli zu uns gekommen. Er wohnte in der Nachbarschaft und trug jahrein, jahraus denselben Dinosaurierpullover. Ich fesselte ihn im Garten an einen Baum und spielte Indianer.

Und jetzt also Bloch. Ich holte ihn an der Bushaltestelle ab. Er trug ein kariertes Holzfällerhemd, so als hätte er sich extra für die Landpartie in Schale geworfen.

»Da bist du ja mein Bester. Lass dich umarmen«, begrüßte er mich.

Zwei ältere Neubader drehten sich irritiert nach uns um. Derlei Umgangston war man hier nicht gewohnt. Wir gingen zu mir nach Hause, wo Bloch den beiden Frauen feierlich die Hand schüttelte.

»Es ist mir eine Ehre, Sie endlich kennenzulernen. Ich habe schon so viel von Ihnen gehört. Wie geht es Ihnen heute?«, fragte er Großmutter.

»Miserabel. Ich habe Kopfschmerzen schon seit den frühen Morgenstunden.«

»Damit sollten Sie unbedingt zum Arzt gehen. Meine Großtante Adelina klagte auch ständig über Kopfschmerzen. Am Ende ist sie an einem Schlaganfall gestorben.«

»Dieser Rüpel. Warum sollte ich aus heiterem Himmel einen Schlaganfall bekommen?«, schimpfte Großmutter, nachdem Bloch gegangen war.

Mutter hatte einen Kuchen gebacken. Die Nachricht, dass ich einen Freund nach Hause brachte, hatte sie in einen Freudentaumel versetzt. Ein neuer Freund und noch dazu einer, der sich in klassischer Musik auskannte.

»Ist er schwul?«, fragte Mutter.

»Nein«, sagte ich, ohne jemals darüber nachgedacht zu haben.

»Ich werde einen Kuchen backen«, verkündete Mutter. »Aber was für einen Kuchen?«

»Ich glaube, Bloch steht nicht so auf Süßes.«

»Ich habs. Ich werde einen Apfelkuchen backen. Meinen Apfelkuchen haben früher alle immer sehr gelobt.«

Wir schauten uns fragend an. Niemand konnte sich erinnern, dass Mutter jemals etwas gebacken hätte, geschweige denn einen Apfelkuchen. Ihr Leben war ein großes Aufwärmen.

Jetzt stand dieser Apfelkuchen auf dem Küchentisch, und Bloch machte keinerlei Anstalten, ihn zu bemerken.

»Möchten Sie ein Stück Kuchen?«, fragte Mutter schließlich ungeduldig.

»Danke. Nicht um diese Uhrzeit«, lehnte er freundlich ab.

»Was für ein Idiot«, schimpfte Mutter am Abend. »Um welche Uhrzeit soll man denn sonst Kuchen essen? Und für diesen Saukerl habe ich den ganzen Morgen in der Küche gestanden. Den bringst du mir kein zweites Mal nach Hause.«

Nachdem Bloch das Kuchenangebot abgeschmettert hatte, saßen wir eine Weile lang zu viert im Wohnzimmer rum. Die Atmosphäre war zum Schneiden. Plötzlich stand Bloch auf und ging zum Bücherregal, wo er ein gerahmtes Foto in die Hand nahm.

»Ist das dein Vater?«

»Ja.«

»Sieht man sofort. Und wo ist der Gute? Ich nehme an auf Arbeit?«

»Er ist tot«, sagte meine Mutter.

Bloch stellte das Bild zurück und warf mir einen kurzen verwirrten Blick zu. Kurz darauf beschlossen wir zur allgemeinen Erleichterung, einen Spaziergang durchs Dorf zu machen.

»Soso. Dein Vater lebt also nicht mehr«, sagte Bloch, als wir unterwegs waren. »Das wusste ich gar nicht.«

»Jetzt weißt du's.«

Er klopfte mir auf die Schultern und verkündete, er wolle Landwein trinken gehen.

»Zeig mir eine gute Bauernschenke.«

In Neubad gab es keine Bauernschenken, weder gut noch schlecht. Es gab nur den Widder. Dorthin gingen wir. Am Nebentisch saßen ein paar Herren vom Turnverein. Ich kannte sie vom Sehen. Sie schauten neugierig zu uns herüber, nachdem Bloch ihnen beim Hereinkommen »Grüß Gott, die Herren und ein Prosit auf die Gemütlichkeit« zugerufen hatte.

Die Bedienung trat an unseren Tisch. Mirna arbeitete seit zwanzig Jahren im Widder. Vom ersten Tag an hatte sie den Eindruck gemacht, als warte sie auf den Feierabend.

»Meine Liebe. Darf ich Sie um die Weinkarte bitten?«, schmetterte ihr Bloch entgegen.

»Die Weinkarte?«

»Oder nein. Wissen Sie was? Bringen Sie uns einfach zwei Gläser von ihrem süffigsten Landwein.«

Mirna sah mich verwirrt an. Sie trug neuerdings eine Brille, schien aber immer noch auf den Feierabend zu warten.

»Wir möchten gerne Wein trinken«, erklärte ich verlegen.

»Du meinst Riesling?«

»Wenn es Riesling ist, den sie uns empfehlen mögen, dann soll es also Riesling sein«, entschied Bloch gönnerhaft.

»Also zweimal Riesling.«

Bloch strahlte mich an.

»Ich finde es ganz famos hier. Verkehren du und die Deinen häufig in diesem zauberhaften Etablissement?«

»Es geht.«

Vaters Beerdigung kam mir in den Sinn. Wir verkehren hier nur zu Leichenmahlen, hätte ich Bloch erklären können. Ich dachte an den Pfarrer mit dem Eierbrötchen und wie er »jetzt bist du erwachsen« zu mir gesagt hatte. Sieben Jahre war ich nun schon erwachsen, und trotzdem fühlte es sich noch immer kein bisschen so an.

Plötzlich stellte ich mir vor, wie es wäre, eine geheime Liebschaft zu haben. Ich sah Elsa Haslinger zur Tür des Widders hereinkommen und durch die rauchgeschwängerte Luft gehen. Ein Engel zu Besuch im Wirtshaus. Ich stellte mir Blochs neugierige Blicke vor und wie ich ihn dann vielsagend anschaute: Ich muss dir etwas erzählen.

Der Landwein war schwer und sauer. Kein Engel kam herein. Auf dem Tisch lag ein Brief.

»Was ist das?«, fragte ich dümmlich.

»Das, mein lieber Charly, so überraschend es auch sein mag, ist ein Brief.«

»Das seh ich auch. Aber was macht der hier auf dem Tisch?«

»Der Brief ist für dich. Ich möchte, dass du ihn liest und mir deine Meinung dazu sagst. Nicht jetzt. Nicht hier. Du sollst ihn später zu Hause lesen und dir in Ruhe deine Gedanken dazu machen.«

Ich war überrascht von Blochs bedeutungsschwangerem Getue. Doch war es nicht der erste Brief, den ich von ihm erhielt. Meist handelte es sich um philosophische Ausführungen zu Musik und Literatur. Ich wusste, dass er an einem Roman schrieb und bereits auf Seite achthundertneunundsiebzig angelangt war. In einem schwachen Moment hatte ich ihm gestanden, dass ich auch schrieb, und dabei verschwiegen, dass es sich um Zusammenfassungen von Fußballspielen handelte, die ich in einem Ordner für die Nachwelt sammelte.

Wir bestellten noch eine Runde vom scheußlichen Landwein. Dann begleitete ich Bloch zur Haltestellte, wo er in seinem karierten Holzfällerhemd ins Postauto stieg und zurück in die Stadt fuhr.

Am Abend las ich den Brief auf meinem Zimmer. Er war nicht das, was ich erwartet hatte. Keine philosophische Ausführung. In dem Brief gestand mir Bloch seine Liebe. Er tat es in einer seltsam lyrischen Sprache, immer wieder durchbrochen von ironischen Wendungen. »Die Straße, die wir beide gehen … Das Licht, das auf uns scheinen wird ... Die Glocken läuten vor Freude beim Anblick deiner leuchtenden Locken.«

Blochs Worte beschämten mich. Und das nicht nur, weil ich gar keine Locken hatte. Nie zuvor hatte jemand solche Dinge zu mir gesagt. Das Leben sprach zu mir, und es war mir ausgesprochen unangenehm. Es war wie damals, als Claudia Huber mit mir gehen wollte, nur dass diese Liebe sich sehr viel besser ausdrücken konnte. Da waren keine Rechtschreibfehler. Alles war richtig. Und darum war alles falsch. Bloch war mein Freund. Mein einziger Freund. Uns verband die Liebe zur italienischen Oper und die Abneigung für Geräteturnübungen. Darüber hinaus blieben wir uns fremd. Freundschaft war für mich eine Art Tauschbörse für Interessen, die so harmlos waren, dass sie getrost mit anderen geteilt werden konnten. Musik. Bücher. Alte Münzen. Echte Gefühle mussten draußen bleiben. Mit seinem Brief aber hatte Bloch eine Grenze überschritten. Sein Brief war eine Attacke und musste um jeden Preis abgewehrt werden.

Erst wollte ich Bloch auch einen Brief schreiben, doch fand ich nicht die richtigen Worte. Alles klang wie eine Lüge. Schließlich hatte ich eine andere Idee. Am nächsten Tag ging ich in der großen Pause zur Stereoanlage in unserem Schulzimmer und legte eine CD ein. Ich drehte auf volle Lautstärke und öffnete alle Fenster. Da erklangen bereits die ersten Takte der *Schönen Helena*. Ich sah auf den Pausenhof hinunter. Zahlreiche Leute hatten mich bereits bemerkt. Unter ihnen entdeckte ich auch Bloch. So wie die anderen schaute er zu mir hinauf.

Unsere Blicke trafen sich. Ich sah, dass er alles verstanden hatte.

Wie aber hat meine Liebe zu Elsa Haslinger überhaupt angefangen? Ich habe es bereits erwähnt: Sie begann mit einer Wurst.

Ich wünschte mir, am Anfang meines Liebeslebens stünde etwas Poetischeres. Der Flug eines Falken, eine mystische Wolkenformation oder Spuren im Sand. Doch das Schicksal ist nicht poetisch, meines jedenfalls nicht.

Drei Männer aus dem Dorf, Gabor Speckeisen, Walter Bruckner und Daniel Hefti hatten zusammen angefangen Bier zu brauen – ein Hobby, dem Männer auf dem Lande frönen, wenn sie ein Haus gebaut und ein Kind gezeugt haben und es für sie auf Erden sonst nichts mehr zu tun gibt. Nun lud das Triumvirat die Bevölkerung zum Anstich ein. Neben dem Dorfladen hatten sie ein Zelt aufgestellt, vor dem Würste gebraten und Bier ausgeschenkt wurde. Dazu gab es eine Hüpfburg. Um sechs spielten die regional bekannten Dixieland Globetrotters, fünf Pensionäre mit aschfahler Haut, die vielleicht selber nicht mehr wussten, ob ihre langen Mähnen nun echt waren oder nicht. Nach jedem Lied rief der Sänger: »*Thank you, folks.*« Es blieb ein Rätsel, warum er zu der Bevölkerung englisch sprach. Er war gelernter Lastwagenfahrer und wohnte im Nachbardorf.

Ich war zufällig vorbeigekommen und sah mir das Treiben mit dem melancholischen Mitleid eines Hirten an, der seine Herde noch einmal ins Auge fasste, bevor er sie für immer verließ. Ich bemerkte, dass ich auf dem

Mäuerchen saß, vor dem mich Großmutter immer gewarnt hatte. Doch da ich keine Colafrösche aß, hielt sich die Gefahr in Grenzen. Außerdem war ich sechzehn und trank nicht einmal Bier. Die Gosse schien kein Ort für mich zu sein. Doch ahnte ich bereits, dass andere Abgründe auf mich warteten.

Nach einer Weile kamen Gabor Speckeisen und Walter Bruckner mit einer Festbank vorbei, die sie ins Zelt tragen wollten. Als Gabor mich auf dem Mäuerchen bemerkte, rief er mir zu:

»Hey, Charly. Mach bei unserem Wettbewerb mit. Es gibt tolle Preise und nicht nur Bier.«

Er drückte mir einen Zettel in die Hand, auf dem ein paar Fragen notiert waren. Sein Schädel leuchtete purpurrot, und auf seinem T-Shirt stand in großen Lettern *Speck and Go*, der Name seines Skigeschäfts. Während sich Gabor mit mir unterhielt, zündete sich Walter Bruckner eine Zigarette an und rauchte teilnahmslos vor sich hin.

Nachdem sie weitergegangen waren, schaute ich mir die Fragen auf dem Wettbewerbszettel an. Eine lautete »Wie viel Bier trinkt ein Neubader durchschnittlich pro Jahr?« Was ist denn das für eine Frage, dachte ich und schrieb *100 Liter* hin.

Eine Woche später erfuhr ich von meiner Mutter, dass ich beim Bier-Wettbewerb den zweiten Platz belegt hatte. Sie hatte beim Einkaufen davon erfahren. Das war genau der Grund, warum sie unseren Dorfladen mied. Stets bestand die Gefahr, dass man etwas erfuhr, was man gar nicht wissen wollte.

»Was hattest du überhaupt an diesem Bier-Tag zu suchen«, wollte sie wissen. Ich hörte Eifersucht in ihrer Stimme. Seit Jahren nahm sie bei allen möglichen Wettbewerben teil, und das Einzige, was sie je gewonnen hatte, war ein Skianzug beim Lottoabend der Feuerwehr. Er war blau gewesen und zwei Nummern zu groß. Außerdem war es gar kein richtiger Anzug. Es war nur eine Hose. Die dazugehörende Jacke hatte jemand anderes gewonnen. Doch da Mutter sowieso nicht Ski fuhr, war das irgendwie egal.

»Das war nicht so geplant. Ich habe einfach irgendetwas hingeschrieben«, erklärte ich.

»Einfach irgendetwas hingeschrieben«, wiederholte Mutter, vermutlich dachte sie gerade an all die Lottoziehungen im Fernsehen, bei denen sie ergebnislos mitgefiebert hatte. Allein für diese Zeit hätte sie einen Preis erhalten müssen.

»Übrigens, was habe ich eigentlich gewonnen?«, wollte ich wissen.

»Eine Wurst«, sagte Mutter.

»Was?«

»Eine Bier-Wurst. Gespendet von der Metzgerei Haslinger.«

Das Leben kam zu mir in Gestalt von Elsa Haslinger. Doch an die Tür geklopft hat es in Form einer Wurst.

Ich hatte keine Lust auf die Wurst und verkündete, sie der Allgemeinheit spenden zu wollen. Doch Mutter war dagegen.

»Was sollen die Leute denken? Du bist sowieso schon arrogant genug. Die Wurst wird abgeholt.«

Widerwillig machte ich mich auf den Weg, um meinen Preis abzuholen.

In der Metzgerei stand die alte Frau Haslinger hinter der Verkaufstheke. Sie hatte das Geschäft mit ihrem Mann zusammen gegründet. Nachdem ihr Sohn es übernommen hatte, stand sie immer noch an mehreren Tagen im Laden und überwachte das Geschehen mit den Augen eines Menschen, dem das Leben nichts geschenkt hatte. Mittlerweile hörte sie immer schlechter, was sich ganz ausgezeichnet mit ihrer Eigenheit vertrug, dem Kunden nicht das zu geben, was er wünschte, sondern was er in ihren Augen verdiente.

»Was willst du denn hier?«, fragte sie mich. Sie mochte keine Kinder und war die einzige Metzgerin in der Region, die die traditionelle gratis Wurstscheibe verweigerte.

»Ich bin hier, um die Bier-Wurst abzuholen«, erklärte ich.

»Was für eine Wurst?«

»Die Bier-Wurst. Ich habe sie beim Wettbewerb gewonnen.«

»Wir verschenken keine Würste. Wenn du eine haben willst, musst du dafür bezahlen. Und jetzt entschuldige mich bitte. Ich habe Kundschaft zu bedienen.«

Mit gespieltem Entzücken wendete sie sich Gabor Speckeisen zu, der soeben hereingekommen war. »Ah, Gabor. Ich weiß, was du brauchst. Ein schönes, saftiges Rindsentrecote.«

In diesem Moment kam Elsa Haslinger aus dem Nebenzimmer. Sie hatte das blonde Haar zusammengebunden und trug eine frische Metzgersschürze.

»Ah, Charly, du bist sicher wegen deiner Bier-Wurst gekommen.«

»Fängst du jetzt auch damit an?«, ereiferte sich die alte Haslinger. »Kannst du mir das erklären?«, wollte sie theatralisch von Gabor wissen. Er zeigte auf mich. Er trug einen Faserpelzpulli, und auch auf diesem prangte das Logo seines Geschäfts.

»Der junge Mann hier hat bei unserem Wettbewerb den zweiten Platz belegt, indem er als einer der wenigen dem Alkoholismus furchtlos ins Auge blickte.«

»Wer trinkt, muss auch essen«, rief die alte Haslinger. »Wie wärs mit einem schönen Entrecote?« Geschäftig fing sie zu schneiden an.

»Was war denn der erste Preis?«, wollte Elsa Haslinger wissen.

»Ein Abendessen mit der Metzgerin«, erklärte Gabor und zwinkerte ihr zu.

»Träum weiter. Hier, Charly, dein Preis.«

Sie überreichte mir ein eingepacktes Packet, in dem sich etwas Rechteckiges befand.

»Das ist keine Wurst«, sagte ich dümmlich.

»Nein, ist es nicht«, lachte sie. »Du bist ja wirklich so klug, wie alle sagen. Weißt du, ich habe mir überlegt, was soll ein sechzehnjähriger Junge schon mit einer Wurst anfangen?«

»Was soll das heißen«, fragte die Alte. »Sie essen, natürlich.«

»Darum habe ich etwas gewählt, was vielleicht besser zu dir passt. Ich habe deine Weihnachtsgeschichte gelesen. Hat mir sehr gut gefallen.«

Fürs Gemeindeblättchen hatte ich im letzten Jahr eine Weihnachtsgeschichte geschrieben. Ich las damals gerade viel Hemingway, weshalb alle Figuren in der Geschichte inklusive des Weihnachtsmanns betrunken waren. Großmutter las die Geschichte und erklärte: »Das ist die schlimmste Weihnachtsgeschichte, die ich je gelesen habe.«

»Schreibst du immer so spannend?«, fragte Elsa.

»Also. Ehm. Ich weiß nicht. Ehm.«

»Besonders klug wirkt der aber nicht«, meinte die Alte. »Früher waren die Kinder viel intelligenter. Hab ich recht, Gabor? Soll ich dir das Entrecote vakuumieren?«

Es war allgemein bekannt, dass die alte Haslinger einer Liebschaft mit dem Vakuumierer frönte. Sie vakuumierte einfach alles, was ihr in die Finger kam.

»Gib mir Bescheid, wenn du wieder mal etwas geschrieben hast«, sagte Elsa, und ihre Worte vakuumierten mein Herz.

»Ich hoffe, das Buch gefällt dir. Und wenn nicht. Na dann halt nicht.«

Ich bedankte mich linkisch, was die Alte zu einem weiteren spöttischen Kommentar veranlasste. Gabor rief mir nach, ich solle doch mal auf ein Bier vorbeikommen. Dann öffnete ich die Tür und verließ den Laden. Langsam ging ich davon. Der Himmel sah noch genauso aus wie zehn Minuten zuvor. Nach ein paar Schritten merkte ich, wie mein Herz klopfte.

Was war in diesem Braten?

Am ersten Sonntag meines Besuchs in Neubad beschloss ich, für uns drei zu kochen.

»Ist das Gefrierfach denn schon leer?«, fragte Mutter und sah entsetzt zu, wie ich den Römertopf auf den Herd stellte.

»Ich möchte, dass ihr mal wieder etwas Gesundes zu euch nehmt.«

»Gesund«, wiederholte Mutter, so als fragte sie sich, wo sie das Wort schon einmal gehört hatte.

»Du weißt, was ich meine. Kein Fertiggericht. Selbst gekochte Hausmannskost wie in der guten alten Zeit.«

Mutter schüttelte den Kopf.

»So eine Zeit hat es nicht gegeben. Zumindest nicht in diesem Haus.«

In den vergangenen Tagen hatte ich vergeblich versucht herauszufinden, was Daniel Hefti Mutter erzählt hatte. Das Problem bestand darin, dass ich das Thema auf keinen Fall direkt ansprechen konnte, da dies einem Geständnis gleichgekommen wäre. Ich hatte mir aber bereits vorgenommen, dass ich alles abstreiten wollte.

Daniel Hefti war tot. Er konnte sich nicht mehr verteidigen. Das war meine Chance. *Was hat er gesagt? So ein Unsinn. Aber du weißt doch, wie er gewesen ist. Er hat früher an der Steinerschule unterrichtet.*

Wenn ich das Gespräch auf Walter Bruckner lenken wollte, musste ich ganz subtil vorgehen. Ich musste es wie Proust mit seiner Madeleine anstellen, deren Geschmack die Vergangenheit wie von Zauberhand wiederauferstehen ließ. Allerdings war die Madeleine in unserer Familie keine Madeleine, sondern ein Zwiebelrostbraten.

Am Nachmittag band ich mir eine weiße Schürze um und schlug das Rezept für Zwiebelrostbraten in *Endlich leichter kochen* auf. Das Buch stammte aus den Siebzigern, das richtige Jahrzehnt für einen Zwiebelrostbraten. Die Seiten waren bereits ziemlich vergilbt, doch das machte das Rezept nur vertrauenswürdiger, genau wie der Name des ehemaligen Besitzers, eines gewissen Roland Wild.

»Jetzt geht es los«, rief ich und trank ein Glas Weißwein.

Kochen ist für mich wie Meditieren, hatte ich eine Frau in einer Fernsehsendung sagen gehört. Dabei rührte sie andächtig in einem Topf Brühe. Während ich nun in meinem eigenen Topf rührte, versuchte ich zu verstehen, was sie gemeint hatte. Ich begann Zwiebeln zu schneiden und stellte mir dabei den verstorbenen Roland Wild vor, wie er mir über die Schultern schaute und »nicht so grob. Die müssen hauchfein sein« sagte.

Ich war kein Koch, war es nie gewesen. Selbst wenn ich wirklich mal was kochte, tat ich nur so, als ob. Doch ich war auch kein Schriftsteller. Kein Ehemann. Und ich war kein Vater. Denn all dies war ich nur aus dem einen Grund: um etwas anderes nicht zu sein. Sie waren Verkleidung. So wie wenn sich in Filmen die Ganoven auf der Flucht vor der Polizei als Chinesen anzogen. Zwanzig Jahre ging ich schon als Chinese, und immer noch waren sie mir auf den Fersen.

Nach einer Weile kam meine Mutter herein.

»Brauchst du Hilfe?«

»Danke. Ich habe alles im Griff.«

Sie zeigte auf den Topf.

»Muss das so stark kochen?«

»Das Rezept ist aus den Siebzigern«, erklärte ich.

Sie blieb in der Mitte der Küche stehen, was meinen Bewegungsradius empfindlich einschränkte. Kochen ist vor allem eine Frage des Bewegungsradius.

»Kann ich etwas für dich tun? Vielleicht einen Brennnesseltee?«

Sie schüttelte den Kopf, während sie weiter mit Argusaugen dabei zuschaute, wie ich Schränke öffnete, in Schubladen kramte und irgendwelche Gewürze in die Hand nahm. Ein fremder Mensch fuhrwerkte in ihrer Küche. Es spielte dabei keine Rolle, dass dieser Fremder ihr eigener Sohn war.

»Warum gehst du nicht ins Wohnzimmer und entspannst dich?«, schlug ich genervt vor.

Wir wussten beide, wie absurd mein Vorschlag war. Meine Mutter hatte sich in ihrem Leben noch keinen einzigen Tag entspannt. Warum sollte sie ausgerechnet jetzt, wo ihr Sohn einen Zwiebelrostbraten zubereitete, damit anfangen?

»Schau, Mutter«, sagte ich so freundlich wie möglich. »Liebe ist Distanz. Wenn wir miteinander auskommen wollen, müssen wir uns alle so gut es geht in Ruhe lassen.«

»Ich weiß, worum es hier geht. Und ich will dir nur sagen: Ich habe mein Möglichstes getan.«

Endlich begriff ich. Die Madeleine funktionierte. Wenn auch anders als geplant. Das ist eben das Problem mit der Vergangenheit. Es hat jeder eine andere im Auge. Offenbar interpretierte Mutter meinen Zwiebelrostbraten als Kritik an ihren Kochkünsten. Tatsächlich ist sie nie eine große Köchin gewesen, doch wer würde ihr das verdenken? Sie war alleinerziehende Mutter zweier Kinder und musste sich außerdem um eine Großmutter in der Spätpubertät kümmern. In meiner Erinnerung hat es bei uns eigentlich immer Fischstäbchen gegeben.

»Fischstäbchen sind gesund«, sagte Mutter stets, wenn sie die Pfanne mit den verkohlten Fischen auf den Tisch stellte. Damals lernte ich, dass die Wahrheit eine biegsame Angelegenheit war.

Eine Ausnahme war jene kurze Phase, als sie Kochen zu ihrem neuen Hobby auserkoren hatte. Sie schleppte unzählige Kochbücher nach Hause, war jedoch nicht der Typ, der sich Zeit für ein ganzes Rezept nahm. Sie kaufte lückenhaft ein, übersprang bei der Zubereitung entscheidende Handlungsschritte, die sie mit billigen

Taschenspielertricks zu vertuschen suchte. Am Ende aßen wir meistens doch wieder Fischstäbchen.

»Denk nur an den Apfelkuchen, den ich für deinen unfreundlichen Schulfreund gebacken habe«, sagte Mutter jetzt.

»Bloch?«

»An seinen Namen kann und will ich mich nicht mehr erinnern. Ich weiß nur noch, dass er keinen Kuchen wollte, weil angeblich nicht die Uhrzeit dafür war.«

»Aber du verstehst das vollkommen falsch. Ich tue das ohne Hintergedanken. Ich hatte einfach nur Lust, für euch zu kochen.«

»Niemand tut auch nur irgendetwas ohne Hintergedanken.«

In ihren Augen blitzte es auf, und für einen Moment stand ich kurz davor, sie direkt auf Daniel Hefti anzusprechen. Da ertönte Großmutters Stimme von oben.

»Charly. Renate. Was stinkt denn da so?«

»Keine Sorge, Großmutter«, rief ich. »Es ist alles in Ordnung. Ich koche Zwiebelrostbraten.«

Um halb sechs klingelte es an der Tür. Ich sah Mutter fragend an.

»Das wollte ich dir ja noch erzählen«, rief sie. »Ich habe jemanden eingeladen.«

»Du hast was?«

Vor der Tür stand Gabor Speckeisen. Er grinste breit und trug einen weißen Anzug. Wie beim letzten Mal, als er aus der Waschküche gestiegen war, hatte er das Haar mit viel Gel nach hinten gekämmt.

»Guten Abend. Danke für die Einladung.«

Er machte einen kränklichen Eindruck. Sein Gesicht war so weiß wie sein Anzug, in dem er stark schwitzte. Auch die roten Rosen in seiner Hand lagen in den letzten Zügen.

Als er hereinkam, bemerkte ich seine Schuhe. Sportschuhe von Fila, die jedoch vollkommen abgetragen und voller Erdkrusten waren.

Dieser Mann geht durch die Hölle, sagte ich mir, *und dies schon eine ganze Weile.*

Speckeisen schnippte mit dem Finger. Es war eine Geste, die ich später noch häufig bei ihm beobachtete. Es wirkte so, als versuchte er verzweifelt aus einem Traum aufzuwachen, der schon viel zu lange dauerte.

»Was riecht denn da so gut?«

»Charly kocht für uns einen Zwiebelrostbraten«, erklärte Mutter zerknirscht.

»Also nicht nur Bestsellerautor, auch Meisterkoch?«

Ich lächelte freundlich, während ich mit der Zunge die Fleischfasern zwischen meinen Zähnen spürte. Laut *Endlich leichter kochen* sollte das Fleisch nach drei Stunden butterzart sein. Aber vielleicht hatte man in den Siebzigern auch eine andere Vorstellung von Zartheit gehabt.

Wir gingen ins Wohnzimmer. Drei Menschen in Bewegung ist immer schon ein kleiner Ausflug, selbst wenn er nur vom Flur ins Wohnzimmer führt. Unterwegs fiel mein Blick auf ein gerahmtes Schwarz-Weiß-Foto meiner Mutter als kleines Kind. Sie stand vor einem Brunnen und aß ein Marmeladebrot. Alles auf dem Foto sah so alt und vergangen aus, und es schien fast undenkbar, dass es diese Zeit wirklich einmal gegeben hatte.

Im Wohnzimmer nahm Speckeisen sofort eine Murmel aus der Schale und ließ sie die Bahn hinunterrollen. Er tat dies mit derselben Routine, mit der sich Männer früher beim Betreten eines Raumes als Erstes einen Drink gemixed hätten. Offenbar machte er dies häufiger. Konzentriert verfolgte er den Lauf der Kugel. Wenn sie mit einem leichten Scheppern auf eine tiefere Ebene fiel, verzog er jedesmal das Gesicht, so als leide er mit ihrem Schicksal.

»Siebenundzwanzig Sekunden«, sagte er, als es zu Ende war. »So wie beim letzten Mal.«

Das Skigeschäft war vor vielen Jahren in Konkurs gegangen. Und auch Bier braute er schon lange nicht mehr. Walter Bruckner war tot und Daniel Hefti auch. Er war der letzte Übriggebliebene des ehemaligen Triumvirats. Bei dem Gedanken wurde mir schwindelig.

Mutter stopfte unterdessen die Rosen in eine Vase, die dafür offensichtlich zu klein war. Sie hatte kein Auge für Proportionen, was wiederum damit zu tun hatte, dass sie kein Interesse für Proportionen hatte.

»Was für herrliche Blumen«, sagte sie, nachdem sie die Rosen beinahe verstümmelt hatte. »Und wie sie duften.« Man konnte sehen, wie sie sich in letzter Sekunde noch an die gesellschaftliche Konvention erinnert hatte: Blumen waren herrlich. Blumen dufteten. Sie sah aus dem Panoramafenster.

»Ob es heute noch regnen wird?«

Jetzt hatte sie auch noch auf das Wetter angespielt.

Was die Erfüllung gesellschaftlicher Normen anbelangte, konnte man ihr heute wirklich keinen Vorwurf machen. Und trotzdem stimmte etwas nicht. Es war Gabor Speckeisen. Im Moment deutete nichts darauf hin, dass die beiden näher miteinander bekannt waren. Er hätte auch der Klempner sein können, der gekommen war, um die Toilette zu reparieren, mal abgesehen davon, dass Klempner in der Regel keine Rosen brachten.

Vielleicht brauchen die beiden einfach ein wenig Privatsphäre, dachte ich und sagte einen Satz, den ich schon immer einmal sagen wollte:

»Ich geh mal nach dem Braten schauen.«

Wenige Minuten später. Ich stand in der Küche. Neben mir der Braten. Viel zu tun gab es nicht für mich. Ich wusste ja, dass er zäh war. Butterzart würde er in diesem Leben nicht mehr werden. Ich hatte Nina ein Foto von meiner Kochkunst geschickt.

»Muss die Kruste so verbrannt sein?«, hatte sie gefragt.

»Das sieht nur so aus. Ich brauche ein neues Handy«, hatte ich zurückgeschrieben.

Plötzlich überkam mich eine Erinnerung. Der Rostbraten funktionierte blendend. Nur provozierte er lauter Erinnerungen, die man lieber vergessen hätte. Vor einiger Zeit war ich allein zu Hause gewesen, nur ich und ein Zucchini-Auflauf, den ich den ganzen Nachmittag lang absichtlich bedächtig zubereitet hatte, um nicht an meinem Roman weiterschreiben zu müssen. Der Auflauf war im Ofen und brauchte noch zehn Minuten. Ich stand am Fenster und schaute auf die Straße runter, wo just in diesem Moment unserer Hausverwalter sein braunes Gewand durch den Tag schleppte. In seinem Blick flackerte das Feuer des geistig Entrückten, das ich bereits von seinen handgeschriebenen Mitteilungen an die Wohnungsgemeinschaft kannte. Oft bewahren allein die gewichtigen Ämter, die sie bekleiden, die Menschen davor, ins Irrenhaus eingeliefert zu werden. In diesem Augenblick fuhr ein Polizeiauto die Straße entlang und parkte auf der Wiese. Zwei Männer in Uniform stiegen aus. Ich sah die Pistolen an ihren Gürteln. Mein Herz schlug schneller, als sie den Verwalter einfach so an sich vorbeischlurfen ließen und sich stattdessen zu unserem Haus bewegten. Sie hatten diesen schlenkernden Cop-Gang, den man aus amerikanischen Filmen kennt und der eine gefährliche Lässigkeit ausdrücken soll. *Sie sind hier*, sagte ich mir, und das Herz schlug mir bis zum Hals. Sie sind gekommen, um dich zu holen.

Ohne weiter zu überlegen, stürmte ich in den Flur, zog die Schuhe an und stürzte aus der Tür. Unser Haus hat zwei Ausgänge. Da die Polizisten von der Hofseite herkamen, würden sie durch den Hinterausgang kommen. Also lief ich zur Haupttür. Ich hörte ihre Stimmen im Treppenhaus, dann fiel die Tür hinter mir ins Schloss, und ich rannte los. Ich überquerte die Straße, rannte zwischen den Häusern hindurch in den Park, wo ich eine Weile lang von mehreren kläffenden Hunden verfolgt wurde. Ich erwog, eine Straßenbahn zu nehmen, fürchtete jedoch, dass in letzter Sekunde ein Polizist hineinspringen würde und ich in der Falle säße. Stattdessen versteckte ich mich eine Stunde lang in einer kleinen Tierhandlung, deren Besitzer mich misstrauisch beobachtete, je länger ich um das Hundefutterangebot herumstrich. Am Ende kaufte ich einen Beutel von irgendetwas, das sich später als Schlangennahrung herausstellte, und kehrte nach Hause zurück. Das Polizeiauto war verschwunden, die Fenster unserer Wohnung standen weit offen, im Treppenhaus roch es verbrannt. Vor einer halben Stunde war Nina von der Arbeit zurückgekehrt und hatte den verkohlten Zucchini-Auflauf im Ofen entdeckt.

»Wo warst du?«, fragte sie mich.

»Ich musste noch etwas einkaufen gehen.«

»Schlangenfutter?«

Sie hatte früher schon vermutet, dass etwas mit mir nicht in Ordnung war. An diesem Tag bekam sie die Bestätigung.

Die Polizei, so habe ich später erfahren, hat an dem Tag den Biernachbarn im ersten Stock besucht. Sein Auto stand im Halteverbot.

In *Endlich leichter kochen* stand geschrieben: »Wenn der Braten verführerisch nach Rosmarin duftet, ist das Essen fertig.« Ich öffnete den Backofen. Der Braten duftete nicht nach Rosmarin.

»Wir können essen«, sagte ich, als ich ins Wohnzimmer zurückkam. Ich hörte mich wie der Überbringer einer Schreckensnachricht an. Mutter und Gabor hatten sich mittlerweile aufs Sofa gesetzt. Er hätte immer noch der Klempner sein können, jetzt aber einer, der eine Affäre mit der Frau des Hauses hatte.

»Das müssen wir feiern«, sagte er. Für einen Moment glaubte ich, er meine damit die Tatsache, dass das Essen fertig war. Doch dann sagte Mutter:

»Gabor hat eine Metzgerei gekauft.«

»Wo?«, fragte ich entsetzt.

»Gleich hier im Dorf«, erklärte er lachend. »Die alte Metzgerei Haslinger.«

Wir aßen im Esszimmer, einem Raum, der seit Jahren nicht genutzt wird. Das im Grunde sehr helle und angenehme Zimmer hat nämlich eine merkwürdige Akustik, die dazu führt, dass man, wie bei einer Ohrenentzündung, nur seine eigene Stimme hört, während die der anderen wie ein geheimnisvolles Murmeln aus großer Tiefe ertönt.

An diesem Tag aber machten die Frauen eine Ausnahme. Ich wusste nicht, ob das für oder gegen meinen Zwiebelrostbraten sprach. Mutter hatte sogar ihr Hochzeitsbesteck ausgepackt. Es war schwer und aus Silber und strahlte etwas Bedrohliches aus. Sie und Gabor hatten nebeneinander Platz genommen. Da saßen sie also und wogen das Besteck in ihren Händen. Ein Metzger und eine Antiquitätenhändlerin. Ein schönes Paar. Großmutter kam herein. Als sie Gabor sah, warf sie mir einen Blick zu, der ungefähr »sag ich doch: Herrenbesuch« bedeuten sollte. Doch Gabor, das war mir unterdessen klargeworden, war nicht einfach nur ein Herrenbesuch. Er war Vergangenheit, und zwar viel mehr, als mir lieb war. Warum nur hatte er die Metzgerei Haslinger gekauft? Warum war er nicht dem Skisport treu geblieben?

»Das Snowboard war mein Untergang«, erzählte er beim Essen mit vollem Mund. »Alle sagen immer ›Diversifizieren. Wenn du überleben willst, musst du diversifizieren‹. Doch wer überall dabei sein will, verliert seine Seele. Genau das ist mir passiert. Ich habe mich diversifiziert und meine Seele an das Snowboard verloren.«

Das war also der neue Mann an der Seite meine Mutter. Ein Neu-Metzger, der seine Seele an das Snowboard verloren hatte und seither in Fila-Schuhen durch die Hölle ging. Auch beim Essen schwitzte er stark. Merkwürdigerweise zog er den Anzug nicht aus. Offenbar war er für ihn eine Art Rüstung.

»Ich hatte eine wunderhübsche Seele«, sagte er im gleichen melodramatischen Ton, in dem er zuvor erzählt hatte, dass er sein Horoskop habe auspendeln lassen. »Und ich habe sie verloren. An die Herren Burton, Salomon und K2.«

»Was hat er gesagt?«, fragte Großmutter, die wegen der unmöglichen Akustik nichts verstanden hatte.

»Burton, Salomon, K2«, schrie Mutter.

»Kenn ich nicht. Aber Renates Vater hat zu Lebzeiten die weltgrößte Kaffeesahnedeckelsammlung angelegt. Wenn Sie nach dem Essen auf mein Zimmer kommen, werde ich Ihnen ein paar Müsterchen präsentieren.«

Kam es mir nur so vor, oder wurde das Wort Kaffeesahnedeckelsammlung im Laufe der Jahre immer länger?

»Ich sammle auch Kaffeesahnedeckel«, rief Gabor entzückt.

»Wirklich?«, erwiderte Großmutter ohne Begeisterung.

Das war eine weitere Besonderheit von Gabor Speckeisen, die mir zuvor schon aufgefallen war. Was auch immer man von sich berichtete, er interessierte sich auch dafür. So hatte er mir erzählt, dass er gerade an einem Buch schreibe, eine Geschichte seiner Familie über drei Jahrhunderte, und als Großmutter zwei Tabletten gegen Bluthochdruck schluckte, fragte er, ob er auch eine haben könne.

»Ich wusste gar nicht, dass du Bluthochdruck hast«, sagte Mutter.

»220 zu 180«, tönte Speckeisen aufs Geratewohl.

»Dann wärst du tot«, bemerkte ich.

»Ich weiß. Die Ärzte sind auch überrascht. Sie sagen, ich bin ein Wunder.«

»Das bist du auf jeden Fall«, sagte Mutter und nahm seine Hand. Großmutter schaute demonstrativ weg.

»Was ist das eigentlich mit euch?«, fragte ich. »Darf man gratulieren?«

»Man darf«, sagte Speckeisen und zeigte strahlend seine nicht ganz so strahlenden Zähne, in denen diverse Fleischfasern hingen. Der Zwiebelrostbraten war wirklich ein Reinfall gewesen.

»Wann ist die Hochzeit«, wollte ich wissen und sah, wie Mutter zusammenzuckte.

»Keine Hochzeit. Jetzt beruhigt euch alle mal wieder. Ich helfe Gabor einfach bei der Inneneinrichtung der Metzgerei.«

Das war vermutlich die unromantischste Liebeserklärung, die ich je gehört hatte. Auch Speckeisen verzog einen Moment schmerzverzerrt das Gesicht.

»Sie ist eine Perle«, bestätigte er.

»Sie hat schon früh gelernt, was Arbeiten bedeutet«, bemerkte Großmutter, womit das romantische Zwischenspiel endgültig beendet war.

»Was hat es denn mit der Metzgerei auf sich?«, fragte ich Speckeisen. Er schmunzelte. Man konnte sehen, dass dies der Moment war, auf den er schon die ganze Zeit gewartet hatte.

»Ich mache jetzt Wurst.«

Ich nickte, so als hätte ich nichts anderes erwartet.

»Ich habe mir die alte Metzgerei Haslinger gekauft und werde dort meine eigenen Würste verkaufen. Aber nicht irgendwelche Würste. Gourmetwürste.«

Es war passiert. Die nächste Wurst war in mein Leben getreten. Im Grunde war es nur logisch. Die Geschichte hatte mit einer Wurst angefangen. Und darum würde sie auch mit einer Wurst enden. Verläuft im Leben nicht alles im Zickzackkurs? Es besteht aus einer stetigen Fluchtbewegung, die immer wieder auf sich selber zurückgeworfen wird. Auf jeden Ausbruch folgt irgendwann Ernüchterung. Nichts beschreibt diese desillusionierende Bewegung besser als eine Bemerkung, die ich einmal in den Tagebüchern von Paul Valéry gelesen habe. Kurz vor seinem Tod im Jahr 1945 schreibt er da: »Immer dieselben Gedanken seit 1894.« Fünfzig Jahre lang keine Veränderung, und dennoch hatte man die ganze Zeit den Eindruck: Es geht weiter. Meint diese Erkenntnis vielleicht eben diesen Kreis, der sich schließt? Vielleicht. Aber dann müsste es ein Zickzackkreis sein.

»Wisst ihr, wann ich das letzte Mal Zwiebelrostbraten gegessen habe?«, riss mich Gabor aus meinen Gedanken. »Am fünfzigsten Geburtstag von Julius Haslinger.«

»Haslingers Geburtstag?«, meinte Mutter. »Da ist doch die Sache mit Walter Bruckner passiert.«

In diesem Moment krachte Großmutter mit dem Kopf in ihren Zwiebelrostbraten.

»Sie ist tot«, schrie Mutter, so als habe sie die ganze Zeit nur darauf gewartet, dass genau das passieren würde.

»Sie ist nicht tot«, schrie ich zurück. »Sie atmet noch. Glaube ich jedenfalls.«

»Oh Gott. Fleischvergiftung. Was war in diesem Braten?«

»Mit dem Braten ist alles in Ordnung. Ich habe ihn genau nach Rezept zubereitet.«

Ich dachte an das abgegriffene Buch mit seinen vergilbten Seiten. Wer wusste schon, woran dieser Roland Wild wirklich gestorben war?

Unterdessen lag Großmutters Kopf immer noch im Zwiebelrostbraten. *Endlich leichter kochen.* Dieses Versprechen hatte sich definitiv nicht eingelöst.

»Ich habe den Samariterkurs gemacht«, rief jetzt Gabor und krempelte die Ärmel zurück. Dann packte er Großmutter und legte sie rücklings auf den Boden.

»Was tust du da?«, fragte Mutter entsetzt.

»Eine Mund-zu-Mund-Beatmung.«

»Bei meiner Mutter? Kommt gar nicht infrage.«

»Willst du sie etwa lieber sterben lassen?«, fragte ich sie.

Sie zögerte, so als erwöge sie tatsächlich, ob sie nicht dieser Variante den Vorzug geben wollte.

»Ich werde sie jetzt beatmen«, entschied Gabor, doch bevor er wirklich zum Äußersten gehen konnte, meldete sich Großmutter auch schon wieder zu Wort.

»Wagen Sie es ja nicht, mich zu beatmen. Ich bin schon wieder da.«

»Was war das eben?«, wollte Mutter wissen.

»Nur ein kleiner Schwächeanfall. Kein Problem. Das passiert selbst den Besten von uns.«

»Du hast Zwiebelrostbraten im Haar.«

»Natürlich, ich möchte mal dein Haar sehen, nachdem es in einem Braten gelandet ist.«

»Komm. Ich helfe dir.«

Sie nahm Großmutter an der Hand, die das überraschenderweise geschehen ließ und begleitete sie ins Badezimmer.

Es dauerte ein paar Sekunden, bis ich realisierte, dass ich mit Gabor alleine zurückgeblieben war. Er trommelte mit dem Finger auf den Tisch.

»Schon mal jemanden beatmet?«, fragte ich und klang feindseliger, als ich es vorgehabt hatte.

»Meine Mutter. Aber es hat nichts genützt.«

»Falsch beatmet?«

»Sie war schon tot.«

»Tut mir leid.«

»Wir müssen alle gehen.«

Ich wollte das Thema nicht vertiefen und begann das Geschirr zusammenzustellen. Er half mir. Beim Aufräumen zeigt sich der Charakter eines Menschen wie sonst vielleicht nur beim Sex. Gabor stapelte alle Gläser aufeinander, bis sie einen schwankenden Turm bildeten, den er vorsichtig in die Küche trug. Ich sagte mir, dass er ganz genau so auch lebte. Und jetzt lebte meine Mutter auch in einem dieser schwankenden Türme. Sie hätte es natürlich gesagt, dass sie ihm bei der Inneneinrichtung half.

»Apropos Walter Bruckner«, sagte Gabor, nachdem er seinen Turm in der Küche abgestellt hatte.

»Da gibt es eine Sache, die ich gerne in Ruhe mit dir besprechen möchte.«

Entscheidungen und Konsequenzen

Einige Wochen nach meiner Begegnung mit Elsa Haslinger fuhr unsere Klasse mit dem Bus nach Stuttgart. Den Ausflug hatte unser Lateinlehrer, Herr Schwarz, eingefädelt, der mit uns eine Ausstellung über das alte Troja besuchen wollte. Es gibt wohl keine zwei Städte, die emotional weiter voneinander entfernt liegen als Troja und Stuttgart, und es war uns allen schleierhaft, was die Überreste dieses mystischen Ortes ausgerechnet dort zu suchen hatten.

Im Bus saß ich neben einem Mädchen namens Laura. Wir kannten uns vom Sehen, doch hatten wir noch nie miteinander gesprochen. Sie fand mich komisch, und ich hielt sie für oberflächlich. Ich hatte gehört, dass sie Schauspielerin werden wollte. Über mich erzählte man sich, dass ich ein Eremit sei, der in einer Tonne schlief. Die Fahrt verbrachten wir schweigend. Sie hörte Musik auf ihrem Discman, ich las demonstrativ in der Homer-Übersetzung von Schadewaldt. »Sehr gut, Charly. Vielleicht kannst du uns nachher berichten, was du gelesen hast«, schlug Herr Schwarz vor. Er mochte mich, da ich als Einziger in der Klasse gute Noten in Latein schrieb, was wiederum damit zu tun hatte, dass ich das Lösungsbuch für alle Aufgaben besaß. Ich hatte es zufällig in einem Buchladen entdeckt und danach alle Hausaufgaben daraus abgeschrieben und die Übersetzungstexte für die schriftlichen Prüfungen auswendig gelernt. Noch heute macht es mich glücklich, wenn ich daran denke.

Nach ungefähr einer halben Stunde übergab sich Laura in ihre Handtasche. Ich hatte sie husten gehört, und als ich zu ihr schaute, öffnete sie gerade ihre falsche Gucci-Tasche. Ich war so überrascht, dass ich nicht wusste, wie ich reagieren sollte. Alles, was mir auf die Schnelle einfiel, war »Gesundheit«.

»Danke«, sagte Laura, schloss die Handtasche wieder, und wir schwiegen weiter. Ich tat so, als lese ich in meinem Homer weiter. Aus der Tasche roch es säuerlich. Laura legte ihre Jacke darüber.

Das Troja-Museum bestand praktisch nur aus Amphoren. Offenbar waren die das Einzige, was von der berühmten Stadt geblieben war. Das ist so, als würden sie in den Ruinen von New York nichts als Tupperware finden.

Genau wie die anderen irrte ich eine Weile lang ratlos durch die Gänge und studierte graue Informationstafeln, auf denen Sachen wie »Amphore. Vermutlich 3. Jahrhundert vor Christus« geschrieben stand. Plötzlich entdeckte ich Laura. Sie trug immer noch die Tasche bei sich und machte eine wedelnde Handbewegung, als versuche sie den säuerlichen Geruch zu vertreiben. Dann verstand ich: Sie wedelte gar nicht. Sie winkte mir zu.

»Du musst mir helfen«, sagte sie. »Die Tasche muss verschwinden, bevor die anderen etwas merken.«

Ich wusste, was sie meinte. Es gab Menschen, Menschen wie mich, beispielsweise, die hätten tagelang mit einer Tasche voller Erbrochenem herumlaufen können, ohne dass sich dadurch etwas an ihrem gesellschaftlichen Status verändert hätte. Für Laura hingegen wäre die Entdeckung der Tasche dem sozialen Tod gleichgekommen. Ich sah die Angst in ihren Augen. Was sollten wir tun? In der Ferne schlurfte ein Wärter vorüber. Und da hatte ich eine Idee.

»Gib mir die Tasche«, sagte ich zu Laura.

Sie gab mir die Tasche, und dann versenkte ich sie in einer Amphore aus dem zweiten Jahrhundert. Vor Christus.

Wir übernachteten in einem Hotel, das in Wahrheit einfach eine Jugendherberge ohne Küche war. Die Enttäuschung war groß, als wir bemerkten, dass es hier weder Minibar noch Whirlpool gab, sie verwandelte sich jedoch bald in Euphorie, als herauskam, dass Herr Schwarz, der Menschen nur dann mochte, wenn sie schon sehr lange tot waren, in einem echten Hotel beim Bahnhof residierte. Innert kürzester Zeit verwandelte sich die verschlafene Herberge in den Handlungsort eines vorchristlichen Gelages. Mit Baccardi-Cola. Ich trank keinen Alkohol, fühlte mich aber trotzdem elektrisiert von der anarchischen Stimmung und marschierte durch die Gänge, während ich Teile der Schadewaldt-Übersetzung mit der Fistelstimme von Herrn Schwarz rezitierte. Ich kam in den Gemeinschaftsraum, wo eine Gruppe aus unserer Klasse am Tisch saß. Unter ihnen befand sich auch Laura. Sie winkte mir zu. Wir hatten jetzt also eine Wink-Beziehung.

»Willst du dich zu uns setzen?«, fragte sie mich. »Wir plaudern gerade über unsere Ex-Freunde.«

»Verstehe«, sagte ich, als wäre das ein Thema, zu dem ich einiges beizutragen hatte.

»Sie hat Labello mit Kirscharoma benutzt. Beim Küssen dachte ich immer, ich esse ein Fruchtjoghurt«, erzählte Markus, ein seriöser Junge aus meiner Klasse, der gut in Biologie war und später Militärpilot werden wollte. Labello mit Kirscharoma. Wer kannte es nicht?

»Was ist mit dir, Charly?«, wendete sich Laura plötzlich mir zu. Sie hatte nicht einmal gewinkt. »Hast du eigentlich eine Freundin?«

Alle Augen waren auf mich gerichtet. Ich spürte, die Nummer mit der Amphore hatte mich geadelt. Von einem verschrobenen Einzelgänger, dem man bestenfalls irgendwelche Molche als Gesellschaft zugetraut hätte, war ich zu einem jungen Mann mit Freundin geworden. Ich küsste und knutschte, und vielleicht hatte ich sogar Sex. Meine Abende verbrachte ich Händchen haltend im Kino oder bei einer lauwarmen Lasagne samt Hauswein in der Trattoria Luigi. Mein Leben war wie sanftes Geröll. Es rollte einfach so mit den anderen Steinen den Hang hinunter.

Die Überwindung der Einsamkeit ist eines der stärksten menschlichen Bedürfnisse. Ich kam in der Regel ganz gut damit klar, und doch wünschte auch ich mir manchmal nichts mehr als Bestätigung. Ich hatte immer geglaubt, dass es dafür eine besondere Leistung meinerseits bräuchte. So wie bei diesem Jungen aus der Parallelklasse, der bei der Fernsehsendung *Eins, zwei oder drei* mitgemacht hatte und seither von der Aura des Außergewöhnlichen umgeben wurde, obwohl er alle Fragen falsch beantwortet hatte. Nun realisierte ich, dass es viel einfacher war. Alles, was ich brauchte, war eine Freundin.

»Ich habe eine Freundin«, sagte ich. »Sie heißt Elsa.«

Es stimmte. In den Wochen nach meinem Metzgereibesuch hatte ich viel an Elsa Haslinger gedacht. Immer wieder las ich die Widmung, die sie mir in den *Seewolf* von Jack London hineingeschrieben hatte.

Leben heißt Entscheidungen treffen und die Konsequenzen tragen.
(Paulo Coelho)

In seinen privaten Vorlesungen über die Weltliteratur hatte Bloch manchmal über Coelho gesprochen, und seine Stimme hatte dabei einen ironischen Ton angenommen. Ich konnte an dem Zitat nichts Falsches erkennen, allerdings verstand ich nicht ganz, warum sie es ins Buch geschrieben hatte. Sollte ich eine Entscheidung treffen, oder hatte ich dies, ohne es zu bemerken, bereits schon getan, und nun verlangte sie von mir, dass ich mit den Konsequenzen lebte? Heute weiß ich, dass die Menschen gerne jene Zitate auswählen, die sie selber nicht verstehen, in der Hoffnung, dass es der andere vielleicht tut.

Ich dachte an die Szene in der Metzgerei zurück und wie sie »ich habe deine Geschichte gelesen. Hat mir sehr gut gefallen«, gesagt hatte. Ihr Lob hatte mir geschmeichelt, und sogleich hatte ich noch etwas anderes verspürt: das Bedürfnis, noch mehr davon zu bekommen. Geschmeichelte Eitelkeit. Das war es, worum es hier ging. Verliebt bin ich nicht gewesen.

Das änderte sich jedoch, als ich Laura und den anderen an dem Abend in Stuttgart von meiner Freundin namens Elsa erzählte. Es war wie Zauberei. Kaum hatte ich es ausgesprochen, war es wirklich so. Ich war verliebt in Elsa Haslinger. Heute weiß ich, dass es nicht die richtige, tiefe, echte Verliebtheit war, doch es kam dieser täuschend nahe. Erst war ich verliebt in den Gedanken, eine Freundin zu haben. Und dann war ich wirklich verliebt. Man könnte sagen, der Gedanke hatte sich in sein Schicksal ergeben.

Ich dachte nun pausenlos an Elsa Haslinger und kaufte mir in dieser Zeit auch mein erstes Notizbuch, in das ich meine Gedichte zu schreiben begann. Wie bei allem anderen so hat die Lüge auch meine literarische Karriere bereits früh begleitet. Aber war es wirklich eine Lüge? Was wäre denn die Wahrheit gewesen? Ist sie nicht einfach eine Lüge, an die man sich langsam gewöhnt hat? Ich weiß es nicht. Ich weiß nur, dass ich immer stärker für Elsa brannte. *Amour fou*, sagte ich mir eines Tages, als ich gerade ein neues Sonett voller Augen und Arme beendet hatte. *Du hast eine Amour fou.* Heute weiß ich, dass es wohl keine Amour fou war. Ich bin schlichtweg nicht der Typ dafür. Für eine richtige Amour fou muss man den Exzess suchen. Ich suchte damals höchstens einen schwärmerischen Spaziergang in der Abenddämmerung. Und doch stellte ich fest, dass ich allein von der Erwähnung ihres Namens Herzklopfen bekam. Darum versuchte ich zu Hause das Gespräch so oft wie möglich auf sie zu lenken.

»Wie heißt noch einmal die Frau von der Metzgerei? Der Name liegt mir auf der Zunge.«

»Elsa Haslinger?«, erinnerte mich Großmutter.

»Wisst ihr, wen ich gerade im Bus gesehen habe. Nicole von der Metzgerei. Sie sieht genau wie ihre Mutter aus.«

»Wie Elsa Haslinger?«, fragte Großmutter verwundert.

»In der Metzgerei verkaufen sie jetzt auch Wagyu-Fleisch. Ich habe ein Interview mit der Chefin in der Zeitung gelesen.«

»Mit Elsa Haslinger?«, machte Großmutter.

»Kommt es mir nur so vor, oder wird in diesem Haus in letzter Zeit andauernd über Elsa Haslinger gesprochen?«, wunderte sich Mutter. »Ich verstehe das gar nicht. So eine langweilige Person.«

Einmal aber kam sie selber nach Hause und berichtete:

»Ich habe heute beim Frisör Elsa Haslinger angetroffen. Wir haben miteinander geplaudert.«

»Worüber?«, schrie ich beinahe.

»Sie sind in den Herbstferien nach Zakynthos gefahren. Das Meer hat ihnen sehr gut gefallen. Aber am letzten Abend haben sie sich noch alle eine Lebensvermittelvergiftung geholt.«

Diese spärlichen Informationen trug ich wie Trophäen in die Schule, wo Laura und die anderen schon sehnsüchtig darauf warteten.

»Elsa und ich waren in den Herbstferien in Zakynthos«, erzählte ich etwa. »Das Meer war der Hammer.«

Elsa war schon über vierzig. Das behielt ich jedoch für mich. Über vierzig waren unsere Mütter. In der Schule erzählte ich einfach, dass sie älter war. Das machte unsere Liebe reifer und mich interessanter. Ich war auf einmal ein Mann, der schon so einiges gesehen hatte.

Eines Tages kam Markus, der Labello-Mann, zu mir.

»Hast du nach der Schule Zeit?«

Ich nickte. Wir gingen in das rauchgeschwängerte Lokal, in dem sich die Studentenverbindungen trafen. Markus steuerte zielstrebig einen runden Tisch in der Ecke an. Er musste hier häufiger verkehren, denn der Kellner brachte ihm unaufgefordert ein großes Bier.

»Für ihn auch«, befahl er und zeigte auf mich.

»Ich trinke kein Bier«, sagte ich.

»Dann eben zwei Bier für mich. Ich brauchs.«

Nachdem er beide Biere ausgetrunken und ich ihm dabei zugeschaut hatte, sagte Markus:

»Ich habe ein Problem mit meiner Freundin.«

»Du redest vom Labello?«

Er schaute mich irritiert an.

»Wieso Labello?«

Es gibt ein ungeschriebenes Gesetz, dass wir die Sachen, die uns erzählt werden, sogleich wieder vergessen sollen. Seit Jahren verstoße ich gegen dieses Gesetz, indem ich mir noch die unwichtigsten Details, die während eines Gesprächs fallen, merke. Nicht nur das: Ich komme später wieder darauf zu sprechen und erinnere den anderen triumphierend an all die Sachen, die ich über ihn weiß. Als Folge davon erzählen mir die Leute überhaupt nichts mehr. Wissen ist Macht? Blödsinn. Wissen ist Einsamkeit.

»Meine Freundin«, begann Markus, »wenn sie kommt, also wenn wir zusammen im Bett sind, macht sie immer so ein komisches Gesicht.«

Und dann machte er das komische Gesicht. Ich sah ihm todernst dabei zu.

»Verstehe.«

»Das irritiert mich so sehr, dass ich selber nicht mehr kommen kann. Das ist ein Problem.«

»Verstehe.«

»Was soll ich tun?«

Ich tat so, als würde ich lange nachdenken.

»Solche Dinge brauchen Zeit«, sagte ich schließlich. »Menschen ändern sich. Und so auch ihre Gesichtsausdrücke.«

»Du meinst, bei euch war das anfangs auch so? Hat Elsa auch diese Grimassen geschnitten?«

Ich warf ihm einen empörten Blick zu. Wie konnte er es wagen, meine Elsa auf dieselbe Stufe mit seinem Tourette-Äffchen zu stellen? Sofort krebste er zurück.

»Tut mir leid … Es war nur so … Ich wollte nicht …«

Meine Geschichte machte mir immer mehr Freude. Sie machte mir viel mehr Freude als meine Liebe zur echten Elsa Haslinger und entwickelte sich laufend weiter. Ich erzählte, Elsa sei halb Französin, und nach einer kurzen Ehe mit einem trunksüchtigen Chansonier wohne sie alleine an der luxemburgischen Grenze. Die Idee mit Luxemburg war ein Geniestreich gewesen. Wo lag Luxemburg überhaupt? Niemand wusste es so genau. Wenn ich am Montag in die Schule kam, sahen es mir die anderen an meinem vielsagenden Gesichtsausdruck an: Da war wieder einer in Luxemburg gewesen.

»Es ist kompliziert«, sagte ich. Natürlich war es das. Beziehungen mit geschiedenen Tänzerinnen an der luxemburgischen Grenze waren immer kompliziert.

Manchmal kam ich zur Schule und sagte nur: »Wir haben uns das ganze Wochenende gestritten.« Die anderen trösteten mich, doch spürte ich auch Ehrfurcht. Wie lächerlich muteten ihre eigenen Streitigkeiten über Labello und Gesichtsausdrücke an im Vergleich zu unseren Auseinandersetzungen. Das waren existenzielle Duelle, wie man sie sonst nur aus Filmen kannte. Und jedes Wochenende wurde eine neue Szene gedreht. Einmal war der trunksüchtige Ex-Mann aufgetaucht und wollte erst sie und dann mich verprügeln. Ein andermal fand ich sie leblos auf dem Boden – Überdosis Gin Tonic – wieder ein andermal wollte sie unbedingt ein Kind mit mir, aber ich war noch nicht bereit dafür. Vor allem Laura wollte immer wieder neue Details von mir erfahren und war erst zufrieden, wenn ich ihr ein Protokoll des kompletten Wochenendes abgeliefert hatte. Es kam mir sogar der

Verdacht, sie sei eifersüchtig. Dann aber erinnerte ich mich daran, wie wir noch wenige Wochen zuvor schweigend im Bus nach Troja gesessen hatten, und ließ den Gedanken fallen.

Wenn ich meine Geschichten erzählte, dachte ich dabei immer an die echte Elsa Haslinger, an die Bewegung ihrer weißen Oberarme, wenn sie das Fleisch schnitt, und an den Klang ihrer Stimme, als sie »ich habe deine Geschichte gelesen« gesagt hatte. Sie stand am Anfang von allem, und je länger ich erzählte, desto mehr glaubte ich, dass ich tatsächlich in sie verliebt war.

Ich war von der Schule nach Hause gekommen und gerade aus dem Bus ausgestiegen, als ich Elsa die schmale Treppe neben der katholischen Kapelle hinaufgehen sah. Wenn ich damals nicht die ganze Zeit an Elsa Haslinger gedacht hätte, hätte ich nicht diese verrückte Idee gehabt. Ich beschloss, ihr zu folgen. Vielleicht, so sagte ich mir, finde ich neues Material für meine Geschichte. Ich wartete einen Moment, bis sie die Straße überquert hatte und auf den kleinen Kiesweg unterhalb des Weinbergs eingebogen war, dann ging ich hinterher. Der Kies knirschte unter meinen Füßen. Ich fragte mich, ob sie das hören konnte. Und ob sie mich riechen konnte. Ich hatte am Morgen zum ersten Mal ein neues Duschmittel benutzt, das ich von meiner Mutter zu Weihnachten bekommen hatte. Es hieß *Real Men* und roch wie eingekochtes Adrenalin.

Doch sie drehte sich nicht um, sondern stieg die schmale Steintreppe zwischen den Reben hinauf. Es war der Weg, den ich vor Jahren mit meinem Vater gegangen war, als wir das Modelflugzeug fliegen ließen. Ich realisierte, dass ich aufgehört hatte, den Himmel nach dem Flugzeug abzusuchen. Seit ich zum Leben erwacht war, hatte ich meinen armen toten Vater ein bisschen vergessen. Ich fühlte mich schuldig. Doch was sollte ich tun? Das Flugzeug war weg. Und Vater tot.

Als Elsa am Ende der Steintreppe auf der Oberbergstraße angekommen war, verharrte sie eine Weile und schnappte nach Luft. Sie war sehr schnell hinaufgestiegen, nicht wie jemand, der nur ein wenig spazieren gehen wollte. Wollte sie jemanden besuchen? Sie hatte keine Tasche dabei und machte auf mich den Eindruck, als hätte sie das Haus beinahe überstürzt verlassen. Obwohl es ein ausgesprochen kalter Märztag war, trug sie keine Mütze und nur eine dünne Windjacke. Auf der Oberbergstraße standen in einer düsteren Kolonne die Neubau-Villen aus Beton – den Wald im Rücken und eine phänomenale Aussicht über die ganze Umgebung vor sich. Trotzdem wirken diese Betonpaläste allesamt wie Grabsteine mit Swimming-Pool.

Vor einem dieser Klötze blieb Elsa schließlich stehen und ging ohne zu klingeln hinein. Ich stand in einiger Entfernung und glotzte blöd vor mich hin. Was jetzt? Ich wusste, wer hier wohnte. Walter Bruckner. Der Zeitungsmann, wie man ihn nannte. Er hatte sein Geld erst mit Trauerkarten verdient und war mittlerweile Besitzer mehrerer regionaler Zeitungen. Die Leute waren erstaunt gewesen, als er sich mit Gabor Speckeisen und Daniel Hefti zusammengetan hatte, um gemeinsam Bier zu brauen. Es passte nicht zu dem Bild, das man von ihm hatte. Er fuhr einen grauen Mercedes und pflegte in den Abendstunden durchs Dorf zu joggen, was viele als Provokation empfanden. Es war die Zeit, als sich Männer noch nicht um ihre Gesundheit kümmerten und mit zweiundsiebzig Jahren stillschweigend vor dem Fernseher starben. Später fanden die Männer zum Sport und starben mit zweiundsiebzig beim Ironman auf Hawaii. Walter Bruckner verkörperte die Übergangszeit zwischen Fernseher und Hawaii. Er hatte einen Sohn namens Keanu, der die Grundschule besuchte und eine Frau, deren Namen ich nicht kannte. Der Mercedes stand in der Einfahrt. Er war also zu Hause. Nachdem ich eine Viertelstunde gerätselt hatte, was ich tun sollte, beschloss ich, einmal ums Haus zu gehen.

Ich bin in solchen Dingen sehr naiv. Mir kommt einfach nie die Idee, dass zwei Menschen Sex haben könnten. Nie. So wie damals, als ich meinen Mitbewohner und seine Freundin im Bett überraschte, weil ich kurz vor Mitternacht mit ihm den Regierungswechsel in Italien diskutieren wollte. Mindestens so überrascht war ich, als ich nun in Walter Bruckners Garten stand und durchs Fenster ins Wohnzimmer sah. Das Kaminfeuer brannte, es war eine romantische Szene, ich glaube, da lag sogar ein Bärenfell, doch ich bin mir nicht sicher. Sicher bin ich mir aber, was die beiden da machten, ich wusste es auch damals sofort. Ich erstarrte und atmete den Duft meines Duschgels, der mir penetranter denn je erschien. *Real men.* Ich war kein echter Mann. Das wusste ich schon länger. Ich wollte auch gar keiner sein. Ich war einfach ein etwas eigenwilliger Zeitgenosse, der anderen Leuten beim Geschlechtsverkehr zuschaute. »Entschuldigung«, hatte ich damals zu meinem Mitbewohner gesagt und mich auf mein Zimmer zurückgezogen. Dasselbe wollte ich auch jetzt tun, wenn auch ohne Worte. Doch stattdessen tat ich etwas, was mich selber überraschte. Ich blieb stehen und schaute zu.

Gourmetwürste!

»Ich hatte gestern eine schreckliche Begegnung auf dem Weg zur Arbeit«, erzählte Nina am Telefon. »Ich stand mit dem Auto im Stau, als sich ein Typ von rechts hineindrängen wollte. Ich habe ihn angehupt. Da ist er ausgestiegen.«

»Nein!«

»Er hat sich vor mir aufgebaut und mich angeschrien. Hure. Nutte.«

»Ein Intellektueller im Kreisverkehr?«

»Ein Mann im Kreisverkehr. Was ist nur mit deinem Geschlecht los?«

»Es geht zu Ende mit uns, und das spüren wir. Früher gab es noch so tolle Männer. Denk nur an John Wayne. Heute sind wir nur noch Witzfiguren und Psychopathen.«

»Apropos. Der Biernachbar hat sich nach dir erkundigt.«

»Der Biernachbar? Wieso das denn?«

»Er wollte eben wissen, wie es dir geht.«

Ich war gerührt. Instinktiv spürte ich, wenn alles vor die Hunde ginge, würde der Biernachbar weiter zu mir halten.

»Er hat auch wissen wollen, ob wir Interesse an einer pakistanischen Panflöte hätten.«

Ich hatte mich immer gewundert, womit der Biernachbar sein Geld verdiente. Genau wie ich war er immer zu Hause. Genau wie bei mir vermuteten alle, dass er hauptberuflich Alkoholiker war. »Business«, hatte er mir einmal verraten. »Ich mache Business.«

»Und? Haben wir Interesse an einer pakistanischen Panflöte?«

»Ich bin mir nicht sicher.«

Wir suchen schon länger nach einem Instrument für Emil, doch bisher blieb die erwartete Begeisterung aus. Was musikalische Erziehung anbelangt, sind Nina und ich von unseren Eltern nicht im Geringsten gefördert worden und haben uns geschworen, es bei unserem Sohn anders machen zu wollen. Gleichzeitig wollen wir ihn auch zu nichts drängen. Kinder sollen nicht für die verpassten Träume ihrer Eltern büßen müssen. Also haben wir verschiedene Spielzeuginstrumente gekauft, sie in Emils Zimmer aufgestellt und warten seither, dass sie sein Interesse erwecken. Doch nichts geschieht. Wenn er sauer ist, benutzt er die Spielzeuggitarre, um uns zu schlagen.

»Ich glaube, Musik ist einfach nicht sein Ding«, sagte ich.

»Aber er malt sehr gerne. Laszlo war gestern bei uns, und die beiden haben so ein schönes Bild von dir gezeichnet.«

»Laszlo war wieder bei uns?«, rief ich mit schriller Stimme.

Laszlo ist Ninas Ex-Freund. Andere Menschen, Menschen wie ich, kappten jede Verbindung zu ihren Verflossenen, wenn die Beziehung zu Ende ist.

Nina aber macht es anders. Auch nach Ende ihrer Beziehung bleibt Laszlo, mit dem sie fünf Jahre zusammen gewesen ist, einer ihrer besten Freunde. Sie telefonieren regelmäßig, tauschen sich über Sorgen und Probleme auf der Arbeit und im Privatleben aus. Ich weiß, dass auch ich Teil dieser Gespräche bin. Mit anderen Worten, Laszlo gibt ihr Tipps, wie sie mich »händeln« soll. Ich schreibe hier bewusst »händeln«, da dies ein typisches Laszlo-Wort ist. Er ist ein Mann, der die Dinge zu händeln weiß. Er ist CEO einer Firma, die medizinische Geräte herstellt und leistet damit sicherlich einen wertvolleren Dienst für die Gesellschaft als ich mit meinen zwielichtigen Krimis. Und da ist noch eine Sache, die mich an Laszlo stört: seine fantastische Beziehung zu Emil. Die beiden sind vom ersten Moment aufeinander abgefahren. Es war Liebe auf den ersten Blick. Sie waren wie Vater und Sohn. Nur dass sie nicht Vater und Sohn sind. Die große Zuneigung, die Emil für Ninas Ex-Freund hegt, ist für mich nicht weiter erstaunlich. Er hat selber keine Kinder, da er, wie er mir erklärt hat, nicht auf sein Leben verzichten will. Darum verfügt er noch über die nötige Energie und Leidenschaft, um mit dem Kleinen all die Dinge zu tun, für die mir längst die Kraft fehlt. Mittlerweile habe ich gelernt, diese wundersame Freundschaft zähneknirschend zu ertragen. Nun aber hatte Laszlo mit dem Jungen eine Zeichnung gemacht und nicht irgendeine Zeichnung. Eine Zeichnung von mir. Damit war eine Grenze überschritten. Ich war außer mir vor Wut.

»Wie kommt der Kerl dazu, mich zu zeichnen?«

»Es war Emils Idee. Er hat ihm nur dabei geholfen.«

»Er hat ihm geholfen, eine Karikatur von mir zu machen?«

»Es ist keine Karikatur. Es ist wirklich ein sehr schönes Bild.«

Ein schönes Bild? Von mir? Ich versuchte es mir vorzustellen. Doch alles, woran ich denken konnte, war Großmutters Ölbild von mir an meinem neunten Geburtstag.

»Sollte der Junge nicht mit seinem Vater malen?«

»Erstens, du bist nicht hier. Zweitens, du kannst nicht malen.«

»Das stimmt nicht.«

»Natürlich stimmt es.«

»Okay, du hast recht. Ich kann nicht malen. Aber das spielt keine Rolle. Ich gebe mir Mühe. Das ist das Wichtigste.«

»Worüber sprechen wir hier eigentlich?«

Sie hatte recht. Ich wusste natürlich, warum sie mir von Laszlos Besuch und der Zeichnung erzählt hatte. Sie wollte mich eifersüchtig machen, damit ich endlich wieder nach Hause kam. Zwei Wochen war ich nun in Neubad. Am Anfang hatte sie die Pause noch genossen. Nun aber irritierte es sie immer mehr, dass ich einfach nicht nach Hause kommen wollte, nachdem ich Neubad für gewöhnlich nicht schnell genug wieder verlassen konnte.

»Dir geht es doch besser?«

»Viel besser.«

»Worauf wartest du dann?«

Worauf ich wartete? Im Grunde immer noch auf den Anruf von Daniel Hefti. Natürlich. Daniel Hefti war tot. Aber Gabor Speckeisen lebte, wenn auch nicht in der allerbesten Verfassung. Er und Hefti hatten zusammen Bier gebraut. So etwas schweißte Männer für die Ewigkeit zusammen. Was wusste er? Hatte ihm Hefti von Walter Bruckner erzählt? Die Vergangenheit erschien mir wie ein Staffellauf, bei dem die unangenehme Frage stets an den nächsten, der noch lebte, weitergegeben wurde. Würde ich jemals Ruhe haben? Hatte ich Ruhe überhaupt verdient? Das musste ich herausfinden. Davor konnte ich nicht nach Hause gehen. Darum sagte ich zu Nina:

»Ich habe dir doch von Großmutters gesundheitlichen Problemen erzählt. Bevor ich nach Hause komme, möchte ich meiner Mutter dabei helfen, eine Pflegerin für sie zu finden.«

Das war nicht mal gelogen. Großmutter brauchte tatsächlich Hilfe. Seit sie in den Zwiebelrostbraten gefallen war, hatte ich eine ganze Reihe alarmierender Veränderungen beobachtet. Wenn sich ein Mensch sein ganzes Leben lang eigenartig verhält, fällt es gar nicht so leicht, zu erkennen, wenn es wirklich merkwürdig wird. Oft zeigt es sich darin, dass er einem plötzlich vollkommen vernünftige Fragen stellt: »Wie geht es Emil?«, wollte sie eines Tages von mir wissen. In ihrem Gesicht konnte ich erkennen, dass sie die Frage wirklich ernst meinte.

»Du meinst deinen Urenkel«, fragte ich mit Betonung auf Ur, um sie an die Absurdität der zeitlichen Dimension zu erinnern.

»Ganz genau. Meinen Urenkel. Wie macht er sich denn so? Hat er eine Freundin?«

»Er ist fünf«, erinnerte ich sie erleichtert darüber, dass ihr Gedächtnis so vage war wie eh und je.

»Na und? Ich war siebzehn, als ich deinen Großvater kennenlernte. Ich habe ihn gesehen und sofort gewusst, das ist der Mann deines Lebens. Vielleicht hätte ich zweimal hinschauen müssen.«

Auch diese Kritik war etwas Neues. Nach seinem Tod hatte sie Großvater stets als eine Art Heiligen des Ehestandes beschrieben.

»Aber ihr wart doch glücklich verheiratet«, bat ich sie verzweifelt, ihrer eigenen Lüge treu zu bleiben.

»Glücklich? Jahrelang in den Schlaf geweint habe ich mich, weil er so kalt zu mir gewesen ist. Und geschuftet habe ich für ihn. Und so viele Opfer gebracht. Und nie ein Wort des Dankes. Aber vielleicht besteht ja genau darin das Glück: dass man alles runterschluckt.«

Ein paar Tage später verlangte sie von meiner Mutter, die Lederbände mit den Kaffeesahnedeckeln auf die Mülldeponie zu bringen.

»Weg mit dem widerlichen Zeug. Es geht mir schon seit Jahren auf die Nerven.«

»Aber was ist mit dem Museum?«, fragte ich entgeistert.

»Es ist seit Jahrzehnten niemand gekommen. Es wird auch in Zukunft niemand kommen.«

»Lass sie doch«, flüsterte mir Mutter zu. »Das ist unsere Chance, die verdammten Deckel endlich loszuwerden.«

Warum machte mir Großmutters Veränderungslust eine solche Angst? Bei einem jüngeren Menschen deutet man solches Verhalten als wieder erwachte Lebenslust. Der will es noch mal wissen, sagt man. Bei einem Menschen in ihrem Alter hingegen denkt man sofort an den Tod. Sie ordnet ihren Nachlass, heißt es, damit sie in Ruhe sterben kann.

Da wir nicht wussten, ob die verdammten Deckel nicht doch einmal etwas wert sein würden, einigten wir uns schließlich darauf, sie im Keller zwischenzulagern. Nachdem die siebzehn Lederbände aus Großmutters Schlafzimmer verschwunden waren, hinterließen sie dort nebst sehr viel Staub auch eine seltsame Lücke. Es sah aus, als wäre ihr ein Teil ihres Lebens amputiert worden.

»Das kann so nicht bleiben. Das sieht schrecklich aus«, fand auch Mutter.

»Blumen«, verkündete Großmutter.

»Wie bitte?«, riefen wir synchron.

»Ich habe Blumen gesagt. Ich will Blumen. Dort, wo die schrecklichen Bücher standen, sollen Blumen hin.«

Sie hatte Blumen nie gemocht und behauptete immer, allergisch zu sein. Tatsächlich waren sie einfach zu frisch für ihren morbiden Geist.

»Wie ein Grabschmuck«, raunte mir Mutter zu.

Es gab aber auch andere Veränderungen. Einmal bemerkte ich in Großmutters Zimmer einen säuerlichen Geruch. Als ich ihn ein paar Tage später wieder roch, sprach ich Mutter darauf an.

»Sie ist alt. Was erwartest du?«, meinte sie.

»Sie braucht Hilfe.«

»Blödsinn.«

»Sie kann sich nicht mehr selber die Hose anziehen. Hast du das nicht bemerkt?«

»Wer braucht schon eine Hose? Aber gut. Du hast recht. Sie braucht Hilfe. Aber eine Pflegerin? Eine fremde Person in meinem Haus? Der Besuch vom Kaminfeger ist schon aufreibend genug.«

»Das heißt, du willst die Arbeit selber übernehmen?«

Sie warf mir einen Blick zu, als hätte ich endgültig den Verstand verloren. Hatte ich gerade vorgeschlagen, dass sie ihre eigene Mutter waschen, wickeln und füttern sollte? Einem Menschen, dem sie in den vergangenen dreißig Jahren nur gerade nahe genug gekommen war, um seine neuesten Sorgen und Vorwürfe akustisch verstehen zu können. Und jetzt auf einmal fadengerade körperliche Nähe.

Am nächsten Tag setzten wir die Annonce für eine Pflegehilfe in die Zeitung.

Am selben Abend erhielt ich einen Anruf von Frau Schnauder.

Frau Schnauder war zweiundsechzig, kam aus der Region und hatte, wie sie mir am Telefon erzählte, schon alles gesehen.

»Mir muss man nichts mehr vormachen. Ich habe mehr Leiden gesehen als die meisten Menschen zusammen. Ich weiß, wie der Hase läuft.«

Das klang vielversprechend. Allerdings auch ein wenig

unheimlich. Ihre Stimme war ebenfalls irritierend und unerwartet barsch. Ich hatte mit einem sanften Klang von Fürsorge gerechnet. Doch sagte ich mir, dass solche Nuancen keine Rolle spielten. Vielleicht sind es am Ende gerade die Barschen, die uns retten. Frau Schnauder wollte am nächsten Tag um zwei zum Tee vorbeikommen.

»Morgen kommt Frau Schnauder vorbei«, berichtete ich Großmutter. »Sie ist Pflegerin und möchte dich gerne kennenlernen.«

Großmutter schaute mich erschrocken an. Ich hatte versucht, die Nachricht wie ein Freudenfest klingen zu lassen. Doch gibt es Dinge, die wirken unheimlicher, je fröhlicher man sie formuliert.

»Schnauder? Ich will keine Frau Schnauder kennenlernen. Sie soll zu Hause bleiben«, rief Großmutter empört.

Ich atmete tief ein. Mit diesem Dialog hatte ich gerechnet.

»Du weißt doch, dass du Hilfe brauchst. Wir suchen jemanden, der jeden Tag nur für ein paar Stündchen vorbeikommt.«

»Ich brauche niemanden, der mir unter die Arme greift. Ich komme sehr gut alleine zurecht.«

»Frau Schnauder ist ein Profi.«

Das hatte sie mir am Telefon erzählt. »Mich kann auf dieser Welt nichts mehr erschrecken. Ich bin ein Profi.«

»Was soll ich mit einem Profi?«, fragte Großmutter verwundert. »Ich bin doch selber einer.«

Ich konnte sie gut verstehen. Fast neunzig Jahre war

sie alt geworden, und nun musste sie auf einmal hören, dass ein Profi in ihrem Leben übernahm.

»Frau Schnauder ist anders. Sie spielt Badminton.«

Auch das hatte sie mir am Telefon erzählt. »Ich spiele leidenschaftlich Badminton.« Aus irgendeinem Grund hatte ich das in diesem Moment als eine besonders wertvolle Information betrachtet. *Es wird alles gut*, hatte ich gedacht. Sie spielt Badminton.

»Jetzt soll ich auch noch Badminton spielen. Das wird ja immer besser.«

Ich atmete tief ein. Ich hyperventiliere längst. Das war die gerechte Strafe.

»Es ist nur ein Test«, sagte ich zu Großmutter. »Morgen lernen wir Frau Schnauder kennen. Und wenn sie dir nicht gefällt, suchen wir jemand anderen.«

Am nächsten Tag klingelte es Schlag zwei an der Tür. Mutter war nicht zu Hause. »Sag ihr, ich sei auf Reisen«, hatte sie mir aufgetragen und war ins Auto gestiegen, vermutlich um zu Gabor Speckeisen zu fahren. Ich war verärgert, wie wenig sie sich um ihre Zukunft kümmerte. Dann realisierte ich: Gabor Speckeisen war ja ihre Zukunft. Großmutter war Vergangenheit. Ich öffnete die Tür.

»Wir haben gesagt zwei Uhr, und da bin ich«, schmetterte Frau Schnauder. »Pünktlichkeit ist eine Zier.« Ihre Stimme klang in Person genauso barsch wie am Telefon.

Sie war einen halben Kopf größer als ich und trug einen schweren dunklen Mantel, von dem ein muffiger Geruch ausging. Als Kontrastpunkt saß ihr ein kleines schwarzes Hütchen auf dem Kopf, das ihr wohl ein mildes, liebenswürdiges Auftreten à la Mary Poppins verleihen sollte. Doch auch mit dem Hütchen sah Frau Schnauder eher wie der Dämon von Mary Poppins aus. Niemals würde sich diese Frau um Großmutter kümmern. Doch es war zu spät. Sie stand schon im Flur und drückte mir ihr Hütchen in die Hand.

»Hier riecht es nach Fisch«, sagte sie schnuppernd. Es klang vorwurfsvoll. Ich nickte. Zum Mittagessen hatte es Schlemmerfilet Bordelaise gegeben. Seit dem Zwiebelrostbraten ließ ich die Finger vom Kochen.

»Ich koche immer nur frisch. Keine Fertigprodukte. Viel Obst. Viel Gemüse. Ich renne dreimal die Woche auf den Markt.«

Ich fragte mich, warum man auf den Markt *rennen* musste, doch hatte Frau Schnauder, das hatte ich bereits begriffen, ihren eigenen Zugriff auf die Wirklichkeit.

»Ich möchte mir jetzt gerne die Hände waschen«, verkündete sie.

Ich zeigte ihr den Weg zum Badezimmer, wo sie sich gefühlte Minuten die Hände wusch.

»Ich bin mit dem Bus gekommen«, erklärte sie. »All der Dreck der Menschheit. Wenn ich mir in meinem Leben nicht so oft die Hände gewaschen hätte, wäre ich längst tot.«

Der Spiegel im Badezimmer hing etwas zu niedrig für sie, sodass sie sich leicht bücken musste, um sich darin zu betrachten.

»Ich bin zweiundsechzig Jahre alt. Können Sie sich das vorstellen?«

Ich wusste nicht, ob ich mir das vorstellen konnte.

»Ja«, sagte ich unsicher.

»Nein«, korrigierte sie mich entschlossen. »Ich sehe nämlich viel jünger aus. Und warum?«

Das ist eine als Pflegerin getarnte Quizmasterin, dachte ich.

»Sport«, beantwortete sie ihre Frage selber.

»Badminton«, schrie ich beinahe. Sie runzelte die Stirn. Wieder kam mir meine Unart in die Quere, dass ich mir Sachen merkte und die Menschen später damit in Verlegenheit brachte.

»Wandern«, fuhr Frau Schnauder ungerührt fort. »Am Sonntag war ich auf dem Napf.«

»Napf«, wiederholte ich.

»Jetzt zu Ihrer Großmutter. Wo liegt die Gute?«

Ich zeigte nach oben und bereute es sofort, diese Information preisgegeben zu haben, denn sogleich stieg Frau Schnauder mit kräftigen Schritten die Treppe hinauf.

»Das haben wir gleich«, hörte ich sie murmeln. Dann öffnete sie die Tür und verschwand in Großmutters Zimmer.

Ein Fehler, dachte ich. *Ein schrecklicher Fehler.*

Als ich Großmutters Schreie hörte, rannte ich hoch. Im Zimmer sah ich Frau Schnauder, die sich über Großmutters Bett beugte und sie mit beiden Armen festhielt.

»Ich sagte, Sie müssen sich beruhigen. Jetzt beruhigen Sie sich doch endlich.«

»Was ist hier los?«

Sie drehte sich triumphierend zu mir um.

»Ich habe Ihrer Großmutter gesagt, dass wir beide jetzt zusammen Stuhlgang machen werden. Da ist sie durchgedreht. So etwas habe ich noch nie erlebt. Nicht einmal in meiner Zeit im Männerwohnheim.«

»Charly«, keuchte Großmutter. »Wer ist diese Wahnsinnige?«

»Das ist Frau Schnauder«, sagte ich. »Eine Badmintonspielerin.«

Danach meldete sich niemand mehr auf unser Inserat. Wir fürchteten schon, zum Äußersten greifen zu müssen. Das Äußerste hieß Frau Rutz und war unsere Nachbarin. Sie hatte früher als Krankenschwester gearbeitet und schon mehrmals anklingen lassen, dass sie nur zu gerne bereit wäre, zu helfen. Sie bot dies jedoch nicht aus Freundlichkeit an, sondern um uns eine moralische Lehre zu erteilen. Schon immer hatte sie uns spüren lassen, dass wir zu wenig am sozialen Leben im Viertel teilnahmen. Wir buken keine Kuchen, wir bereiteten weder Salate für Grillpartys vor, noch erschienen wir an diesen Grillpartys. Nur der Einsame ist böse. Auch wenn Frau Rutz dieses Diderot-Zitat vermutlich nicht kannte, so war es doch genau das, was sie uns sagen wollte. Als Großmutters Pflegerin würde sie uns täglich an diese Fürsorge erinnern, die wir in ihren Augen gar nicht verdient hatten. Diesen Triumph galt es um jeden Preis zu verhindern.

Die Rettung kam aus heiterem Himmel. Sie hieß Mischka, trug einen braunen Trenchcoat und sprach mit einem leicht osteuropäischen Akzent. So kam es mir jedenfalls vor, als sie sich vorstellte.

»Mein Name ist Mischka. Ich komme für Frau Brom.«

Anders als ihre Vorgängerin war sie einen guten Kopf kleiner als ich. Sie hatte lange braune Locken und auffallend große Hände. In einer hielt sie ein Blatt Papier.

»Mein Empfehlungsschreiben«, erklärte sie und reichte mir das Blatt.

Ihre letzte Arbeitsstelle war bei Burger King gewesen. Mir war, als würde das Empfehlungsschreiben noch nach Frittieröl riechen.

»Haben Sie Erfahrung in der Altenpflege«, fragte ich sie.

»Ja.«

Es klang wie »Nein«, aber was sollte ich machen? Ich nickte.

»Das ist gut. Meine Großmutter. Also. Es ist nicht ganz einfach mit ihr.«

»Kein Problem.«

Irgendwie machte sie auf mich den Eindruck, als habe sie viel Zeit in ihrem Leben in ungelüfteten Räumen verbracht und sei erst kürzlich an die frische Luft gekommen. Vielleicht lag es an den Locken. Sie wirkten irgendwie erschöpft. Sie erinnerten an eine Topfpflanze, die zu nah an der Heizung gestanden hatte.

»Vielleicht erzählen Sie mir erst mal, was Sie vorhaben. Kochen Sie auch Suppen?« Meine Mutter hatte mir eingeschärft, den Bewerberinnen diese Frage zu stellen. »Wenn sie keine Suppen kochen, kannst du sie gleich wieder nach Hause schicken.«

»Könnte ich zehn Minuten mit Frau Brom alleine sein?«, Mischka ging nicht auf meine Suppenfrage ein.

»Ich bin nicht sicher. Meine Großmutter ist sehr empfindlich, wenn es um neue Gesichter geht.«

»Ich brauche nur zehn Minuten.«

Ich schaute in ihr Empfehlungsschreiben. Der Geschäftsführer lobte darin ihre Pünktlichkeit und dass sie anders als ihre Kollegen nie auch nur einen Donut habe mitgehen lassen.«

»Eine Frage. Spielen Sie Badminton?«

»Wie bitte?«

»War nur so ein Gedanke. Sie haben zehn Minuten.«

Nachdem also die zweite Krankenpflegerin in Großmutters Zimmer verschwunden war, wartete ich darauf, dass sie wieder zu schreien anfing. Doch nichts geschah. Als ich nach einer halben Stunde das Zimmer betrat, thronte Großmutter wie eine Königin im Bett und tätschelte Mischkas Hand. Auf dem Bett lag ein gerahmtes Bild. Ich erkannte es sofort. Es war das Porträt, das Großmutter damals von mir gemalt hatte. In Öl.

»Schau mal, was Mischka gefunden hat!«, rief sie mir begeistert zu.

»Wo war es denn?«, fragte ich ungläubig.

»Im Schrank«, antwortete Mischka lapidar.

Ich betrachtete das Bild. Es war sogar noch scheußlicher, als ich es in Erinnerung hatte. Kein Wunder, dass ich davongelaufen war.

»Weißt du, was Mischka über das Bild gesagt hat? ›Was für ein schönes Kind.‹«

Ich warf Mischka einen langen Blick zu. Sie verzog

keine Miene. Ich wusste, dass sie log. Ich erkannte einen Hochstapler, wenn ich ihn vor mir hatte. Schließlich war ich selber auch einer.

Von diesem Tag an waren Mischka und Großmutter unzertrennlich. Sie kam frühmorgens und blieb, bis Großmutter eingeschlafen war. Bald war sie der einzige Mensch, den Großmutter in ihrer Nähe duldete. »Du kannst wieder gehen. Mischka kommt gleich«, sagte sie, wenn ich am Morgen ihr Zimmer betrat.

Womit hatte Mischka das geschafft? Durch bedingungslose Hingabe. Sie hörte sich all die Sorgen und Ängste an, für die wir uns schon seit Jahrzehnten nicht mehr interessieren. Stumm saß sie neben Großmutters Bett und hörte ihrem endlosen Sermon zu. Viel mehr tat sie nicht. Manchmal erinnerte sie sich an ihre pflegerischen Pflichten und machte Anstalten, für Großmutter einen Pfefferminztee zu kochen.

»Lass das. Das kann Charly machen.«

Sie mochte eine fantastische Zuhörerin sein, aber mit alten Leuten hatte sie bestimmt noch nie gearbeitet. Das wurde mir endgültig klar, als ich einmal dabei zusah, wie sie versuchte Großmutter frische Socken anzuziehen.

»So hilf Mischka doch«, forderte Großmutter mich auf. »Sie hats im Rücken.«

»Wer ist diese Frau?«, raunte mir Mutter zu.

Sie hatte Mischka von Anfang an nicht gemocht, und mit jedem Tag wurde ihre Meinung schlechter.

»Warum ist sie hier? Was will sie von uns? Will sie uns umbringen?«

»Warum sollte sie uns umbringen wollen?«, fragte ich.

»Ich weiß es nicht. Das ist es ja, was mich fuchst.«

Mischka selber erzählte fast gar nichts von sich. Einmal erwähnte sie eine Schwester, die zu Besuch sei. Ein andermal sprach sie von ihrem Hund, der alt und krank war.

»Wie gehts deinem Hund, Mischka?«, fragte ich ein paar Tage später.

»Er ist tot.«

Vielleicht ist sie gar keine richtige Hochstaplerin, dachte ich, während ich ihr dabei zusah, wie sie am Abend in ihren Trenchcoat schlüpfte und in der Dunkelheit verschwand. Vielleicht ist sie einfach nur einsam.

Und wenn es dasselbe war?

Wieder war eine Woche vorübergegangen. Ich spürte, dass ich allmählich das Zeitgefühl verlor. Auf jeden Fall musste ich mal wieder nach Hause fahren. Wirklich besser ging es mir nicht. Doch hatte ich es zumindest versucht. Und meine Familie brauchte mich. Das redete ich mir zumindest ein. Besser ein Vater, der seine Tage in einem Loch verbringt, als überhaupt kein Vater. Davor gab es nur noch eine Sache zu überstehen: die Einweihungsparty von Gabor Speckeisens Metzgerei. Er hatte uns alle dazu eingeladen, und ich verband eine dunkle Nervosität mit dem Anlass. Schließlich war das der Mann, der mit mir über Walter Bruckner reden wollte. Ich sagte mir, dass dieser Abend mein Schlüssel zur Freiheit war. Danach konnte ich nach Hause fahren. Das hatte ich Nina auch so gesagt.

»Es ist eine Art Abschlussabend. Ich war jetzt drei Wochen in Neubad. Das muss doch irgendwie gefeiert werden.«

»Ich verstehe nicht, warum das gefeiert werden muss. Aber egal. Wir warten hier auf dich.«

»Ich bringe euch auch Würste mit.«

»Bitte nicht.«

»Gourmetwürste!«

Am späten Nachmittag machte sich die Familie Brom auf den Weg zur Eröffnungsfeier von Gabor Speckeisens Gourmetmetzgerei. Wir gingen zu Fuß. Mutter hatte den Vorschlag gemacht, was eigenartig war, da sie ansonsten selbst für Besuche in der Nachbarschaft das Auto nahm. Ich dachte erst, der Fiat sei vielleicht kaputt, doch als ich sie im Abendkleid sah, den Hals voller Schmuck, den sie seit Jahren nicht mehr getragen hatte, verstand ich, worum es hier ging: Sie wollte von den Leuten gesehen werden. Nach dem Tod meines Vaters hatte sie sich jahrzehntelang in ihrem Gram verbarrikadiert. Nun aber war das Glück wieder in ihr Leben getreten, und alle Welt sollte es sehen. Sie hatte sogar Schuhe mit Absätzen angezogen. Das Gehen bereite ihr sichtlich Mühe, doch sie stolperte ungerührt voran, als gäbe es keine Absätze, ja, als gäbe es überhaupt keine Widerstände mehr.

»Vorwärts. Wir haben gesagt um sechs.«

»Was ist denn um sechs?«, wollte ich wissen.

»Nichts. Ich habe Gabor einfach versprochen, dass wir um sechs da sein werden. Der Mann wartet auf uns.«

»Es ist eine Metzgerei-Eröffnung, kein Opernabend.«

»Hast du deswegen diesen scheußlichen Pullover angezogen?«

Sie zeigte anklagend auf meinen schwarzen Pullover mit V-Ausschnitt, den ich im Kleiderschrank gefunden und noch für gut befunden hatte. Er roch etwas muffig, doch würde sich das an der frischen Luft bestimmt zerstäuben.

»Du siehst aus, als gingest du zu einem Fußballspiel.«

»Eine Metzgerei-Eröffnung ist wie Fußball ohne Ball.«

»Könnten wir etwas langsamer gehen? Ich bin gehbehindert«, rief Großmutter.

»Du bist nicht gehbehindert. Du sitzt nur zufällig in einem Rollstuhl«, erinnerte sie Mutter.

Sie hatte behauptet, mit Leichtigkeit noch zig Kilometer laufen zu können. Wir hatten ihr nicht geglaubt und einen Rollstuhl gemietet. Er sah aus wie alle Rollstühle, trotzdem war Großmutter unzufrieden gewesen.

»Dieser Rollstuhl ist falsch«, hatte sie erklärt.

»Was ist daran falsch?«, hatte ich wissen wollen.

»Er sieht aus wie ein Rollstuhl für einen alten Menschen.«

»Und?«

»Ich will ein jugendlicheres Modell.«

Ich versprach ihr, mich nach frischeren Modellen zu erkundigen. Fürs Erste aber schob Mischka sie in diesem Greisenstuhl durch Neubad.

Mischka trug ihren Trenchcoat und sah aus wie immer. Nur die Haare waren irgendwie anders. Lebendiger. Nicht ganz so erschöpft.

»Da kommen ja meine Party People«, rief uns Gabor Speckeisen entgegen.

Es war eine so bizarre Bemerkung, dass wir für einen Moment stehen blieben und uns irritiert umsahen. Erst einige Sekunden später realisierten wir: Damit waren wir gemeint.

Großmutter, mit dem Anpassungsgeist ihrer Generation, reagierte am schnellsten:

»Ich habe leider meine gute Laune zu Hause vergessen, aber danke für die Einladung.«

Gabor gab jedem von uns drei Küsschen auf die Wange. Auch meiner Mutter. Nachdem er sich erinnert hatte, dass sie eine Beziehung führten, küsste er sie auf den Mund.

»Hübsch seht ihr aus!«

Sein Blick landete auf meinem Pullover. Vielleicht hätte ich doch ein Hemd anziehen sollen. Er selber trug einen weißen Anzug, der perfekt mit dem Schmusepop harmonierte, der in der Metzgerei lief. Das Licht war gedimmt, eine Discokugel drehte sich an der Decke.

Ich war lange nicht mehr hier gewesen. Nach dem Umzug der Haslingers blieb die Metzgerei lange geschlossen. Das Fleischgewerbe auf dem Land war ein Risikoberuf, die Leute kauften mittlerweile lieber in den großen Supermärkten ein. Wer wollte da schon eine altmodische Metzgerei übernehmen? Vermutlich nur ein Mensch wie Gabor Speckeisen, der seine Seele an das Snowboard verloren hatte und jetzt im weißen Anzug durch den Laden tanzte.

Oder lag es an dem, was in der Vergangenheit geschehen war? Niemand hatte Elsa damals direkt mit den Ereignissen in Verbindung gebracht, und doch hatten sie und ihr Mann keine sechs Monate später den Laden geschlossen und waren weggezogen. Wohin? Niemand wusste es so genau. In die Stadt, sagten die einen. Ins Ausland, sagten die anderen. Ich habe sie nie wiedergesehen. Einmal bemerkte ich während einer Lesung im Publikum eine Frau, die ihr ähnlich sah. Sie hatte graues Haar und saß in der zweithintersten Reihe. Nach der Lesung war sie verschwunden.

Die Metzgerei hatte sich seit meiner Jugend kaum verändert. Da war immer noch der braunrot gekachelte Boden, die niedrige Decke und die Auslage mit dem Fleisch. Neu war nur die Bar, die Gabor in die Ecke gehauen hatte, an der die Kunden verschiedene regionale Produkte degustieren konnten.

»Möchten Sie eine Scheibe umbrische Trüffelwurst probieren«, fragte Gabor meine Großmutter und hielt ihr den Teller unter die Nase.

»Ich möchte jetzt nach Hause gehen«, antwortete Großmutter unbeeindruckt. Mir war unterdessen aufgefallen, wie wenig Fleisch in der Auslage angeboten wurde.

»Genau das ist mein Konzept«, erklärte mir unser Gastgeber, als ich ihn darauf ansprach. »Kuratiertes Fleisch. Von allem nur wenig, dafür von erlesener Qualität. Ich bin die Marie Kondo der Wurstwarenwelt.«

Ich fragte mich, ob er gerade einen Witz gemacht

hatte. Doch war er kein Mensch, der Witze riss. Sein Leben, so hätte man sagen können, war ein Witz. Dann stimmte es wieder.

Mutter stand etwas ratlos neben der Bar. Die Discokugel reflektierte sich in ihrer Halskette und dem ganzen anderen Schmuck, den sie an diesem Abend angezogen hatte.

»Deine Mutter scheint sich irgendwie nicht so zu freuen«, raunte mir Gabor zu.

»Das ist wie mit deinen Würsten«, erklärte ich ihm. »Wenig Gefühle. Dafür umso kostbarere.«

»Ich verstehe«, nickte er. »Kuratiertes Glück.«

Ich dachte über den seltsamen Ausdruck nach. Seltsam, weil er suggerierte, dass man sein Leben irgendwie in der Hand hatte. Dabei war ich das beste Beispiel dafür, dass das nicht stimmte. Man machte einfach irgendwas, und es kam dann sowieso anders. Und das war das Leben. Im Grunde war man bloß ein Zuschauer. Und trotzdem trug man die volle Verantwortung. Oder machte ich es mir zu einfach? Es stimmte, ich hatte nicht gewollt, dass mein Leben diesen Verlauf nahm, und doch war es unbestreitbar, dass ich damals in dem Hinterhof gestanden hatte.

Ich und kein anderer.

Anscheinend waren wir die einzigen Gäste und das obwohl Gabor im Vorfeld kräftig die Werbetrommel gerührt hatte. Er hatte Flyer drucken lassen und sie an alle Haushalte verteilt. *Was ist besser als eine Wurst – eine Gourmetwurst*, hatte auf dem Flyer gestanden. Außerdem hatte er ein Partyprogramm voller Überraschungen und VIP-Gästen in Aussicht gestellt.

Trotz dieser vollmundigen Ankündigung waren die Leute der Veranstaltung ferngeblieben. Vielleicht lag es an dem Schmusepop.

»Aber der Gemeindepräsident muss kommen«, meinte Gabor. »Er hat es mir versprochen.«

Auch die zahlreichen VIP-Gäste ließen auf sich warten. Gabor erwähnte nur immer wieder einen gewissen Brad Rössler, der ein Showman ohnegleichen sei.

Um halb zehn rief die Frau des Gemeindepräsidenten an und ließ ausrichten, ihr Mann liege mit einer Angina im Bett.

»Viel trinken. Dann ist er morgen wieder wie neu«, brüllte Gabor in den Hörer. Aber ich glaube, die Frau des Gemeindepräsidenten hatte bereits aufgelegt.

»Kein Problem«, sagte er, nachdem er aufgelegt hatte. »Brad Rössler reißt den ganzen Abend aus dem Dreck.«

Zum x-ten Mal balancierte er den Teller mit den umbrischen Gourmetwürsten durch den Raum, um sie seinen Gästen zu servieren. Da jedoch die Gäste immer noch dieselben vier Nasen wie vor einigen Stunden waren, verlor die Aktion jeglichen Glanz und wirkte nur noch verloren und verzweifelt.

»Diese Wurst schmeckt nach Aas«, informierte ihn Großmutter, nachdem sie ein Stück probiert hatte.

Ich gab Mischka ein Zeichen, dass es an der Zeit sei, mit ihr nach Hause zu gehen, doch sie bemerkte mich nicht. Ich hatte sogar den Eindruck, dass sie mich bewusst ignorierte. Im Unterschied zu uns schien sie gerade eine richtig gute Zeit zu haben. Sie probierte sich durch das Wurstangebot und schunkelte im Rhythmus des Schmusepops.

»Kommen Sie, Frau Brom«, sagte sie zu meiner Großmutter. »Wir müssen tanzen.«

»Warum müssen wir denn jetzt auch noch tanzen?«, erwiderte sie.

Ich ging zu meiner Mutter, die immer noch neben der Bar stand und das aufgeschnittene Fleisch betrachtete, das so hart und trocken wurde wie das Glück.

»Wie geht es dir?«

»Fantastisch.«

Da sie selber merkte, wie zynisch das gerade geklungen hatte, ergänzte sie vollkommen unnötigerweise:

»Ich bin kein Partymensch.«

»Was du nicht sagst.«

»Schon als Teenagerin habe ich Partys gehasst. Während alle an den Wochenenden in die Stadt gefahren sind, bin ich zu Hause geblieben und habe gelesen.«

»Kommt mir irgendwie bekannt vor.«

Sie zog die Augenbrauen hoch.

»Keine Angst. Das war kein Vorwurf. Ich glaube, das war ein Kompliment.«

»Vielen Dank.«

»Was ich eigentlich sagen wollte, ich freue mich sehr für dich, dass du Gabor kennengelernt hast.«

»Vielen Dank.«

Für einen Moment ließen wir beide den Blick durch den Raum schweifen, wo Gabor gerade »Pest und

Cholera, Brad. Pest und Cholera über dich und deine ganze Familie« ins Handy brüllte.

»Wie ist das zwischen euch eigentlich passiert?«, fragte ich sie.

»Es war auf der Beerdigung von Daniel Hefti.«

»Aha.«

»Wir haben nebeneinander gesessen.«

»Ich verstehe«, sagte ich, so als wäre es das Natürlichste der Welt, dass man sich an Beerdigungen näherkam.

»Apropos Daniel Hefti«, sagte ich und spürte, wie mein Herz schneller schlug. »Ich habe gehört, dass er vor seinem Tod ein paar Mal bei uns war.«

»Ein paar Mal ist übertrieben. Er war genau einmal da.«

»Gab es einen bestimmten Grund?«

»Braucht man einen Grund, um mich zu besuchen?«, schnaubte Mutter, »Aber du hast recht, jetzt wo du es sagst, ich glaube, er ist wegen dir gekommen.«

»Wegen mir?«

Ich versuchte, möglichst gelassen zu klingen. So wie jemand, der gerade Gourmetwurst sagte.

»Er hat nach deiner Nummer gefragt. Sagte, er wolle etwas mit dir besprechen.«

»Was denn?«, krächzte ich.

»Es ging um deine Romane. Er sagte, er hätte eine Idee für eine tolle Geschichte, die er mit dir besprechen wolle. Ist alles in Ordnung mit dir?«

»Zu viel Gourmetwurst. Ich brauch ein wenig frische Luft. Bin gleich wieder da.«

Ich ging nach draußen. Kalte Nachtluft umfing mich. Es war alles gut. Er hatte ihr nicht von Walter Bruckner erzählt. Er hatte sie angelogen. Aus irgendeinem Grund hatte er die Sache erst mit mir besprechen wollen. Und jetzt war er tot. Und niemand wusste etwas davon. Niemand außer mir.

Ich spürte eine tonnenschwere Erleichterung. Das Leben konnte weitergehen. Nicht in der Vergangenheit. In der Gegenwart. Ob ich es verdient hatte, war eine andere Frage. Wie sähe ein Leben, das wir verdient haben, überhaupt aus? Ein angemessenes Leben? Ein Leben, das nicht nur auf gerechte Art und Weise unserem Menschsein Rechnung trägt, sondern immer auch unsere Taten in der Vergangenheit in die Waagschale legt. Früher wurde dieses Urteil an der Himmelspforte gefällt. Und heute?

Ich beschloss, diese Gedanken auf später zu verschieben und schrieb stattdessen Nina eine Nachricht: »Ich komme nach Hause«.

Dann ging ich wieder hinein, wo Gabor mich bereits mit offenen Armen erwartete. Er war verschwitzt, der Abend hatte Spuren hinterlassen, Großmutter war unterdessen im Rollstuhl eingeschlafen.

»Ich möchte mich gerne bald mal mit dir unterhalten«, flüsterte er mir ins Ohr.

»Worum geht es denn?«

Er wischte sich den Schweiß von der Stirn.

»Um den Mord an Walter Bruckner.«

Ein Mord, den nicht jeder begeht

Ich stieg nun also jeden Dienstag die schmale Steintreppe zwischen den Reben hinauf. In meinem Rücken ging die Sonne unter. Als ich vor dem Betonsarg mit dem grauen Mercedes vor der Garage ankam, war es dunkel geworden. Immer am Dienstagabend traf sich Elsa mit Walter Bruckner. Seine Frau war nicht zu Hause, und Elsas Töchter hatten zu der Zeit Geigenunterricht. Was ihr Mann machte, wusste ich nicht. Aber vermutlich keinen Geigenunterricht. Als ich eine halbe Stunde später den Heimweg antrat, war mein Gesichtsausdruck seltsam verklärt. So mussten Heilige ausgesehen haben. Doch ich war kein Heiliger.

Wie war es dazu gekommen? Nachdem ich die beiden das erste Mal im Wohnzimmer gesehen hatte, war ich relativ schockiert nach Hause gelaufen. Wenn man zwei Menschen beim Sex beobachtet, fühlt man sich ein wenig wie ein Dieb. Man raubt ihnen ein Stück Privatsphäre, die sie mit niemandem auf der Welt teilen wollten. Doch ich redete mir ein, dass es reiner Zufall gewesen war. Ich hatte ja nicht gewusst, was mich dort erwarten würde und dass ich zugesehen hatte, lag nun einmal in der menschlichen Neugier. Wer an meiner Stelle hätte nicht kurz zugesehen? Mal ganz davon abgesehen: Wenn sich hier jemand unmoralisch verhielt, dann doch wohl Elsa und Walter Bruckner. Ich nahm in dieser Geschichte den Part des Sittenwächters ein, dessen Auge in Abwesenheit der Betrogenen auf der moralischen Entgleisung ruhte. Ich war wieder der Hirte, der seine Herde melancholisch ins Auge fasste. Und die Erektion in meiner Hose? Die war ganz natürlich. Auch Hirten konnten Erektionen haben.

Selbstverständlich wollte ich nicht wieder dorthin gehen. Warum denn auch? Zwei Menschen hatten Sex. So spannend war das nun auch nicht. Gab es in meinem eigenen Leben nicht genug Prickelndes? Meine Liebesgeschichte an der luxemburgischen Grenze beispielsweise.

»Elsa ist für zwei Wochen nach Korsika gefahren«, erzählte ich Laura in der Schule. Und als ich ihren erstaunten Blick sah, ergänzte ich: »Um ehrlich zu sein, wir haben uns entschlossen, eine Pause zu machen.«

Ich war selber überrascht, als ich mich das sagen hörte. Und doch fühlte es sich absolut richtig an. Seit dem Abend an Walter Bruckners Fenster war meine Geschichte auf Eis gelegt. Das echte Leben war ihr in die Quere gekommen. Wer hätte gedacht, dass die Wirklichkeit interessanter als die Fantasie sein konnte? Schade nur, dass es nicht meine Wirklichkeit war. Das waren die Geschichten anderer Leute. Wenn ich etwas erleben wollte, musste ich schon selber etwas dafür tun.

Nach ein paar Tagen wurde ich immer unruhiger. Was, wenn sie sich wieder trafen? Sollte ich das nicht der Form halber überprüfen? Fürs Protokoll, sozusagen. Danach konnte ich die Sache ad acta legen und mich meinem eigenen Leben zuwenden. Dennoch fiel es mir schwer, diesen erneuten Spaziergang zu Walter Bruckners Haus vor mir selbst zu rechtfertigen. Beim ersten Mal war es ein Versehen gewesen. Konnte man versehentlich zweimal dasselbe tun? So was geschah vielleicht Dummköpfen, sie rutschten immer wieder auf derselben Bananenschale aus. Aber ich war doch kein Dummkopf.

Dann, endlich, hatte ich die Lösung gefunden. Ich sah Elsa Haslinger und Walter Bruckner gar nicht beim Geschlechtsverkehr zu. Nein, ich trainierte für den Sporttag. Er fand in einem Monat statt, und ich hatte eigentlich bereits einen Deal mit unserem Hausarzt getroffen, dass er mich für diesen Anlass krankschreiben würde. Was hatte ich mir nur dabei gedacht? Ich, der Sport so sehr liebte.

Als der Dienstag kam, zog ich mir eine alte Trainingshose und ein paar weiße Schuhe an. Die Schuhe hatte mir mein Vater gekauft, kurz nachdem wir das Tennis-Turnier besucht hatten. Vielleicht glaubte er, dass ich nach den unvergesslichen Erlebnissen an dem Nachmittag eine Karriere als Tennisprofi anstreben wollte. Doch die Schuhe waren so groß wie seine Erwartungen. Ich hatte sie bis zu diesem Tag kein einziges Mal getragen. Nun aber passten sie wie angegossen. Alles hat seine Zeit, auch ein paar Tennisschuhe.

»Wie siehst du denn aus?«, fragte Mutter, als sie mich in meinem Sportdress sah.

»Ich geh joggen.«

»Bist du krank?«

»Eben nicht!«

Geradezu gierig rannte ich die Steintreppe hoch. »Seht zu, dass ihr euren Puls mehrmals die Woche auf über hundertzwanzig Schläge die Minute treibt«, hatte uns unser Sportlehrer geraten. Genau das tat ich hier.

Auf der Oberbergstraße trabte ich gemütlich weiter. »Lasst es langsam angehen und steigert dann die Pace.« Nach einer Weile tauchte auf der rechten Straßenseite Walter Bruckners Betonvilla auf. »Gönnt euch zwischendurch mal eine Pause und nutzt die Gelegenheit, um zu stretchen«. Gute Idee. Ich schlich in den Garten, zum Wohnzimmerfenster. Gerade noch rechtzeitig.

So trainierte man also.

»Charly hat angefangen zu joggen«, hörte ich Mutter am Telefon zu Onkel Karl sagen. Ihre Stimme klang gleichzeitig stolz und verwundert. Ansonsten hatte ich mich höchstens mal zu einer Partie Boccia im Garten hinreißen lassen, und nun stürmte ich selbst bei widrigsten Bedingungen zum Joggen aus dem Haus.

»Aber es tut ihm gut. Er sieht viel besser aus als früher.«

Besser als früher? Wie hatte ich denn früher ausgesehen? Ich betrachtete mich im Spiegel, doch alles, was ich sah, war der geile Blick eines Menschen, der anderen beim Sex zuschaute.

Natürlich schämte ich mich. Ich war ein Spanner, ein Voyeur. Eines Tages würde ich so enden, wie dieser Alte im Bus, der allen jungen Mädchen hinterherpfiff »Hot Pants. Heiß. Ganz heiß«. Ich war kein Hirte. Ich war ein Schwein.

Andererseits. War das wirklich so schlimm, was ich tat? Andere gingen ins Bordell oder sahen sich Pornos an, in denen es Typen mit Pferden trieben. Mutete mein Vergnügen da nicht fast romantisch an? Was tat ich denn schon? Ich sah zwei Menschen beim Liebesspiel zu. Die natürlichste Sache der Welt.

Abgesehen davon, dass dieses Liebesspiel auch gar nicht so wahnsinnig verrucht war. Es war nicht so ereignisarm wie ein Bridge-Abend im Pflegeheim, doch war es auch nicht gerade Marquis de Sade. Vielleicht war es wie ein Bridge-Abend mit dem Marquis de Sade. Vor allem war es schnell zu Ende. Die beiden pflegten um Punkt achtzehn Uhr zu beginnen. Exakt sieben Minuten später kam Walter Bruckner zum Orgasmus. Es war so, als hätte er die Uhr danach gestellt. Seine Eile erinnerte an Sport, an einen Ironman. Irgendwie kam mir bei seinem Anblick auch ein Jagdhund in den Sinn, der mit verbissenem Eifer einem Knochen nachjagte. Das war also Sex? Nach sieben Minuten sprang er wie von der Tarantel gestochen auf und lief ins Badezimmer. Elsa blieb liegen. Was machte sie in den folgenden Minuten? Dachte sie über die Ereignisse der jüngsten Vergangenheit nach? Überlegte sie, wie sich ihre Töchter beim Geigenunterricht machten? Fühlte sie sich glücklich, schuldig oder beides zusammen? Diese Momente waren auf seltsame Weise viel intimer, es kam mir vor, als wären wir alleine, nur ich und Elsa. Und das Bärenfell.

Nach einer Weile kehrte Walter Bruckner zurück. Er trug einen Bademantel und hielt zwei Gläser Champagner in der Hand, wovon er eines Elsa reichte. Dies war für mich jeweils das Zeichen, dass Zeit war, zu gehen.

Aber am nächsten Dienstag kam ich wieder.

Nur einmal, bei meinem letzten Besuch an Walter Bruckners Wohnzimmerfenster, wenige Tage vor Julius Haslingers fünfzigstem Geburtstag, verliefen die Dinge anders als gewohnt. Zunächst war alles wie immer. Der Jagdhund hechelte los und traf sieben Minuten später am Ziel ein. Ich bereite mich psychisch schon auf den Anblick von Walter Bruckners nacktem Hintern vor, wenn er zum Badezimmer lief, da geschah etwas, womit ich nicht gerechnet hatte. Elsa setzte sich auf Walter und begann ihn zu reiten. Die zweite Seite des *Kamasutras*. Das kam so überraschend – für Walter Bruckner, aber auch für mich –, dass ich für einen Moment meine Deckung vergaß. Elsa hob den Blick zum Fenster, und unsere Augen trafen sich. Natürlich stand ich nicht direkt vor dem Fenster. Ich versteckte mich hinter einem Gebüsch, dessen Zweige mir in der Dunkelheit genug Schutz boten, und doch glaubte ich, ihren Blick direkt auf mir zu spüren. Ich ließ mich zu Boden fallen, wo ich einige Minuten mit klopfendem Herzen verharrte, bevor ich mich aus dem Staub machte.

Sie hat dich nicht gesehen, sie hat dich nicht gesehen, sagte ich mir auf dem Weg nach Hause immer wieder. Und doch wusste ich ganz genau: Sie hatte mich gesehen.

Es kam Julius Haslingers Geburtstagsfeier. Das war schon deswegen ein seltsamer Anlass, weil der Metzger nicht der Typ war, der seine Geburtstage zu feiern pflegte. Schon gar nicht mit dem ganzen Dorf. Er war ein mürrischer, wortkarger Mensch, dem es am wohlsten in der Umgebung von totem Fleisch war. »Ein ausgezeichneter Schlächter, aber menschlich, da hapert es«, sagte man über ihn. Es war denn auch Elsa, die das Fest für ihren Mann organisierte. *Als Wiedergutmachung*, dachte ich und fühlte mich schuldig, als hätten wir ihn beide betrogen.

Seltsam war auch, dass unsere Familie an dem Fest teilnahm. Seit Jahren schon schwänzten wir sämtliche Grillpartys, Geburtseinladungen und Vereinsfeste in der Gemeinde. Nach dem Tod ihrer beider Männer hatten die Frauen eine Weile lang eine gute Ausrede gehabt. Wie lange aber kann man in Trauer gehen? Die beiden waren der Meinung »für immer«, und noch Jahre nachdem mein Vater aus dem Fenster gefallen war, sagte Mutter zu einer Nachbarin, die sie zu einem feuchtfröhlichen Weiberabend mit Aperol Spritz einladen wollte: »Tut mir leid. Ich kann nicht. Mein Mann ist gestorben«.

Diesmal aber machte sie eine Ausnahme, was auch zu ihrem neuen Hobby passte. Es lautete »Wandern« und verdrängte das Chorsingen. Nun stieg sie gemeinsam mit ein paar anderen Leuten aus dem Dorf auf irgendwelche Hügel. Sie war schon auf dem Pilatus, dem Titlis und dem Säntis gewesen. Von letzterem brachte sie einen knorrigen Stock mit nach Hause, in den jemand, dessen Namen sie uns nicht verraten wollte, mit dem Sackmesser ein Herz geritzt hatte. Das Liebesleben meiner Mutter in jenen Tagen ist mir gänzlich unbekannt. Ich glaube, es beschränkte sich auf ein paar Herzen, die knorrige Wandervögel in ein noch knorrigeres Stück Holz ritzten.

Zur Wandergruppe gehörte auch die alte Haslinger, die Mutter von Julius. Sie freundeten sich ein wenig an, teilten denselben Weltekel. Wegen Marta wollte sie dann auch zu dem Fest gehen. Und wir sollten alle mitkommen.

»Aber ich muss lernen«, protestierte ich.

»Du hast noch nie lernen müssen. Und ausgerechnet heute Abend willst du damit anfangen?«

Natürlich wollte ich nicht zu der Party gehen, da ich Angst vor einer Begegnung mit Elsa hatte. Immer noch spürte ich ihren Blick auf mir. Ihre Augen. Ich konnte zwar immer noch nicht sagen, ob sie nun grün waren, doch wusste ich mit Bestimmtheit, dass sie nicht erfreut waren, was sie da gesehen haben. Kein Wunder. Wer freut sich schon, wenn er beim Ehebruch von einem Sechzehnjährigen aus dem Dorf beobachtet wird? Exhibitionismus ist eine Lust, die dort endet, wo notgeile Teenager hinter Gebüschen lauern.

Andererseits wurde das halbe Dorf zu dieser Gala erwartet. Über zweihundert Leute. Allesamt Kunden von Julius, die nicht etwa kamen, weil sie ihn so sehr mochten, sondern weil man an einem Ort wie Neubad froh um jeden gesellschaftlichen Anlass war, der kein Grillabend vom Turnverein war. Ich sagte mir, dass bei all den Leuten Elsa wohl keine Zeit haben würde, um sich mit mir zu beschäftigen, und so machten wir uns am Samstagabend zu dritt auf den Weg zum Mehrzweckgebäude von Neubad.

Als wir hereinkamen, waren die meisten Gäste schon da. Es wurde genippt und geredet. Die Akustik im Mehrzweckgebäude ist so schlecht, dass man selbst bei kleineren Anlässen nur sein eigenes Wort versteht. Das ist jedoch nicht weiter schlimm. Die Menschen sagen sowieso immer das gleiche. Zumindest in Neubad.

Am einzig freien Tisch saßen bereits Herr und Frau Wälchli, ein vorzeitig vergreistes Ehepaar, das sich den Ruhestand mit kulturellem Hyperaktivismus vertrieb. Da sich ihr Bewegungsradius auf Neubad beschränkte, traf man sie daher bei jedem noch so kleinen Anlass: vom Kirchenkaffee bis zum Sonntagsbummel.

»Euch haben wir ja schon ewig nicht mehr gesehen«, sagte Frau Wälchli. »Wie gehts so?«

»Miserabel«, antwortete Großmutter, während die Bedienung gerade ein großes Stück Schwarzwäldertorte vor ihr abstellte.

»Das tut mir leid. Was hast du denn?«

»Ich weiß es nicht. Die Ärzte sind ratlos. Es ist ein Wunder, dass ich noch lebe.«

Hier unterbrach sie ihren dramatischen Bericht, um sich ein großes Stück Torte in den Mund zu schieben.

»Es ist, wie es ist«, sagte an dieser Stelle aus heiterem Himmel Herr Wälchli. Es war das Erste, was er an diesem Abend sagte, und er wirkte sehr zufrieden mit seiner Bemerkung.

»Und du, Renate, ich habe gehört, du gehst seit Neuestem auf Wanderschaft?«, versuchte Frau Wälchli dem Gespräch eine vitale Wendung zu verleihen.

»Ja, aber das war ein Fehlgriff.«

»Wieso?«

»Ich vertrage die Bergluft nicht. Mir wird schlecht davon. Bei der letzten Wanderung auf den Titlis habe ich mich tatsächlich auf irgendwelche geschützten Blumen übergeben müssen. Ist das strafbar?«

Sie sah zu Herrn Wälchi. Er arbeitete als Prokurator und wusste so etwas vielleicht.

»Es ist, wie es ist«, sagte er wieder.

Hatte er vielleicht einen Schlaganfall gehabt? Wenn man die Leute eine Weile lang nicht gesehen hatte, war das gar nicht so leicht zu beurteilen.

Zum Glück trat in diesem Augenblick Daniel Hefti auf die Bühne, um eine komische Festrede auf das Geburtstagskind zu halten. Er galt in Neubad als bunter Hund und wurde häufig für solche Auftritte angefragt. Sein Ruf rührte hauptsächlich daher, dass er früher an einer Steinerschule unterrichtet hatte, was ihn zu einer vollkommen unbeständigen Person machte.

»Obacht«, informierte uns denn auch Frau Wälchli.

Während der Rede sah ich mich im Saal um, ob ich irgendwo Elsa entdecken konnte, und entdeckte sie an einem Tisch am vorderen Ende, wo sie zusammen mit ihrer Familie saß. Alle hatten sich herausgeputzt. Julius trug einen Anzug mit Krawatte und sah darin wie eine abgelaufene Festtagswurst aus. Auch die beiden Töchter machten irgendwie nicht den Eindruck, als ob Geigenspielen das ideale Hobby für sie wäre. Geigenwerfen hätte besser gepasst. Am Ende der Tafel schien sich die alte Haslinger gedanklich gerade ganz woanders aufzuhalten.

Auf dem Säntis, dem Pilatus, dem Titlis oder irgendeinem anderen Berg, wo die Menschheit noch gut und die Natur noch frisch war, sofern sich nicht gerade jemand über ihre Alpenblumen erbrochen hatte. Die Einzige, die an diesem Tisch gute Laune hatte, war Elsa. Sie strahlte in ihrem rostroten Kleid und lachte über jeden billigen Kalauer von Daniel Hefti. Ich dachte wieder daran, wie sie mich im Gebüsch entdeckt hatte. Vielleicht hatte sie mich doch nicht gesehen. Vielleicht war sie kurzsichtig, wer wusste das schon. Und hatte sie in der Ekstase des Beischlafs nichts Besseres zu tun gehabt, als nach in Gebüschen herumlungernden Teenagern Ausschau zu halten? Der menschliche Egozentrismus sieht sich stets als Dreh, und Angelpunkt sämtlicher Weltprobleme. In Wahrheit geht der Großteil der Probleme an ihm vorbei. Die Welt bemerkt ihn gar nicht. So wie Elsa Haslinger.

Beim Applaus am Ende von Daniels Auftritt hob Elsa kurz den Kopf und schaute quer durch den Saal. Ich folgte ihrem Blick und entdeckte zu meiner Überraschung Walter Bruckner zusammen mit seiner Frau und dem Jungen, dessen Namen mir nicht einfallen wollte, obwohl ich in den vergangenen Wochen so oft an dem Briefkasten vorbeigekommen war, an dem sein Name geschrieben stand. Doch im Grunde war das gar keine Überraschung. Alle waren gekommen, um Julius Haslingers Geburtstag zu feiern, warum also nicht auch der Mann, der mit seiner Frau schlief? Walter Bruckner strahlte, lachte und klatschte wie alle anderen. Für den Bruchteil einer Sekunde drehte er den Kopf und erwiderte Elsas Blick. Und plötzlich schwante mir, dass an diesem Abend etwas passieren würde.

»Los, lass uns gratulieren gehen«, hörte ich meine Mutter sagen.

»Wie bitte?« Ich sah sie entsetzt an.

»Ich sagte, wir gehen jetzt zu Julius Haslinger und gratulieren ihm zum Geburtstag. So wie anständige Leute vom Land.«

Sie redete, als wären wir Besucher aus der Stadt und sie weihe uns in die seltsamen Gepflogenheiten der ländlichen Bevölkerung ein. Dabei war sie selber auf dem Land aufgewachsen und in ihrem Leben nie weiter als bis nach Südfrankreich gekommen.

»Los jetzt. Hast du das Geschenk?«

Damit meinte sie das schwarz eingepackte Ungetüm, das wie ein dunkles Geheimnis unter dem Tisch auf die Erfüllung seiner Mission wartete. Es handelte sich um ein altes Jagdstillleben, das sich seit vielen Jahren im Besitz unserer Familie befand. Mein Großvater hatte es eines Tages auf einer Auktion gekauft, als er den Sinn des Lebens noch nicht in Kaffeesahnedeckeln gefunden hatte. Gemalt hatte es ein flämischer Meister des achtzehnten Jahrhunderts namens Hulk, von dem es hieß, dass er eines Tages der nächste Van Gogh sein würde. Seither warteten wir, doch anstatt zu gewinnen, verlor das Bild immer mehr an Wert, was objektiv betrachtet vollkommen richtig war. Nun hatten wir einstimmig entschlossen, uns von dem Meisterwerk zu trennen. Ein Jagdstillleben war doch genau das richtige Geschenk für einen Metzger.

»Was ist denn das?«, entfuhr es Julius Haslinger, als wir das Gemälde vor ihm enthüllten.

»Ein Jagdstillleben aus dem 18. Jahrhundert«, informierte ihn Großmutter im Stil einer gelangweilten Kunsthistorikerin.

»Sind die Tiere auf dem Bild alle tot«, fragte die alte Haslinger aus dem Hintergrund.

»Ja. Alle«, bestätigte Mutter, so als hätte sie sämtliches Wild selber erlegt.

»Darum ist es ja auch ein Stillleben«, führte Großmutter ihren Exkurs fort. »*Natura morta.*«

»Vielen Dank«, sagte Julius Haslinger. Damit war die Geschenkübergabe beendet, und wir kehrten zu unserem Tisch zurück. Während des ganzen Gesprächs hatte mich Elsa nicht aus den Augen gelassen. Es war nicht so, dass sie irgendwie unfreundlich gewirkt hätte. Im Gegenteil. Sie lächelte mir zu. Doch da war etwas in ihren Augen, und schon wieder hatte ich vergessen, auf ihre Farbe zu achten. Ich weiß nicht, warum, aber es kam mir vor wie eine Drohung.

Danach überschlugen sich die Ereignisse. Bei einer Party auf dem Land bedeutet das, dass erst jemand auf dem Akkordeon ein Geburtstagslied anstimmt und danach die Torte hereingetragen wird. Als Julius Haslinger etwas ratlos mit dem Messer neben dem dreistöckigen Süßgebäck stand, rief jemand aus der Gästeschar, ich glaube, es war Gabor Speckeisen: »Jetzt mach schon, Julius. Oder soll dir das auch einer abnehmen?«

Damals habe ich den Spruch nicht verstanden. Heute

frage ich mich, ob ich vielleicht doch nicht der einzige gewesen bin, der von Elsas Affäre mit Walter Bruckner gewusst hat. Julius lächelte gequält und schnitt die Torte an. Der Saal applaudierte. Kurz darauf bauten fünf aschfahle Pensionäre ihre Instrumente auf der Bühne auf.

»*Thank you, folks*«, krächzte der tattrige Sänger ins Mikrofon. »Wir sind die Dixieland Globetrotters.«

»Für mich keine Torte mehr«, schrie Großmutter gegen den Lärm der Musik an. »Zu viel Zucker«, erklärte sie den Wälchlis.

»Ich bleibe bei Martini bianco«, sagte Mutter zu der Bedienung mit der Abgeklärtheit einer routinierten Trinkerin. Ich konnte mich nicht erinnern, sie jemals betrunken erlebt zu haben, aber an diesem Abend war sie schon bei ihrem fünften oder sechsten Glas. Exzess war bei ihr eher ein Versehen.

Als ich auf die Toilette ging, bemerkte ich Daniel Hefti im Flur, der sich mit Gabor Speckeisen unterhielt. Ich konnte nicht verstehen, was sie sagten, doch aufgrund ihrer Körpersprache erkannte ich, dass beide ziemlich aufgebracht waren. Vermutlich ging es um ihr Bier-Projekt mit Walter Bruckner. Wie man sich im Dorf erzählte, hatten sich die drei Braufreunde schon nach kurzer Zeit zerstritten.

Im Saal hatten unterdessen die Ersten angefangen zu tanzen.

»Sie tanzen, wir gehen«, formulierte Großmutter einen Satz, der auch das Leitmotto unserer Familie hätte sein können.

»Ich suche nur noch ein Gewässer mit P«, bat Mutter,

die angefangen hatte, mit Herrn Wälchli *Stadt Land Fluss* auf dem Papiertischtuch zu spielen. Er war zwar noch immer nicht besonders gesprächig, aber wenigstens bereiteten ihm Gewässer mit P keine Mühe.

In diesem Moment sah ich, wie Walter Bruckner seiner Frau etwas ins Ohr flüsterte und dann schnellen Schrittes hinausging. Ein paar Minuten später verließ Elsa Haslinger ebenfalls den Saal. Ich blinzelte ins Licht. Es war kurz nach zehn. Alles war genau wie zuvor. Die Dixieland Globetrotters spielten ihre größten Hits. Mutter und Herr Wälchli spielten *Stadt Land Fluss*. Großmutter tat so, als wäre sie eingeschlafen oder verstorben. Julius Haslinger fuhr sich mit der Hand über den Nacken. Ich schloss die Augen.

»Ich geh mal kurz an die frische Luft. Bin gleich wieder da.«

Beim Hinausgehen kam ich an Daniel Hefti vorbei, der vor der Tür eine Zigarette rauchte.

»Wo willst du denn hin?«

»Kleiner Spaziergang.«

»Spazieren? Wie ungesund!«

Er lachte, ich lief weiter. Aus irgendeinem Grund glaubte ich genau zu wissen, wohin die beiden gegangen waren. Nach ungefähr hundert Metern folgte eine einfache Holzhütte, die von allen nur das Armbrustschützenhaus genannt wird. Der sportliche Euphemismus täuscht über den wahren Verwendungszweck der Hütte hinweg, den man mit den Worten »saufen, bis der Arzt kommt« zusammenfassen könnte. Der Platz hat etwas

Romantisches, und ich war mir sicher, dass sie dorthin verschwunden waren.

Und tatsächlich, da standen sie und küssten sich. Als hätten sie nur auf mich gewartet. *Unglaublich*, dachte ich, während mir vor Erregung die Beine zitterten. Und das am Geburtstag ihres Mannes. Jetzt knöpfte er ihr die Bluse auf. »Warte«, hörte ich sie flüstern. »Lass uns etwas anderes ausprobieren.« *Etwas anderes*, schrien meine Gedanken. Was konnte sie nur damit meinen? Sie nahm ihn an der Hand, und schon waren sie in der Dunkelheit verschwunden.

Hinterher, schoss es mir durch den Kopf. Ich musste doch wissen, was es mit diesem Anderen auf sich hatte. Also folgte ich ihnen. Es war eine dunkle Aprilnacht. Kein Mond, keine Sterne. Einzig die Straßenlaternen in der Ferne sorgten für ein wenig Licht. Ein schmaler Feldweg führte vorbei an einer großen Wiese zum Mehrzweckgebäude zurück. Frühlingsdüfte stachen mir in die Nase, während mein Herz raste und die Gedanken sich überschlugen. Was machte ich hier? Und was machten sie?

Heute glaube ich Bescheid zu wissen. Ich vermute, dass mich Elsa damals tatsächlich am Fenster gesehen hat, vielleicht auch schon früher. Da lag etwas in ihrem Blick, als wir ihrem Mann das schreckliche Jagdstillleben überreichten. Etwas wie Schadenfreude. Mein Eindruck täuschte nicht, als ich sie im Hof des Armbrustschützenhauses entdeckte. Sie hatten tatsächlich auf mich gewartet. Das alles war nur eine Inszenierung, so glaube ich heute, mit dem einzigen Zweck, mich für meine Unverschämtheit zahlen zu lassen.

Doch davon wusste ich damals nichts, als ich ihnen über den Feldweg zurück zur Party folgte. Elsa schien schon vorausgegangen zu sein. Ich sah nur Walter Bruckner, der ungefähr zehn Meter vor mir durchs hohe Gras stapfte. Sah seinen athletischen Körper, gesund und gestählt vom vielen Joggen. Ein Geschäftsmann, ein Ehemann, ein Familienvater. Er musste ungefähr so alt wie mein Vater gewesen sein, als er aus dem Fenster gefallen war. Ungefähr so alt, wie ich es heute bin.

Am Ende des Feldwegs gelangt man auf einen kleinen Kiesplatz, der als Entsorgungsstelle dient. Am Samstagnachmittag trifft sich dort das halbe Dorf, um den Müll der Woche loszuwerden. Es ist das Yoga der Landbevölkerung. Das Entsorgen ist dabei nur zwischen 8 und 17 Uhr erlaubt. Am Abend liegt eine gespenstische Ruhe über den Containern, die als Schemen aus der Dunkelheit ragen. Bauschutt knirschte unter meinen Füßen. Auf dem Boden lagen zahlreiche kaputte Glasflaschen, es war vollkommen still. Auch aus dem Mehrzweckgebäude war kein Laut zu hören. Die Dixieland Globetrotters hatten ihren Auftritt wohl beendet.

Wo waren die beiden? Vermutlich wieder hineingegangen und hatten jenes Andere, von dem Elsa gesprochen hatte, auf einen späteren Zeitpunkt verschoben. Einen Moment stand ich ratlos herum, bevor ich mich ebenfalls auf den Weg zurück machen wollte. Plötzlich waren Schritte zu hören, eine Gestalt schälte sich aus der Dunkelheit, und eine scharfe Männerstimme flüsterte:

»Das wird dir eine Lehre sein.«

Dann tauchte ein Schatten direkt an meiner Seite auf und verpasste mir einen Hieb gegen den Kopf. Ich fiel zu Boden und verlor für einen Moment das Bewusstsein. Als ich wieder zu mir kam, spürte ich einen sirrenden Schmerz über der Schläfe. Meine Ohren dröhnten. Ich richtete mich auf. Da war wieder der Schatten. Er kam erneut auf mich zu und wirkte dabei wild entschlossen. Meine rechte Hand ertastete am Boden etwas Scharfes, ein Stück Glas, das zu Bruch gegangen war. Ich griff danach, und als der Angreifer über mir stand, schlug ich es ihm entgegen. Ein wütender Aufschrei ertönte, die Gestalt taumelte zurück. Ich hörte einen hohlen Knall, wie von einem heftigen Aufschlag. Dann nichts mehr.

Ich blieb liegen und wartete, dass der Angreifer zurückkehrte. Doch nichts geschah. Mein Herz hämmerte. Ansonsten herrschte absolute Stille.

Schließlich rappelte ich mich hoch. Die Umgebung sah noch genauso aus wie zuvor. Vielleicht war der Angreifer ja einfach davongelaufen. Ich machte ein paar Schritte. Meine Beine waren wie aus Gummi. Im Boden war eine kleine Vertiefung zu sehen. Später erfuhr ich, dass dort ein Loch für Kanalisationsarbeiten ausgehoben wurde. Mittlerweile hatten sich meine Augen an die Dunkelheit gewöhnt. Und das Adrenalin sorgte zusätzlich dafür, dass ich die Nacht kaum mehr bemerke. Alles schien grell ausgeleuchtet zu sein. So kam es mir jedenfalls vor, als ich vor dem Loch stand und die Gestalt darin sah. Ich erkannte sie sofort. Es war Walter Bruckner. Dass er tot war, erkannte ich auch ohne Weiteres. Denn seine Kehle war aufgeschlitzt.

Beichte eines Mörders

Lieber Emil und liebe Nina,

als ich sechzehn Jahre alt war, habe ich einen Menschen umgebracht. Es war ein Mann aus unserem Dorf. Walter Bruckner. Es war keine Absicht. Und doch ist es passiert. Er hatte eine Affäre mit der Frau unseres Metzgers. Ich habe die beiden dabei beobachtet. Das Leben war damals noch ziemlich fremd für mich. Und plötzlich waren da diese beiden nackten Menschen, die das pralle Leben feierten. Wenn man ohne Vater in der Enge eines kleinen Dorfes aufwächst, sucht man überall nach Türen, die in die Freiheit führen. Manchmal kann eine Tür auch ein Fenster sein. Und die Freiheit die Leidenschaft zweier Fremder. Ich war jedenfalls immer gut darin, mich im Leben anderer Leute zu Hause zu fühlen. Vermutlich bin ich deshalb Schriftsteller geworden. Das eingebildete Leben ist mir immer leichter gefallen als mein eigenes. Aber ich will nicht länger um den heißen Brei herumreden. Ich bin ein Mörder. So ist es. Als es geschah, war es dunkel. Es war während einer Geburtstagsparty für den Mann der Metzgerin. Das ganze Dorf war anwesend. Bruckner und die Metzgersfrau hatten sich heimlich rausgeschlichen, und ich war ihnen gefolgt. Ich wusste nicht, dass sie mir in dieser Nacht eine Falle gestellt hatten. Bruckner wartete auf mich, um mir die Abreibung zu verpassen, die ich vermutlich auch verdient hatte. Doch es ist anders gekommen. Als er mich in der Dunkelheit angriff, habe ich mich gewehrt und ihm mit einer Glasscherbe die Kehle aufgeschlitzt. Es war ein Unfall, das müsst ihr mir glauben. Und doch war er danach tot, und ich und kein anderer bin der Grund dafür. Aber wisst ihr, was das wirklich Unheimliche ist? Das, was ich bis zum heutigen Tag nicht verstehen kann? Als ich Walter Bruckner tot im Loch liegen sah, rief ich nicht um Hilfe, und ich stellte mich weder an diesem noch an einem anderen Tag der Polizei. Nein. Ich nahm die Glasscherbe, mit der ich ihn ermordet hatte und entsorgte sie fachgerecht im Container. Danach ging ich zur Party zurück und plauderte mit Mutter und Großmutter, als ob nichts gewesen wäre. Zeit verging. Die Polizei stellte ihre Fahndung nach dem Mörder bald ein. Niemand hatte mich gesehen, niemand ahnte, dass ich es war. Ich konnte es nicht glauben. Ich war frei. Bald jedoch merkte ich, dass diese Freiheit nicht viel wert war, da ich sie mit niemandem teilen konnte. Äußerlich lebte ich ganz normal weiter. Ich zog nach Basel, studierte, lernte die Frau meines Lebens kennen, heiratete sie, begann Kriminalromane zu schreiben, wurde Vater eines wunderbaren Jungen. Das perfekte Leben. Das absolute Glück. Ich habe mit euch ein wunderbares Leben. Leider nur ist es nicht mein Leben, sondern das eines Hochstaplers, einer Kunstfigur namens Charly Brom, die ich erfunden habe, um mein wahres Ich zu verbergen. Denn in Wahrheit bin ich ein Mörder und nichts anderes. Es ist wie mit Neil Armstrong und der Mondlandung. Es gibt Ereignisse, die sind so fantastisch, dass sie in der Folge das ganze Leben eines Menschen determinieren. Egal, was Neil Armstrong nach der Mondlandung gemacht hat, ob er spazieren ging, ein Buch schrieb oder einen Nudelauflauf kochte, immer war es der Spaziergang, das Buch, der Nudelauflauf des ersten Mannes auf dem Mond. Und bei mir ist es genauso. Abgesehen davon, dass ich keine Nudelaufläufe zubereite.

Nach dieser schrecklichsten Nacht meines Lebens bin ich lange Zeit jeden Morgen mit dem Bild von Walter Bruckner aufgewacht. Ich sah ihn wieder da liegen und wünschte mir nichts mehr, als dass das alles nur ein Traum gewesen wäre. Walter Bruckner hatte eine Frau, die ungefähr in deinem Alter gewesen sein muss, Nina. Und er hatte einen Jungen, der damals die Grundschule besuchte. Was ist aus ihnen geworden? Ich weiß es nicht. Ich habe es bewusst nie herauszufinden versucht. Und doch erinnere ich mich an sie, wenn ich uns beobachte, wie wir zu dritt beim Frühstück sitzen, oder wenn wir am Sonntag einen Spaziergang unternehmen. Das könnten sie sein. Wir könnten sie sein. Sehr vieles habe ich verdrängt. Wenn man sich für das Leben entscheidet, gibt es keine andere Möglichkeit. Irgendwann habe ich morgens nicht als Erstes Walter Bruckner in seinem kalten Loch gesehen, sondern dich, Nina, meine Frau, die neben mir im Bett noch geschlafen hat. Und ich hörte eine Stimme aus dem Kinderzimmer, wo Emil gerade aufgewacht war und seine Milch verlangte. Das Leben hat über den Tod gesiegt. Bis vor ein paar Monaten. Da habe ich einen Anruf aus Neubad erhalten, jemand, der mit mir über Walter Bruckner reden wollte. Dieser Anruf hat alles zurückgebracht. Neubad. Die Mordnacht. Es kam mir vor, als wäre die Vergangenheit zurückgekommen, um mir mein Leben wegzunehmen. Schließlich hatte ich es nicht verdient. Denn ich war ja gar kein Ehemann, kein Vater, kein Schriftsteller. Ich war ein Mörder und würde es immer bleiben. Ich drehte durch. Ihr habt es ja selber gesehen. Das Loch war mein seltsamer Versuch, die Vergangenheit zu begraben. Es hat nicht funktioniert, und ich bin nach Neubad zurückgekehrt. Warum? Das weiß ich auch nicht so genau. Vielleicht versuche ich mich meinem Schicksal zu stellen und endlich der zu sein, der ich bin.

Ich dachte, man könne seiner Vergangenheit davonlaufen. Doch ich habe mich getäuscht. Früher oder später holt sie einen ein. Und hier bin ich nun. In meinem alten Zimmer. In meinem alten Leben. Und doch denke ich die ganze Zeit nur an euch. An meinen Gefühlen für euch hat sich nichts geändert. Meine Liebe ist echt. Nur ist es die Liebe eines Mörders. Und ich zittere bei der Frage, was ihr dazu sagen würdet.

Ich liebe euch so sehr
Charly

So lautete der Brief, den ich Nina und Emil geschrieben hatte. Er lag in der Schublade meines Kinderschreibtisches. Ich hätte ihn jederzeit abschicken können. Noch zögerte ich. Was sollte ich tun? Sollte ich weitermachen wie bisher oder endlich alles gestehen? Alles hat seine Zeit und so auch die Wahrheit. War ihre Zeit wirklich schon gekommen?

Keine 24 Stunden zuvor war ich im Begriff gewesen, die Koffer zu packen und zu meiner Familie heimzukehren. Und dann war Gabor gekommen, der mit mir über den Mord an Walter Bruckner reden wollte. Wieso wusste er davon? Er war mit Daniel Hefti befreundet gewesen, sie hatten damals zusammen Bier gebraut. Hatte Hefti vor seinem Selbstmord mit ihm geredet? Das musste ich noch herausfinden, erst danach konnte ich entscheiden, welches Leben ich führen wollte – sofern ich überhaupt noch eine Wahl hatte.

Fürs Erste stellte sich mir die im Vergleich dazu viel einfachere Frage, wie ich meiner Frau beibringen konnte, dass ich nicht nach Hause kommen würde, obwohl ich ihr tags zuvor genau das angekündigt hatte.

»Es ist etwas dazwischengekommen.«

»Was ist passiert?«

»Großmutter geht es nicht so gut. Sie muss ins Krankenhaus.«

»Oh Gott.«

»Keine Sorge. Es ist nichts Schlimmes. Vermutlich eine Wurstvergiftung.«

Wie alle echten Lügen war auch diese teilweise wahr. Am Tag nach der Einweihungsparty klagten wir alle über Verdauungsbeschwerden. Vermutlich waren die umbrischen Gourmetwürste doch nicht so frisch gewesen, wie uns Gabor versichert hatte.

»Und du musst da unbedingt mitgehen?«

»Ich habe es Großmutter versprochen.«

»Schade. Ich habe einen Auberginenauflauf vorbereitet. Aber der ist ja morgen auch noch gut.«

»Morgen. Ja.«

Ich ließ das Wort bedeutungsoffen ausschwingen.

»Du kommst doch morgen?«

»Ich weiß nicht. Wir müssen abwarten, wie sich Großmutters Zustand entwickelt. Eine Wurstvergiftung ist kein Zuckerschlecken.«

Dabei wusste ich genau, dass die Patientin just in diesem Moment mit einem gewaltigen Stück Baileys-Torte, das ihr Mischka mitgebracht hatte, vor dem Fernseher saß.

»Na gut. Aber spätestens am Sonntag musst du hier sein. Dann kommen meine Eltern zum Mittagessen vorbei. Mutter hat Geburtstag.

»Bist du sicher, dass sich deine Mutter über meine Anwesenheit freuen würde?«

In meinem letzten Buch wurde die Schwiegermutter des Kommissars auf brutalste Weise erdrosselt. Ninas Mutter hatte sich selber in der Figur wiedererkannt und wochenlang nicht mit mir gesprochen. Möglicherweise war es auch ein Fehler gewesen, dem Buch eine Widmung mit dem Wortlaut »Für meine Schwiegermutter« voranzustellen.

»Mutter ist nicht nachtragend. Ich bin sicher, sie hat dir längst verziehen.«

»Glaubst du?«

Als sie uns kurz nach Weihnachten besucht hatte, lauteten die einzigen Sätze, die sie an mich richtete »Ich nehm noch einen Kaffee« und »für mich keinen Kaffee mehr«. Im Grunde eine vollkommen zufriedenstellende Kommunikation mit der eigenen Schwiegermutter, doch der eisige Hauch der Kritik war deutlich zu spüren gewesen.

»Egal. Es geht hier doch gar nicht um meine Mutter und ihren blöden Geburtstag«, sagte Nina.

»Seit wann ist der Geburtstag deiner Mutter blöd?«

»Charly. Es geht um dich. Wir vermissen dich. Komm nach Hause.«

»Wie gesagt. Großmutters Zustand …»

»Verdammt noch mal. Deine Großmutter hat keine Wurstvergiftung.«

»Wieso? Ich meine. Wieso weißt du das?«

»Weil sie mir vor einer halben Stunde ein Foto von sich und ihrer neuen Frisur auf WhatsApp geschickt hat.«

»Großmutter hat eine neue Frisur? Und ein Handy?«

Was die Menschen so alles machten, während sie angeblich Baileys-Torte aßen.

»Charly. Seit wir uns kennen, bin ich es gewohnt, dass du mich anlügst. Ich habe es immer als seltsamen Teil deiner Persönlichkeit akzeptiert. Ich dachte, du brauchst das aus irgendeinem Grund. Und stets glaubte ich trotzdem zu wissen, wer du bist. Aber damit ist es jetzt vorbei. Ich verstehe dich überhaupt nicht mehr. Was geschieht da gerade bei dir?«

»Ich …«

»Charly?«

»Ich …«

Und dann legte ich auf.

Ich zitterte. Ich hatte soeben meine Frau weggedrückt. Es fühlte sich an, als hätte ich mich von ihr getrennt. Nun. Vielleicht nicht ganz so dramatisch, doch die Stille, die darauf folgte, schien zu sagen, dass gerade etwas geschehen war, was sich nicht wiedergutmachen ließ.

Ein Mörder, dachte ich. Ich bin ein Mörder. Kein Ehemann. Kein Vater. Kein Schriftsteller. Ein Mörder. Kein Mensch. Ein Mörder. Ich schloss die Augen und dachte an Neil Armstrong, wie er eine Nudelsuppe in einem Astronautenhelm kochte. Als ich die Augen wieder öffnete, war es geschehen. Ich war ein Mörder.

Ich öffnete den Kleiderschrank. Da hing ein schwarzer Rollkragenpulli. Was denn sonst? Selbst die Garderobe schien meine Zukunft zu kennen. Jetzt brauchte ich mir bloß noch eine halbe Stunde lang die Hände zu waschen, und fertig war der Psychopath. Aber war ich wirklich einer? Es war doch ein Unfall gewesen. Hätte dem normalsten Typen passieren können. Ich schaute auf mein Handy.

»Hast du den Verstand verloren?«, hatte mir Nina geschrieben.

Ja, hatte ich. Schade.

Im Flur blieb ich stehen und schaute in mein Kinderzimmer. *Nina*, sagte ich, *es wird alles gut. Ich bringe das wieder in Ordnung. Aber erst muss ich eine Weile zum Mond fliegen. Wir sehen uns. Bald.*

Ich ging ins Wohnzimmer, wo Mutter gerade dabei war, Kleidungsstücke in zwei große Koffer zu stopfen. Anscheinend war ich nicht der Einzige, der gerade zum Mond aufbrach.

»Was ist denn das für ein Pulli?«, begrüßte sie mich stopfend. »Du siehst aus wie ein schwindsüchtiger Alain Delon.«

»Alain Delon ist schwindsüchtig?«, fragte Großmutter unkonzentriert.

»Eben nicht.«

»Ich habe den Pulli vor Jahren bekommen und nie getragen. Jetzt ist die Zeit dafür«, erklärte ich.

»Das ist genau wie mit meiner neuen Frisur«, brachte Großmutter die neueste Veränderung subtil ins Spiel. Sie saß auf dem Sofa und ließ sich von Mischka die Nägel machen. Veränderungen waren offenbar das Thema des Tages.

»Davon habe ich gehört. Wie ist es denn dazu gekommen?«

»Mischka hat mir die Haare geschnitten. Es gibt Leute, die behaupten, ich sähe aus wie die junge Liz Taylor.«

»Wer behauptet das?«, wollte Mutter wissen und sah sich theatralisch um.

»Ich weiß gerade mal so, wie die alte Liz Taylor aussieht«, erklärte ich.

»Du meinst tot?«

»Ja.«

»Das bin ich auf alle Fälle nicht. Dir würde ein neuer Haarschnitt auch viel besser stehen als so ein Rollkragenpulli.«

»Entschuldigen Sie, Frau Brom«, mischte sich da Mischka ins Gespräch ein. »Aber ich bin keine Frisörin. Ich schneide einzig und allein Ihnen die Haare.«

»Recht hast du, Mischka«, sagte Großmutter und tätschelte ihr die Hand. »Wenn die auch wie die junge Liz Taylor aussehen wollen, müssen sie schon zum Friseur gehen.«

Für einen Moment kam es mir so vor, als wäre dies bereits meine Strafe: die Ewigkeit mit diesen drei verrückten

Frauen verbringen zu müssen. Den ganzen Tag Gespräche über Alain Delon, Liz Taylor und andere Untote. Ob man selber noch lebte oder längst gestorben war, spielte keine Rolle.

»Wer hat wieder alle meine Unterhosen genommen?«, riss mich Mutter aus meinen Gedanken.

»Ich nicht. Ich brauche keine Unterhosen mehr«, erklärte Großmutter irritierenderweise.

Sowieso war klar, dass Mutter die neue Friseurin verdächtigte. Sie hatte es mir früher schon erzählt.

»Ich weiß, wie das läuft«, hatte sie gesagt. »Erst sind es nur Socken, die verschwinden. Dann fehlen plötzlich Schuhe, Mäntel, ein ganzes Geschirrservice. Am Ende wohnt sie in deinem Haus, und du stehst weinend auf der Straße.«

»Wie sollte das rechtlich funktionieren?«

»Wie wohl? Indem Großmutter ihr alles vermacht.«

»Aber das Haus gehört doch uns.«

Daraufhin hatte Mutter nur vielsagend gelacht.

»Wo willst du mit den Koffern eigentlich hin?«, fragte ich sie.

»Zur Antiquitätenmesse in Gruyère. Wohin denn auch sonst?«

»Wohin denn auch sonst?«, echote Großmutter, während sie ihre neuen Nägel ins Licht hielt.

»Seit Wochen rede ich von nichts anderem als dieser Messe, aber natürlich hat mir wie immer keiner zugehört. Warum rede ich überhaupt? Warum lebe ich überhaupt? Kann mir das einer erklären?«

Wir schauten sie entgeistert an. Derartige Wutausbrüche waren selbst bei ihr ungewöhnlich. Nur Mischka feilte weiter unbeeindruckt Großmutters Nägel.

»Und fährst du alleine?«, fragte ich sie so neugierig wie möglich.

»Das könnte dir so passen«, rief Mutter, während sie triumphierend eine Unterhose, die sie doch noch gefunden hatte, in den Koffer schmiss. »Gabor begleitet mich.«

»Gabor Speckeisen?«

»So heißt der Mann.«

Ich sah uns wieder in der Metzgerei stehen, sah Gabors verschwitztes Gesicht im Widerschein der Discokugel.

Wir müssen über den Mord an Walter Bruckner reden. Ich hatte nur stumm genickt. *Nicht jetzt. Dafür brauchen wir etwas Zeit und Ruhe.*

Plötzlich hatte ich eine Idee.

»Ich weiß nicht«, hörte ich Großmutter sagen. »Mir gefällt dieser Kerl nicht. Und das nicht nur, weil seine Würste verdorben sind. Er hat etwas Diffuses an sich.«

»Diffus ist allein deine Wahrnehmung«, erwiderte Mutter.

»Weißt du, was«, sagte ich plötzlich, lauter als erwartet. »Ich komme auch mit.«

Mutter sah mich erschrocken an. Großmutter unterbrach ihren Sermon. Selbst Mischka blickte für zwei Sekunden von ihrer Arbeit hoch.

»Was hast du gesagt?«

»Ich komme mit nach Gruyère. Diese Messe. Das interessiert mich. Vielleicht könnte ich darüber in meinem nächsten Buch schreiben.«

»Du willst einen Krimi schreiben, der auf einer Antiquitätenmesse spielt?«

»Warum denn nicht?«

Ein Mörder auf einer Antiquitätenmesse. War das nicht ein gutes Sujet? Und sein größter Verfolger war mit von der Partie. *Showdown in Gruyère*, dachte ich.

»Und was ist mit mir?«, fragte Großmutter.

»Mischka kann auf dich aufpassen. Du magst sie sowieso viel lieber als uns.«

»Na gut. Einverstanden. Aber wenn ich sterbe, während ihr auf der Antiquitätenmesse seid, wird es euch leidtun.«

»Mach dir keine Sorgen«, sagte Mutter. »Falls du wirklich sterben solltest, sind wir auf jeden Fall rechtzeitig zur Beerdigung zurück.«

Charly Brom gegen das Universum

Am nächsten Morgen stürmte Großmutter in mein Zimmer.

»Er ist tot, er ist tot, er ist tot«, wiederholte sie immer wieder.

»Wer ist tot«, murmelte ich verschlafen, obwohl ich seit Stunden mit offenen Augen an die Decke starrte.

»Walter Bruckner. Wer denn sonst?«, fragte sie, so als verstünde sich das doch von selbst.

Ich wartete darauf, dass sie von den Polizisten zu sprechen begann, die an der Tür standen, um mich mitzunehmen, doch nichts dergleichen geschah. Offenbar waren sie bei ihren Untersuchungen noch nicht bis zu mir gelangt.

»Was ist mit deinem Kopf passiert?«, fragte Großmutter und zeigte auf die Beule über meiner linken Augenbraue.

»Ich bin gestolpert.«

»Pass bloß auf. Dein Vater ist stolpernd aus dem Leben gefallen.«

Beim Mittagessen brachte ich keinen Bissen herunter. Die ganze Zeit musste ich an Walter Bruckner und seine aufgeschlitzte Kehle denken. Es war keine Hilfe, dass Großmutter, die innert Stunden zur Hobbydetektivin mutiert war, des Langen und Breiten über den Tathergang spekulierte.

»Es ist doch ganz eindeutig. Der Bruckner hat ein romantisches Techtelmechtel hinter dem Werksgebäude gehabt. Mit wem? Mit seinem Mörder. Wenn wir wissen, mit wem er sich getroffen hat, wissen wir auch, wer ihn umgebracht hat.«

»Warum?«, stöhnte Mutter, »warum sollten wir das wissen wollen?«

»Warum?«, rief Großmutter empört. »Es läuft ein Mörder frei herum. Stell dir vor, wen er noch alles umbringen könnte.«

Sie schöpfte sich gierig vom Kartoffelpüree.

»Könnten wir bitte von etwas anderem reden?«, bat Mutter. Auch sie stocherte lustlos in ihrem Teller herum. Bei ihr lag es jedoch an den sieben Martini bianco, von denen mindestens sechs zu viel gewesen waren.

Den Rest des Tages verbrachte ich auf meinem Zimmer und wartete auf das Schicksal. Doch es kam nicht. Vielleicht zählte es noch immer darauf, dass ich mich selber stellte, was ich nicht konnte. Ich war schlichtweg zu feige dafür.

»Für so eine bestialische Tat bekommt man gut und gerne lebenslänglich aufgebrummt«, hatte Mutter beim Abendessen, als es schon wieder um dieses Thema ging, gemeint. Der Kater schien sich allmählich zu verziehen.

»Früher hat man solche Strolche einfach erschossen«, meinte Großmutter und gab damit zu verstehen, dass sie diese Lösung noch heute favorisierte.

»Was ist mir dir, Charly? Du bist so bleich. Zitterst du etwa?«

»Mir ist ein bisschen kalt.«

»Die Geschichte geht ihm nahe«, erklärte Großmutter. »Er ist sensibel. Das hat er von mir.«

In der Nacht stand ich wieder auf dem Kiesboden hinter dem Mehrzweckgebäude. Der Mond schien, und da war ein Schatten, der sich aus der Dunkelheit schälte. Ich hörte einen Schrei. *Das wird dir eine Lehre sein.* Und dann sah ich Walter Bruckners blutverschmiertes Gesicht. Er lachte und schrie wie am Spieß: »Du mieser kleiner Dreckskerl. Was hast du mir angetan?«

Als Nächstes erschien Elsa Haslinger. Sie ritt auf einem nackten Körper und flüsterte: »Lass uns etwas anderes versuchen.« Sie zog den Nackten zu sich hoch. Sein Körper war blutüberströmt.

»Früher hat man solche Strolche einfach erschossen«, sagte Großmutter. »Oder gehängt. Aber erschießen finde ich besser.«

Am nächsten Tag war Montag und ich musste zur Schule. Ich konnte mich jedoch nicht auf den Unterricht konzentrieren. Die ganze Zeit stellte ich mir vor, dass gleich zwei Polizisten hereinkämen. Sie waren bewaffnet und ließen ihre kalten, traurigen Augen durchs Klassenzimmer schweifen: »Befindet sich in diesem Zimmer ein gewisser Charles Brom?«

»Hier«, würde ich rufen.

»Komm bitte mit.«

Und wenn ich nicht mitgehen würde? Wenn ich stattdessen zum Fenster hinausspränge. *Haltet ihn!* Das Schulzimmer befand sich im ersten Stock. Es konnte gelingen. Dann die Flucht in den kleinen Wald hinter der Schule. Dahinter folgten eine große Straße und eine Bushaltestelle. Ich konnte den erstbesten Bus nehmen und irgendwohin fahren. Und danach? »Wenn ich mich verstecken müsste, würde ich in die Berge gehen«, hatte uns Großmutter bei einer anderen Gelegenheit verraten. Aber was sollte ich in den Bergen? Was sollte ich irgendwo? Ich war festgenagelt auf meiner Schuld.

Doch keine Polizei kam, weder an diesem Tag noch am nächsten Tag. Und als ich nach zwei Wochen noch immer nicht hinter Schloss und Riegel saß, schien es allmählich so, als hätte mich das Schicksal nicht einfach nur vergessen, sondern mich gar nicht in Betracht gezogen.

Unterdessen war das Gerücht aufgekommen, Walter Bruckner sei Opfer eines Raubmordes geworden. Mein Bruder erzählte davon. Er ging damals zweimal die Woche ins Fußballtraining, und einer seiner Mitspieler war der Sohn des Polizeikommandanten.

»Sie haben bei der Leiche keine Brieftasche gefunden«, berichtete er uns stolz.

»Na und? Was soll das beweisen«, wendete ich ein. »Er kann sie auch einfach zu Hause gelassen haben.«

»Eben nicht.«

»Also wieder ein Raubmord«, fasste Großmutter zusammen, ohne dass klar gewesen wäre, was sie mit »wieder« meinte.

»1937«, brachte sie jedoch gleich Licht ins Dunkel, »hat ein unbekannter Dieb die Frau von Notar Bänziger erschlagen.«

»Du meinst, es war derselbe Täter?«, fragte mein Bruder schelmisch.

»Warum nicht? Oh Gott. Warum denn auch nicht?«

Der Fall beschäftigte sie so sehr, dass sie eines Tages loszog, um höchstpersönlich am Tatort Nachforschungen anzustellen.

»Ich habe neben dem Loch verschiedenfarbige Glassplitter gefunden. Daraus schließe ich, dass zwischen den beiden ein Kampf stattgefunden hat.«

Abends hörte ich sie bis weit nach Mitternacht in ihrem Zimmer auf und ab gehen und die Fakten noch einmal aufrollen. »Mysteriös«, hörte ich sie murmeln, »macht doch keinen Sinn. Verschiedenfarbige Glassplitter.«

Eines Morgens kam sie strahlend die Treppe zu ihrem Schlafzimmer herunter.

»Ich weiß jetzt, wer der Mörder ist.«

»Wer?«, fragte ich, und das Blut schoss mir in den Kopf.

»Es war der Garten-Hans.«

Der Garten-Hans war ein lokaler Gartenbauunternehmer, der damals Großvaters Bonsaisammlung für einen Spottpreis übernommen hatte. Großmutter hatte ihm diese Barbarei nie verziehen und suchte seither verzweifelt nach weiteren Belegstücken für seinen niedrigen

Charakter. Totschlag passte ihrer Ansicht nach haargenau ins Profil.

»Warum sollte der Garten-Hans so etwas tun?«, fragte mein Bruder.

»Die beiden hatten Streit. Erinnerst du dich nicht? Es ging um eine Arbeit, die der Bruckner nicht bezahlen wollte, weil er mit dem Ergebnis nicht zufrieden war. Jetzt hat er die Quittung erhalten.«

»Und hast du irgendwelche Beweise?«

»Die lassen sich finden.«

Ich hatte meine eigene Theorie, wer die Brieftasche an sich genommen hatte. Elsa Haslinger. Wie sie das geschafft hatte, war mir auch ein Rätsel. Aber warum nicht so: Nachdem wir uns bei ihr und ihrem Mann verabschiedet hatten, war sie noch mal nach draußen gestürmt, um nach Walter Bruckner zu suchen. Sie machte sich sicher Sorgen, weil er noch nicht zurückgekehrt war. Dabei fand sie das Loch und seine Leiche. Nach dem ersten Schock erinnerte sie sich kaltblütig an die Fotografie von ihr, die er in seiner Brieftasche aufbewahrte, also nahm sie kurzerhand den ganzen Geldbeutel an sich und verschwand.

Nicht besonders plausibel? Nun. Klang Großmutters Theorie mit dem Garten-Hans etwa einleuchtender? Sicher war nur eines: Ich mochte vielleicht ein Mörder sein, ein Dieb war ich nicht.

Warum schwieg Elsa? Was wusste sie? Sie hatte mich am Fenster gesehen. Ja. Aber ein Spanner war noch kein Mörder. Wenn sie und Walter Bruckner mir eine Falle gestellt hatten, musste sie mich allerdings als Ersten verdächtigen. Warum verriet sie mich nicht? Fürchtete sie sich vor dem Skandal? Deckte sie lieber einen Mörder, als als Ehebrecherin entlarvt zu werden? Zum Glück schützte mich meine Feigheit davor, zu ihr zu laufen und ihr alles zu erzählen. Ich wartete einfach ab.

Eines Tages sah ich sie zusammen mit ihrer jüngeren Tochter aus dem Bus aussteigen. Die beiden waren wohl beim Friseur gewesen, denn ihre Haare sahen frisch gemacht aus. Doch sie wirkte müde auf mich. Ihre Oberarme waren kaum zu erkennen, da sie unter einem weiten Pullover steckten. Sie drehte den Kopf nicht in meine Richtung, erst als sie weitergingen, hatte ich den Eindruck, als würden sie jetzt schneller gehen.

Und dann kam das Schicksal doch noch zu Besuch.

Als ich eines Nachmittags von der Schule nach Hause kam, saßen bei uns im Wohnzimmer zwei Polizisten.

»Charly. Das sind Herr Amsler und Herr Vogler von der Polizei«, eröffnete mir Großmutter, die strahlend neben ihnen saß. Mutter war nicht zu sehen. Später erfuhr ich, dass ihr beim Anblick der Polizisten schlecht geworden war und sie sich entschuldigen ließ. Sie litt unter einer Uniform-Phobie. Selbst die Leute von der Müllabfuhr verursachten ihr Herzrasen.

»Ich verstehe«, sagte ich niedergeschlagen.

Das war er, der Moment, vor dem ich mich die ganze Zeit gefürchtet hatte. Merkwürdigerweise war die Situation überhaupt nicht so, wie ich sie mir vorgestellt hatte. Ich hatte eher an ein schwer bewaffnetes Einsatzkommando gedacht, das unser Haus stürmte und mich mit so einem Sack über dem Kopf abführte. Doch waren die beiden Polizisten weder bewaffnet noch machten sie Anstalten, mir einen Sack über den Kopf zu ziehen.

»Stell dir vor«, fuhr Großmutter mit leuchtenden Augen fort. »Sie sind gekommen, um uns Fragen zum Mord an Walter Bruckner zu stellen.« Amsler nickte zustimmend. Er wirkte älter, sein Haar war schon leicht gelichtet. Herr Vogler hatte einen irgendwie aggressiven Zug um die Nase, doch hörte die Aggressivität kurz danach schon wieder auf. Der Rest des Gesichts wirkte geradezu sanft. Beide hatten ihre Schuhe ausgezogen und hielten eine Tasse Tee in der Hand.

»Also raus mit der Sprache, meine Herren«, verlangte Großmutter ausgelassen. »Was haben Sie herausgefunden?«

»Nun ja«, begann Amsler, Großmutter unterbrach ihn aber sogleich wieder.

»Möchten Sie ein Sahnebonbon? Die schmecken so gut, wie sie aussehen.«

»Ich bin ein Süßer«, informierte uns Herr Amsler und angelte sich eines. Danach war eine Weile lang nur das Geräusch des Bonbons in seinem Mund zu hören. Großmutter hörte andächtig zu, zum Zeichen ihrer Wertschätzung der polizeilichen Arbeit.

»Du warst auch auf der Geburtstagsfeier«, wandte sich Vogler plötzlich an mich. Meine Beine wurden weich. Jetzt war es also so weit. Die gemütliche Stimmung war nur ein Ablenkungsmanöver gewesen. Man brauchte heutzutage gar keine Pistolen mehr. Eine Tasse Tee und ein Sahnebonbon genügten.

»Das war er«, antwortete Großmutter für mich. »Wir machen alles zusammen.«

Das klang irgendwie seltsam. Schließlich war ich schon sechzehn. Doch Vogler glaubte zu verstehen, wie es gemeint war.

»Sein Vater ist früh gestorben?«

»Aus dem Fenster gefallen. Tragisch. Aber nun ja. Das passiert selbst den Besten von uns. Mein Mann ist auch gestorben.«

»Das tut mir leid.«

Sie machte eine wegwerfende Handbewegung. Ich sah es ihrem lüsternen Gesichtsausdruck an, dass sie gleich die Kaffeesahnedeckelsammlung ins Spiel bringen würde.

Auch Vogler bemerkte, dass sich das Gespräch von dem eigentlichen Grund ihres Besuchs wegbewegte.

»Hast du an dem Abend irgendetwas Merkwürdiges beobachtet?«, wollte er nun von mir wissen.

Ich dachte an Walter Bruckner, der mit aufgeschlitzter Kehle im Loch lag.

»Tut mir leid.«

»Natürlich hat er nichts beobachtet. Und ich bin froh darüber. Stellen Sie sich nur vor, er hätte wirklich etwas gesehen. In seinem zarten Alter.«

Wieder schauten mich alle an, um sich meiner Zartheit zu vergewissern.

»Für mich sieht der Junge aus, als könne er durchaus was ertragen«, meinte Herr Amsler kollegial in meine Richtung.

»Was ist mit Walter Bruckner«, fragte Vogler weiter. »Ist dir während der Geburtstagsfeier aufgefallen, dass er sich mit jemandem besonders lange unterhalten hat? Vielleicht mit einer Frau?«

»Nein«, sagte ich sofort.

»Du hast nicht nachgedacht.«

»Ich brauche darüber nicht nachzudenken, denn ich weiß ja, dass ich nichts gesehen habe.«

Vogler nickte, aber langsam.

»Die beiden Herren glauben nämlich, dass Bruckner eine Affäre hatte«, plauderte Großmutter vergnügt.

»Aber das bleibt unter uns«, erinnerte sie Amsler, der sich gerade noch ein Sahnebonbon geschnappt hatte. Großmutter legte sich theatralisch eine Hand auf die Brust.

»Ich schweige wie ein Grab. Ich bin sowieso bald tot, sie können ganz beruhigt sein.«

»Dann wollen wir mal.«

Die beiden erhoben sich.

»Vielen Dank. Und wenn Ihnen doch noch etwas einfallen sollte«, sagte Amsler.

»Ich habe Ihnen gesagt, was ich weiß«, sagte Großmutter. »Überprüfen Sie den Garten-Hans.«

»Vielen Dank. Das ist eine sehr interessante Theorie.«

»Wieso Theorie?«

Beim Hinausgehen gab mir Vogler die Hand.

»Du kannst dich jederzeit bei uns melden.«

Er schaute mich lange an. Noch Jahre später habe ich diesen Blick vor mir gesehen. Er verfolgte mich durch die Nächte. Ich schloss meine Augen, und schon war er da und schien zu sagen: Es ist noch nicht zu spät.

Doch irgendwann ist es wirklich zu spät. Wäre ich damals direkt nach der Tat zur Polizei gelaufen, hätte sie vielleicht noch als Unfall gelten können. Durch mein Schweigen aber wurde sie zum Verbrechen. Sie war ein Geheimnis, das mit jedem Tag schwerer und schrecklicher wurde. Das war es, was mir Voglers Augen sagten. Sie sagten nicht: Du kannst jederzeit zu uns kommen. Sondern: Früher oder später werden wir dich finden.

Es gibt ein Gefühl, das vielleicht nicht nur Mörder kennen. Das Gefühl, dass du dich selber nicht austricksen kannst. Es ist wie in der Liebe. An Anfang gibst du dir noch Mühe, alle deine Fehler zu verbergen. Und es gelingt dir auch. Nach einer Weile aber wirst du müde, du vernachlässigst deine Deckung, und auf einmal stehst du da in deiner ganzen erbärmlichen Wahrheit. Aber vielleicht ist das ja immer noch besser als all die Jahre davor, als du gekämpft und verzweifelt versucht hast, jemand zu sein, der du nicht bist.

Nach dem Besuch der beiden Polizisten waren meine Ängste noch größer als zuvor. Sie wussten bereits von der Affäre. Es konnte also nur noch eine Frage der Zeit sein, bis sie Elsa Haslinger gefunden hatten. Und dann würde sie ihnen von dem zarten Charly Brom erzählen, der sich so gerne hinter Gebüschen aufhielt. Meine Tage waren gezählt.

Ich war nun ein reines Nervenbündel. Als Folge kehrten die Zwangshandlungen meiner Kindheit zurück. Lange Jahre waren sie praktisch verschwunden gewesen, auch wenn ich gelesen habe, dass so etwas niemals wirklich weggehen kann, aber wenn man eine Struktur für sich findet, einen Lebenswandel, der gemütlich vor sich hinplätschert, legen sie sich vor lauter Langeweile schlafen. Kommt es jedoch zu einem dramatischen Einbruch in diese biedere Struktur, sind sie augenblicklich hellwach und lärmen, was das Zeug hält.

Früher versuchte ich meine Gedanken zum Schweigen zu bringen, indem ich stundenlang auf dem Bürostuhl hin- und herwippte. Das kam jetzt nicht mehr infrage. Ich hatte jemanden umgebracht. Wie konnte mir ein Bürostuhl dabei helfen? Nein. Hier ging es um eine Auseinandersetzung zwischen mir und dem Universum. Drehte es mir den Hahn zu, oder ließ es mich laufen? Das war die Frage, die ich dem Universum nun täglich dutzendfach stellte. Wie? Indem ich mit ihm wettete. Das ging etwa so. Wenn ich mit dem Fahrrad zur Schule fuhr und ich kam zu einer roten Ampel, dann lautete meine Wette: Wenn die Ampel jetzt auf Grün schaltet, wird niemand je erfahren, dass ich Walter Bruckner umgebracht habe. Wechselte die Ampel tatsächlich auf Grün, bekam ich einen Punkt. Blieb sie rot, bekam das Universum einen. Und so ging das den ganzen Tag. Innert kürzester Zeit wurde das Spiel für mich zur absoluten Manie. Alles, schlichtweg alles konnte Anlass für eine Wette sein: Die Farbe der Hose unseres Französischlehrers, die Anzahl der Fahrgäste im Bus – gerade oder ungerade –, das nächste Lied im Radio – Ballade oder Powerrock? –, die ersten Worte meiner Großmutter am Frühstückstisch – »Ich bin tot« versus »Ich lebe noch« – oder einfach der Himmel, wenn ich aus dem Haus trat.

Gewann ich eine Wette, fühlte sich das für einen kurzen Moment wie eine Begnadigung an. Es war ein Unfall, schien das Universum damit zu sagen. Du hast das nicht gewollt. Schwamm drüber.

Gewann hingegen das Universum, spürte ich, dass meine Verhaftung kurz bevorstand. An solchen Tagen wagte ich mich kaum nach Hause und trat den Nachhauseweg erst an, nachdem ich mindestens fünf Wetten für mich hatte entscheiden können. Denn auch das war ein unerklärliches Faktum: Siege des Universums wogen viel schwerer als meine eigenen. Es war so, als fiele ihm die Wahrheit viel leichter, während ich die meine durch Hunderte kleine Lügen erst hart erkämpfen musste.

Das war anstrengend. Und es war gefährlich.

Als ich auf dem Parkplatz neben der Schule mein Fahrrad aufschließen wollte, bemerkte ich ein Blatt, das gerade vom Wind über den Platz gefegt wurde. Beim Anblick dieses Blattes, das vollkommen hilflos der Willkür des Windes ausgeliefert war, kam mir eine Idee: Wäre das nicht eine herrliche Wette? Wenn es mir gelang, das Blatt einzufangen, würden mir all meine Sünden – und vor allem die eine – verziehen werden. Ich wäre frei. Endgültig und für immer. Gewann hingegen der Wind, als Stellvertreter des Universums, würde ich mich noch eine Stunde später auf dem nächsten Polizeiposten stellen. Die Wetten mussten immer in diesem apodiktischen Ton formuliert werden, sonst machten sie keinen Sinn.

Ich sprang also dem wegfliegenden Blatt hinterher, hastete über den Parkplatz, stolperte über mehrere Fahrräder, touchierte einen Baum und wäre bei meiner Jagd beinahe auf die Straße hinausgelaufen, wo die Autos mit hohem Tempo vorbeibrausten. Plötzlich hörte ich eine Stimme hinter mir:

»Was machst du da?«

Ich drehte mich um. Da stand Laura. Seit der Troja-Exkursion waren wir uns ein wenig nähergekommen. Aber nicht so nahe, um ihr zu erzählen, was ich wirklich hier machte.

»Ich renne ein bisschen herum«, erklärte ich fachmännisch.

»Das habe ich gesehen. Soll ja gesund sein.«

»Was?«

»Sport.«

»Das habe ich auch schon mal gehört.«

Sie rümpfte die Nase. Es gab Leute, die sagten, Laura sei arrogant. Andere meinten, sie sei total lieb. Ich glaube, beides stimmte irgendwie. Mich hatte sie lange Zeit einfach nur ignoriert, doch seit der Geschichte mit Elsa begrüßte sie mich nun jeden Morgen mit einer herzlichen Umarmung. Außerdem war da noch die Sache mit den belegten Broten. Ich verstehe heute noch nicht so ganz, was genau sie damit bezwecken wollte, aber eines Tages fing Laura damit an, mir belegte Brote in die Schule zu bringen. »Du bist zu dünn«, erklärte sie mir streng. Die Brote waren für die große Pause gedacht, und Laura sah mir aufmerksam dabei zu, wie ich sie aufaß. »So ist es gut«, sagte sie und tätschelte mir den Bauch. »Möchtest du morgen lieber ein Brot mit Schinken oder eines mit Käse?«

»Käse, bitte.«

Als ich Jahre später Nina kennenlernte, hat sie opulente Menüs für mich gekocht, die ich mit Genuss verschlungen habe. Damals wusste ich aber nicht, dass Liebe auch ein Käsebrötchen sein konnte.

»Du machst komische Sachen in letzter Zeit«, sagte Laura jetzt zu mir.

»Komische Sachen?«

»So wie dieses Herumrennen hier. Und gestern hast du die ganze Unterrichtsstunde Herrn Glestis Schritt angestarrt.«

Das war die Unterhosen-Wette gewesen. Ich hatte mit dem Universum gewettet, dass Herr Glesti eine blaue Unterhose trug. Am Ende der Stunde glaubte ich als Sieger nach Hause zu gehen.

»Das ist die Trennung von Elsa. Ich habe dir doch davon erzählt.«

»Ach so. Die Trennung. Wie gehts denn so an der luxemburgischen Grenze?«

»Keine Ahnung.«

Ich zuckte die Schultern und wiederholte die Geste, um zu zeigen, wie wenig ich wirklich wusste. Laura schaute mich interessiert an.

»Vielleicht solltest du mal meinen Vater kennenlernen«, meinte sie dann.

»Deinen Vater? Gerne. Aber wieso?«

»Er beschäftigt sich professionell mit Leuten wie dir.«

»Leuten wie mir?«

Sie legte den Zeigefinger an die Schläfe und ließ ihn kreisen.

Showdown in Gruyère

Am Samstagmorgen machten wir uns in aller Herrgottsfrühe auf den Weg nach Gruyère. Mutter hatte behauptet, dass die besten Stücke schon vor neun über den Ladentisch gingen. Da niemand diese Behauptung überprüfen konnten, mussten wir uns widerwillig fügen. Ich stand um halb fünf auf, und als ich in die Küche trat, saß Mutter schon angezogen am Tisch und brütete über dem Messeprogramm. Ich glaube, ich hatte sie nie zuvor so hellwach gesehen. Sie trug einen grauen Hosenanzug mit Hemd und Krawatte und dazu ein Hütchen, das so aussah, als hätte sie es einer Figur auf einem Spielzeugkarussell weggenommen. So sahen offenbar Leute aus, die zu Antiquitätenmessen fuhren.

»Gut geschlafen?«, fragte ich sie.

»Keine Zeit.«

»Was soll das heißen? Bist du gar nicht ins Bett gegangen?«

Sie machte eine wegwerfende Handbewegung, die ungefähr »schlafen kann ich, wenn die Messe vorbei ist« bedeutete. Ich ließ mir einen Kaffee aus der Maschine. Ihr ohrenbetäubendes Röhren erinnerte mich daran, dass sie ja noch immer kaputt war. Ich setzte Wasser auf und machte mir einen Tee. Polizisten tranken Kaffee. Mörder tranken Brennnesseltee. Ich lachte.

»Wieso bist du so gut gelaunt?«, fragte Mutter erstaunt.

»Ich freue mich auf die Messe.«

Sie schüttelte den Kopf.

»Ich verstehe einfach nicht, warum du mitkommen willst.«

»Das habe ich dir doch gesagt. Ich will einen Roman darüber schreiben.«

»Dein letztes Buch hat mir nicht gefallen. Zu viele tote Schwiegermütter.«

»Genau. Jetzt braucht es einen Tapetenwechsel. Ein ganz neues Umfeld mit ganz neuen Toten.«

»Die Idee ist nicht übel. Die Antiquitätenszene ist voller Perverser und Ganoven.«

»Vielleicht könntest du mir beim Recherchieren helfen.«

»Ich habe tausend Ideen. Als Erstes würde ich den Kommissar sterben lassen. So eine langweilige Trantüte.«

Ich sprang hoch und lief zum Kühlschrank, wo jemand den Flyer von Gabor Speckeisens Gourmetmetzgerei über meinen alten Zeitungsartikel – *Ein Neubader auf dem Weg nach oben* – gehängt hatte.

Bei meinem ersten Roman hatte ich den Fehler gemacht und Mutter das Manuskript lesen lassen. Eines Abends klingelte mein Telefon. »Ich habe tausend Ideen.« Im Großen und Ganzen bestand ihr Ansatz darin, die ganze Handlung auf ein Kreuzfahrtschiff zu verlegen und die Ermittlungen in die Pfoten eines Schottlandterriers zu legen. Damals hatte ich mir geschworen, meine Mutter nie wieder ein Manuskript von mir lesen zu lassen.

»Was sagt eigentlich Nina dazu?«

»Zu meinem Roman?«

»Nein, dazu, dass du die ganze Zeit hier bist. Wirst du zu Hause nicht gebraucht?«

Ich entfernte den grässlichen Metzgerei-Flyer, der mit einem Emmentaler-Magnet befestigt war, und wedelte ihn in der Hand.

»Kein Problem. Ich habe mit Nina darüber gesprochen, und sie ist cool.«

Nachdem ich tags zuvor einfach aufgelegt hatte, hatte sie noch zwei Mal versucht mich zu erreichen. Am Ende hatte sie eine SMS geschrieben: »Hast du den Verstand verloren?« Dieselbe Frage hatte sie mir schon einmal gestellt. Offenbar beschäftigte sie die Frage sehr. Ich beschloss zu warten, bis ich ihr konkrete Informationen zu dem Thema geben konnte.

Draußen war das Motorengeräusch von Gabor Speckeisens Suzuki Swift zu hören.

»Es geht los«, skandierte Mutter.

Fünf Uhr in der Früh. Und meine Mutter saß skandierend in der Küche.

»Was für eine Nacht«, meinte Gabor Speckeisen, als wir zu ihm ins Auto stiegen. Er sah nicht nur verkatert aus, sondern als hätte er die letzten Stunden in einem Steinbruch verbracht. Das Haar stand ihm zu Berge, das Gesicht war weiß und die Haut dünn wie Pergamentpapier.

»Ich habe dir einen Red Bull mitgebracht«, sagte Mutter und hielt ihm die Dose hin. Gabor nickte. Zu einer intensiveren Reaktion war er nicht in der Lage. Dann startete er den Motor. Es ist immer beunruhigend, wenn am Steuer ein Mensch sitzt, der jederzeit in Ohnmacht fallen könnte.

»Wir fahren los«, rief Mutter für den Fall, dass wir es nicht bemerkt hatten. Sie hatte auf der Rückbank Platz genommen, wo sie in ihrem Hosenanzug und mit dem Spielzeughütchen wie eine etwas zu klein geratene Gräfin auf Abwegen aussah.

Ich saß neben Gabor, der seinen giftgrünen Suzuki mühselig zum Dorf hinaus steuerte.

»Auf Wiedersehen«, sagte Mutter, als wir die Ortstafel passierten. Es klang so, als würden wir tatsächlich nie wieder zurückkehren.

»Wir fahren ja nur nach Gruyère«, erinnerte ich sie.

»Was heißt da *nur*?«

Ich begriff. Für sie war es wirklich eine weite Reise. Als mein Vater noch gelebt hatte, war sie ein paar Mal in Frankreich gewesen. Sie hatte das Meer gesehen und den Eiffelturm. Nun glaubte sie, das Wesentliche der Welt bereist zu haben und blieb seither zu Hause, von gelegentlichen Wanderungen auf den Säntis abgesehen. Doch auch diese Zeit war längst vergangen. Und genau wie meine Großmutter verbarrikadierte sie sich seit Jahren schon zu Hause. Gruyère war nicht einfach nur ein Ausflug in einen anderen Kanton. Gruyère war eine Weltreise.

Die Fahrt sollte drei Stunden dauern. »Plus Pinkelpausen«, wie Gabor Speckeisen erklärte.

»Brauchen wir nicht«, meinte Mutter.

»Wir müssen nicht pinkeln?«

»Nein.«

Es stimmte. Mutter pinkelte nicht. Zumindest nicht öffentlich. Ich habe noch nie erlebt, dass sie in einem Restaurant zu uns gesagt hätte: »Bin gleich wieder da.« Vielleicht war das auch der heimliche Grund, warum sie das Haus immer weniger verließ. Die Blase wurde schwächer und die Reisen kürzer.

»Raps«, sagte ich, als ein entsprechendes Feld an uns vorbeizog.

Als Beifahrer fühlte ich mich verpflichtet, auf derlei Dinge hinzuweisen. Doch Gabor reagierte nicht, er reagierte auf überhaupt nichts. Er war ein miserabler Fahrer, der seine ganze Konzentration dafür aufwenden musste, nicht von der Straße abzukommen.

»Ich muss hier links abbiegen«, war das Einzige, was er sagte.

»Aber erst in zwanzig Minuten«, rief Mutter von der Rückbank.

Nach ungefähr einer Stunde hielten wir an einer Autobahnraststätte, wo Gabor pinkeln und mehr Kaffee kaufen wollte. Die Thermoskanne hatte er bereits ausgetrunken. Seither trommelte er in einem geheimen Rhythmus auf dem Steuerrad herum.

»Bringt mir etwas Gesundes mit«, meinte Mutter, die im Auto auf uns warten wollte.

Beim Hineingehen drehte ich mich um und sah sie dort mit ihrem Spielzeughütchen sitzen. Eine Gräfin auf dem Weg ins Exil.

Im Laden waren wir die einzigen Kunden. Der junge Verkäufer starrte gebannt zum Fernseher hoch, auf dem die Börsendaten angezeigt wurden. Ich lief zwischen den Regalen herum und beobachtete heimlich Gabor, der wie ein Schlafwandler durch die Gänge torkelte und wahllos Sachen in den Einkaufskorb warf. Offenbar hatte er genau wie ich nur eine vage Vorstellung von den Anforderungen eines Wochenendes an einer Antiquitätenmesse. Er machte jedenfalls nicht den Eindruck, als wäre ihm bewusst, dass er mit einem Mörder zusammen Einkäufe machte. Einmal hob er den Kopf, und als er mich sah, winkte er mir mit einem Snickers. Ich hob die Hand und winkte ihm meinerseits mit einem Yes.

»Snickers? Yes? Ich wollte etwas Gesundes«, schimpfte Mutter, als wir im Auto zurück waren.

»Es gab nichts Gesundes. Das ist ein Tankstellenshop«, erklärte Gabor. »Aber ich hab uns das gekauft.«

Er öffnete eine Plastiktüte, in der sich ungefähr zwanzig Überraschungseier befanden.

»Was ist denn das?«, rief Mutter angewidert.

»Überraschungseier.«

»Ich mag keine Überraschungen.«

»Da bist du ja in guter Gesellschaft«, meinte er und zwinkerte mir vielsagend zu.

Also doch, dachte ich. Aber warum sagte er nicht einfach, was er wusste? Warum spannte er mich die ganze Zeit auf die Folter? Wenn Gabor sich für den Mord an seinem Freund rächen wollte, warum lieferte er mich dann nicht einfach der Polizei aus? Was hatte er vor?

»Überraschungen sind das Salz im Leben«, sagte Gabor und öffnete sein Ei. Ein kleiner Dinosaurier befand sich darin. Bei mir wars ein Kakadu. Mutter weigerte sich, ihr Ei zu öffnen. Wir fuhren weiter.

Ein wenig später, wir fuhren gerade durch ein kleines Bauerndorf, schrie Mutter plötzlich auf:

»Sofort anhalten. Hier ist euer Großvater aufgewachsen.«

»Wieso euer?«, fragte ich verwirrt.

»Du weißt, was ich gemeint habe.«

Beunruhigend, dachte ich. Sie betrachtete Gabor offenbar als ihren Sohn.

Der Ort hieß Groplach. Vor vielen Jahren war ich hier gewesen, und schon damals hatte mich die Abwesenheit von jeglicher Form von Geschichte regelrecht entsetzt. Hier war überhaupt nichts los. Und hier würde nie etwas los sein. Ein Traktor rollte stoisch an uns vorbei. Es kam mir vor, als wäre es derselbe wie vor fünfundzwanzig Jahren.

»Schön«, sagte Gabor, ohne dass klar gewesen wäre, worauf er sich bezog. Vielleicht auf alles, vielleicht auf nichts. Wir passierten die Kirche, das Gemeindehaus, die Post. Alles sah geschlossen aus. Es sah aus, als wären sie nie offen gewesen.

»Hier ist es«, sagte Mutter.

Wir hielten vor einem heruntergekommenen Bauernhaus. Es sah aus, als hätte es gebrannt. Mehrmals.

»Schön«, sagte Gabor wieder.

Wir stiegen aus und standen schweigend vor dem Hort unserer Familie.

»Sein Vater war ein Sadist«, begann Mutter nach einer Weile ihre Trauerrede. »Er hat ihn jahrelang verprügelt. Mit sechzehn ist er weggelaufen. Der Vater ist ein paar Jahre später an einem Schlaganfall gestorben. Er ist nicht einmal zu seiner Beerdigung gegangen.«

Ich erwartete, dass Gabor wieder »schön« sagte, doch hatte ich sein Gespür für das richtige Wort unterschätzt: »Tragisch.«

Bei unserem letzten Besuch hatte sich im Erdgeschoss des Hauses eine Autowerkstatt befunden. Tatsächlich entdeckte ich nach einer Weile das Schild, das längst vergilbt war und nur noch der Form halber dort hing. Offenbar war das ein Grundgesetz dieses Hauses: Wer hier wohnte, suchte bald das Weite.

»Er ist bis zu seinem Tod ein Fremder für mich geblieben«, fuhr sie fort. »Und ich glaube, er ist auch sich selber fremd geblieben. Kein Wunder. Wenn man sechzehn Jahre lang jeden Tag hört, dass man nicht so sein darf, wie man ist, muss man zwangsläufig ein anderer werden.«

Ich sah sie überrascht an. Nie zuvor hatte ich sie in diesem psychoanalytischen Ton reden hören. Machte sie etwa heimlich eine Therapie, oder war das einfach das Alter?

»Fremd. Wir sind uns alle fremd«, erklärte sie jetzt etwas pauschal. Ich nickte höflich und hatte dabei den Eindruck, dass Gabor mich vielsagend anschaute. Als ich den Blick erwiderte, stellte ich fest, dass er gar nicht vielsagend schaute. Nein. Er aß schon wieder ein Überraschungsei.

Mutter seufzte.

»Ich bin in meinem Leben keinen einzigen Tag glücklich gewesen, und dieses Haus ist schuld daran.«

»Man sollte nicht zu viel in die Vergangenheit hineininterpretieren«, hustete ich. »Jeder Mensch ist verantwortlich für sein eigenes Leben.«

»Verantwortlich dafür, die Suppe auszulöffeln, die ein anderer ihm eingebrockt hat.«

Als sie das sagte, ergriff Gabor doch tatsächlich meine Hand. Ich konnte es nicht glauben. Was war nur in den Mann gefahren? Auch Mutter bemerkte es belustigt. Ihr Gesicht hatte einen ungewohnt milden Ausdruck angenommen.

»Kommt, Kinder«, sagte sie. »Fahren wir nach Hause.«

»Wir wollen doch nach Gruyère.«

»Das meine ich ja.«

Um die Mittagzeit kamen wir in Gruyère an. Bevor wir zur Messe gingen, wollten wir uns erst im Hotel ein wenig frisch machen. Es handelte sich um einen gigantischen Vier-Sterne-Koloss, der sich braun und breitschultrig aus der bewaldeten Landschaft stemmte. Er wirkte auf mich eher furchteinflößend als einladend. Wie eine Umarmung, die nie enden sollte.

»Das geht alles auf meine Kappe«, verkündete Speckeisen, als wir vor dem Hotel parkierten.

Er hatte darauf bestanden, unsere Zimmer zu bezahlen. Allerdings wusste ich von meiner Mutter, dass er sich ein paar Tage zuvor einen größeren Geldbetrag von ihr geliehen hatte. Die Gourmetmetzgerei kam nicht in Fahrt. Seit der Eröffnungsfeier war die Tür geschlossen. Sogar die Discokugel hing immer noch an der Decke. »Lieferschwierigkeiten«, sagte Gabor, als ich ihn darauf ansprach.

Jetzt stolzierte er wie ein Sonnenkönig zum Hoteleingang.

»Seht euch nur mal die Blumen an«, rief er und zeigte begeistert auf die roten Geranien, die von den vielen Balkonen des Hotels herunterleuchteten, als hätte er sie alle eigenhändig gepflückt.

»Ich mag keine Geranien. Ich traue ihnen nicht über den Weg«, sagte Mutter.

»Gibt es eigentlich etwas oder jemanden, dem du nicht misstraust?«, fragte ich interessiert.

Sie überlegte eine Weile.

»Waschpulver«, sagte sie schließlich. »Waschpulver genießt mein vollstes Vertrauen.«

»Faszinierend.«

Nachdem wir eingecheckt hatten, trennten wir uns in der Lobby. Mutter wollte sofort zur Messe rübergehen. Sie hatte einen dichten Terminplan und uns bereits darüber informiert, dass wir sie an dem Tag kaum noch zu Gesicht bekommen würden.

»Aber du musst doch etwas essen«, wandte ich ein.

Sie nahm sich ein paar Überraschungseier, stopfte sie in die Tasche ihres Hosenanzugs und machte sich auf den Weg.

Ich ging auf mein Einzelzimmer. Es war eng und braun. Auf dem grauen Teppichboden waren die obligaten

Flecken zu sehen. Früher hätte ich Anstalten gemacht, die Flecken zu putzen oder darum gebeten, das Zimmer zu wechseln. Nun aber schien mir dieser Teppich passend für einen Mörder wie mich zu sein.

Ich öffnete die Balkontür und ging hinaus. Es hatte angefangen zu stürmen. Die Geranien flatterten aufgeregt im Wind. Ich dachte daran, was meine Mutter über ihren Vater gesagt hatte: Er war sich ein Leben lang fremd geblieben. Alle Menschen waren sich fremd. Sie spielten eine Rolle, die ihnen gar nicht so sehr behagte, weil sie sich schämten, sie selber zu sein. Die meisten von ihnen waren keine Mörder. Sie hatten nichts Schlimmes getan und trotzdem schämten sie sich. Warum?

Ich dachte an meinen Vater. Ungefähr aus dieser Höhe musste er damals heruntergefallen sein. *Er wollte die Katzen füttern*. Hatte ich damals schon gewusst, dass das eine Lüge war? Ja und nein. Wie häufig diente hier die Lüge dazu, sich nicht mit der Wahrheit beschäftigen zu müssen. Sie war ein Trost für die Traurigen: Er wollte doch nur die Katzen füttern.

Im Zimmer machte ich ein Foto von mir mit den Geranien im Hintergrund und schickte es Nina. »Viele Grüße aus Gruyère«, schrieb ich.

Kaum hatte ich es abgeschickt, kamen mir Zweifel. Vor ein paar Tagen noch hatte ich nach Hause kommen wollen, und nun schickte ich ihr plötzlich Grüße aus Gruyère. Bestätigte das nicht ihren Verdacht, dass ich nicht mehr ganz bei Trost war? Aber vielleicht war das besser so. Ich hatte einen Nervenzusammenbruch, der später als logische Erklärung für mein bizarres Verhalten herhalten konnte. Wann aber war später? Gab es überhaupt einen Ausweg aus diesem Irrsinn? Gefangen an der Messe in Gruyère. Und die Geranien spendeten Applaus.

»Mir gehts bestens«, schrieb ich noch dazu.

Damit war alles gesagt.

Als ich kurz darauf die Messehalle betrat, nahm ich denselben modrigen Geruch wahr, den ich von zu Hause kannte. Der Geruch entwurzelter Preziosen, das olfaktorische Abzeichen all jener, die es sich in gebrauchten Leben gemütlich gemacht hatten. Außerdem roch es nach feuchten Mänteln, denn es regnete.

Ich hatte in meinem eigenen ungeduldigen Tempo loslaufen wollen, doch prallte ich sogleich gegen eine Mauer aus dunklen Regenmänteln, die mir herrschsüchtig den hier geltenden Gang diktierten: eine Art schlurfendes Stöbern oder stöberndes Schlurfen, bei dem die Zeit ins Unendliche gedehnt wurde. Überall wollten die Menschen jünger werden. Frischer. Makelloser. Nicht so an einer Antiquitätenmesse. Man sollte es den Dingen genau wie den Menschen ansehen, dass das Leben sie in Gebrauch genommen hatte. Und trotzdem waren sie noch hier. Beschädigt und zum halben Preis. Aber am Leben. Kein Wunder, dass Mutter unbedingt hierher gewollt hatte.

»Suchen Sie etwas Bestimmtes?«, fragte mich eine Händlerin, die sich auf geflochtene Korbstühle spezialisiert zu haben schien.

»Ja«, sagte ich. »Einen geflochtenen Korbstuhl.«

»Habe ich nicht.«

»Und was ist das hier?«, fragte ich und zeigte anklagend auf die Stühle.

»Das sind …« Den Rest habe ich nicht verstanden, doch begriff ich zumindest, dass es sich anscheinend um Behälter handelte, in denen Angorakaninchen gehalten werden konnten.

Schließlich erstand ich bei einem Stand mit altem Spielzeug eine sehr hübsche Version von *Eile mit Weile* für meine Großmutter.

»Bring mir *Eile mit Weile* mit«, hatte sie mir zu Hause aufgetragen.

Ich konnte mich nicht erinnern, dass wir jemals zusammen *Eile mit Weile* gespielt hätten. Vielleicht hatte sie ja doch recht, und das Ende war nah, und bei dem Wunsch handelte es sich bereits um eine Art Todesvision.

Ich wollte gerade weitergehen, als ich am Stand gegenüber meine Mutter entdeckte. Sie hatte mich nicht bemerkt. Dafür war sie viel zu beschäftigt. Es war ein Stand ganz nach ihrem Gusto. Lauter vollkommen nutzlose Sachen wurden angeboten, die allesamt einer Zeit entstammten, die mit Vergangenheit nur unzureichend definiert war. Mumifiziert, hätte besser gepasst. Gerade blickte sie durch ein antikes Teleskop, vollkommen konzentriert. So kannte ich sie gar nicht. Mein Leben lang hatte ich sie als rastlosen Menschen gekannt, der immer irgendwo anders sein wollte. Weggehen hatte stets ihre Parole gelautet. Aber wohin? Sie war die Frau gewesen, die frühmorgens im Pyjama durch den Garten irrte, auf der Suche nach Rosmarin. Und jetzt? Sie war so ruhig, als wäre alles von ihr abgefallen. Als hätte sie endlich jenen Ballast abgeworfen, der ihr schon seit jeher so schwergefallen war: sie selbst. Und alles, was sie dafür hatte tun müssen, war, durch ein altes Teleskop zu schauen.

Wo schaute sie eigentlich hin? Ich folgte der Richtung, in die das Teleskop zeigte, doch statt irgendwelchen fernen Planeten und Galaxien, sah ich Gabor Speckeisen, der sich mit einem Polizisten unterhielt.

Sind Sie der Mann mit den Pfannen?

Laura hatte gemeint, ich solle etwas Süßes mitbringen. Also hatte ich in einer Bäckerei noch schnell ein paar Zimtschnecken gekauft. Ich selber mochte das klebrige Zeug nicht besonders, doch irgendetwas sagte mir, dass sie genau das richtige Gebäck für einen Psychoanalytiker waren.

Als ich wie verabredet um drei an der Haustür klingelte, sagte ich zum Universum: *Wenn sie in den nächsten zehn Sekunden die Tür öffnet, wird alles gut.*

»Was wird gut?«, fragte das Universum, doch ich hatte keine Zeit, zu antworten, denn Laura hatte bereits die Tür geöffnet.

»Ich sagte doch, du sollst nicht klingeln. Mein Vater schläft.«

Ich konnte mich nicht daran erinnern, doch war das eine typische Angewohnheit von ihr, wie ich nach einer Weile feststellte: Sie erwähnte die wichtigen Dinge nie und ging davon aus, dass man sie selber herausfand.

Heute trug sie eine Art Papageienkostüm. Im ersten Moment war das komisch, bald aber gewöhnte ich mich daran. Sie war der Typ für Papageienkostüme.

Wir gingen hinein. Laura und ihr Vater wohnten in einem zweistöckigen Haus, in einer Villa ohne den Charme einer Villa. Tatsächlich war alles ziemlich dunkel. Die beiden lebten allein. Soviel ich verstanden hatte, war ihre Mutter vor einiger Zeit verschwunden oder verstorben. Es war eine dieser Informationen, die Laura in der Schwebe gelassen hatte.

Im Eingangsbereich hing ein Selbstporträt von Van Gogh.

»Ist das dein Vater?«, fragte ich.

»Ich lach mich schlapp.«

»Wie lange schläft er denn?«

»Das ist ganz unterschiedlich. Manchmal macht er nur ein halbstündiges Nickerchen, manchmal pennt er den ganzen Nachmittag. Lass uns erst mal in die Küche gehen.«

In die Küche? Wollte sie etwa wieder ein Sandwich für mich machen? Doch sie sagte:

»Möchtest du einen Saft?«

»Natürlich.«

»Was ist in dieser Tüte?

»Zimtschnecken. Für deinen Vater.«

Sie verdrehte die Augen. Auch das lernte ich mit der Zeit. So wie sie wichtige Informationen verschwieg, sagte sie Dinge, die sie überhaupt nicht so meinte, beispielsweise »bring meinem Vater etwas Süßes mit«.

In der Küche war es etwas heller. Auf dem Tisch stand eine Schale mit Südfrüchten. Sie sahen künstlich aus. Laura stellte zwei Gläser mit einem giftgrünen Saft vor uns. Auch der Saft schmeckte sagenhaft künstlich.

»Ist der Saft aus diesen Früchten?«, fragte ich hustend, doch Laura tat so, als hätte sie mich nicht gehört. Saftfragen interessierten sie nicht.

»Wie geht es Elsa?«, fragte sie mit gespieltem Interesse.

»Gut. Ich meine, ich weiß nicht genau. Wir haben keinen Kontakt mehr.«

»Ich habe meinem Vater von dir erzählt.«

»Was hast du erzählt?«

»Dass du Blättern nachläufst und deine Wochenenden an der luxemburgischen Grenze verbringst.«

»Und was meinte er?«

»Er meinte ›interessant‹.«

Interessant, dachte ich. Was würde er wohl sagen, wenn er wüsste, wie ich meine Wochenenden wirklich verbrachte.

»Ist dein Vater ein guter Psychoanalytiker?«

»Ich weiß nicht. Was macht dein Vater beruflich?«

»Er ist tot.«

»Und ist er gut darin?«

»Vermutlich so wie die meisten.«

»Siehst du? Genau wie mein Vater. Komm, ich zeig dir mein Zimmer.«

Während wir die Wohnungsbesichtigung fortsetzten, fragte ich mich, was ich hier eigentlich machte. Auf jeden Fall hatte ich nicht vor, Lauras Vater von Walter Bruckner zu erzählen. Und doch stimmte es, dass ich Probleme hatte. Selbst den beiden Frauen war das unterdessen aufgefallen.

»Du bist in letzter Zeit so nervös, ist etwas passiert?«, hatte Mutter mich gefragt.

»Das sind die Abschlussprüfungen im Sommer.«

»Aber bis dahin sind es doch noch fast drei Monate.«

»Vorfreude ist die schönste Freude.«

Sie mussten sich wirklich Sorgen machen. Denn eines Abends kam Großmutter mit bedeutungsvoller Miene in mein Zimmer. Ihre Stimme raunte, wie sie es nur tat, wenn sie etwas von höchster Relevanz wie den Tod einer greisen Fernsehmoderatorin oder den Verlust ihrer Nagelschere mitzuteilen hatte.

»Ich weiß, dass du im Moment unter Stress leidest. Darum habe ich dir etwas mitgebracht.«

»Du meinst, den Stein in deiner Hand?«

»Das ist ein Rosenquarz. Gudrun Pfister, Friede ihrer Asche, hat ihn mir damals geschenkt, als dein Großvater gestorben ist. Er beruhigt die Nerven und sorgt für eine optimistische Grundstimmung. Leg ihn auf den Fernseher, und alles wird gut.«

»Ich habe aber keinen Fernseher.«

»Dann stell ihn irgendwo anders hin. Die Lage ist egal. Der Stein heilt überall.«

Ich legte den Stein ins Bücherregal. Die optimistische Grundstimmung wollte sich jedoch nicht einstellen. Um Großmutter eine Freude zu machen, erzählte ich ihr, dass es mir schon viel besser gehe. In Wahrheit ging es mir aber immer schlechter. Nachts verfolgte mich Walter Bruckner mit blutender Kehle durch meine Träume. Und am Tag wettete ich pausenlos mit dem Universum, und wenn ich verlor, wurden meine Versuche, die verlorenen Punkte wieder aufzuholen, immer merkwürdiger.

»Willst du nicht noch einen Löffel von deiner Suppe nehmen«, fragte ich meine Mutter, nachdem ich mit dem Universum gewettet hatte, dass sie mehr als dreißig Mal von der Suppe probieren würde.

»Ich denke nicht daran. Ich bin satt.«

»Komm schon, es ist doch nur ein Löffel. Bitte.«

»Was soll das? Bist du verrückt geworden?«

So ging das nicht weiter. Ich brauchte Hilfe. Ich hatte mir schließlich vorgenommen, Lauras Vater eine verharmloste Variante der Wahrheit zu erzählen. Ich hatte jemanden umgebracht. Aber keinen Menschen. Ein Tier. Den Hamster meines Bruders, um genau zu sein. Das war nicht mal ganz gelogen. Mein Bruder hatte tatsächlich einen Hamster gehabt, dem seine ganze Liebe gegolten hatte. Ich glaube, dieselbe Fürsorge und Zärtlichkeit habe ich bei ihm erst wieder erlebt, als er seine erste Curry-Wurst-Bude eröffnet hat. Einmal war der Hamster krank, und mein Bruder war am Boden zerstört. Als guter älterer Bruder wollte ich ihm natürlich helfen. So besorgte ich mir die geheimnisvollen Gesundheitstropfen, von denen Großmutter behauptete, dass sie selbst Tote aufwecken würden, und schüttete sie großzügig in den Trinknapf des Patienten. Am nächsten Tag war der Hamster tot. Man hätte eine Obduktion machen müssen, um festzustellen, woran er gestorben war.

Plötzlich kam es mir unglaublich wichtig vor, Laura von meinem Problem zu erzählen.

»Hör mal«, sagte ich, als wir vor ihrer Zimmertür standen. »Als ich elf Jahre alt war, habe ich den Hamster meines Bruders umgebracht. Darüber möchte ich mich mit deinem Vater unterhalten.«

»Mein Vater ist kein Tierarzt.«

»Ich weiß, aber …«

»Sobald er aufwacht, kannst du ihm von all den toten Tieren in deiner Familie erzählen. Aber jetzt gehen wir hier rein.«

Im Zimmer war es düster. Auch hätte man mal wieder ein Fenster öffnen können. Der Geruch von Lavendelkerzen lag über allem und verlieh dem Raum zusammen mit dem Dämmerlicht einer Lavalampe von Ikea eine mystische Aura. Das Bett in der Ecke war mit lauter Reclam-Büchern drapiert. Auf dem Boden lagen Zettel und Kleidungsstücke, die scheinbar achtlos hingeworfen worden waren. In der Mitte des Zimmers stand ein Gong.

»Bist du jemals von einer Gottesanbeterin nach dem Beischlaf aufgefressen worden«, hörte ich Laura hinter mir sagen.

»Noch nicht«, antwortete ich wahrheitsgetreu.

Damit ließ sie es bewenden und kam auch später nicht wieder auf das Thema zurück. Offenbar hatte sie es wirklich einfach nur wissen wollen.

»Möchtest du einen Drink?«

Ich konnte mich nicht erinnern, wann ich zum letzten Mal das Wort »Drink« gehört hatte. In meiner Vorstellung redeten nur Leute in Filmen davon. Ohne meine Antwort abzuwarten, öffnete Laura einen kleinen Kühlschrank und holte eine Flasche Weißwein heraus.

»Alle Schauspieler trinken Weißwein«, erklärte sie und schenkte uns zwei Gläser ein. Wir setzten uns auf ihr Bett. Stühle waren in dem Zimmer keine zu sehen, dafür gab es einen riesengroßen Sitzball. Während wir auf ihrem Bett saßen und Weißwein tranken, erzählte mir Laura, dass sie Schauspielerin werden wollte. Im Sommer wollte sie die Aufnahmeprüfung zur Schauspielschule machen – in Berlin, London oder New York.

»Manche Menschen haben das gewisse Etwas, findest du nicht auch?«, fragte sie und schaute mich neugierig an. Ich stimmte ihr zu. Schließlich waren mir noch nicht viele Leute in einem Papageienkostüm untergekommen, die zudem noch einen Gong im Zimmer hatten. Ich für meinen Teil hatte einen Rosenquarz im Bücherregal.

»Was ist mit dir?«

Erst glaubte ich, sie wolle von mir wissen, ob ich auch das gewisse Etwas hätte, doch sie fuhr sogleich fort: »Was willst du nach der Schule machen?«

Ich war überrascht. Bis ich Walter Bruckner erschlagen hatte, war mir immer klar gewesen, dass ich nach der Schule an die Uni gehen würde, um dort irgendetwas zu studieren. Physik. Oder Mathematik. Auf alle Fälle etwas Naturwissenschaftliches. Seit der verhängnisvollen Nacht hatte ich jedoch keine Sekunde mehr an die Zukunft gedacht. Warum denn auch? Es gab ja keine mehr. Die ganze Zukunft war in jener Nacht zusammen mit Walter Bruckner im Loch gelandet. Die Zukunft war tot. Ich hatte ihr die Kehle aufgeschlitzt.

»Ich weiß es noch nicht genau.«

»Das passt zu dir. Du lässt das Universum für dich entscheiden. Du schreibst nicht zufälligerweise Gedichte?«

Ich dachte an meine Augen-Gedichte und nickte schwach.

»Hab ich's doch gewusst.«

Sie schwenkte ihr Weißweinglas triumphierend. Sie hatte noch keinen Schluck getrunken. Auch später blieb ihr Glas immer voll.

»Wir haben noch viel miteinander zu besprechen. Aber jetzt musst du gehen.«

Sie scheuchte mich plötzlich zur Tür.

»Und was ist mit deinem Vater?«

»Der wacht heute nicht mehr auf. Ihr werdet euch nächste Woche unterhalten.«

Ich stand schon im Flur, als sie unvermittelt ernst wurde.

»Geht es dir auch manchmal so, als könnte es dich jeden Augenblick zerreißen?«

»Manchmal.«

Sie nickte wissend.

»Du und ich. Wir sind uns sehr ähnlich.«

Wir trafen uns nun jede Woche in Lauras Zimmer, wo sie Räucherkerzen anzündete und mir die bedeutungsschweren Monologe deklamierte, mit denen sie bei den Schauspielschulen in Berlin, London und New York vorsprechen wollte. Ich saß auf dem Bett und hörte zu. Mehr brauchte ich nicht zu tun. Da ich laut Laura ein Künstler war, genügte es, wenn ich einfach meine Aura auf sie wirken ließ.

Ich hatte mich bis dahin nie als Künstler gesehen oder davon geträumt, einer zu werden. Auch die Gedichte, die ich über Elsa Haslinger geschrieben hatte, waren eher aus einem romantischen Pflichtgefühl heraus entstanden, als aus dem Drang, etwas Künstlerisches zu schaffen. Dass sie mit wahrer Kunst nichts zu tun hatten, hätte jeder erkannt, der auch nur eine Zeile von ihnen gelesen hätte. Und trotzdem ist damals in meinem Kopf die Idee entstanden, ein Künstler zu werden. Jedoch nicht aus göttlicher Berufung oder zumindest innerem Drang. Nein. Es schien einfach das Einzige zu sein, was mir noch übrig blieb. Das Einzige, was ein Mörder werden durfte, war ein Künstler.

In all den Wochen ist es übrigens nie zu einer Sitzung bei Lauras Vater gekommen. Er schien die meiste Zeit zu schlafen oder aus einem anderen Grund nicht ansprechbar zu sein. Eines Tages, als ich gerade nach Hause gehen wollte, kam er verschlafen die Treppe herunter.

»Sind Sie der Mann mit den Pfannen?«, fragte er und schüttelte mir die Hand.

»Leider nein.«

»Schade«, sagte er und ging weiter.

Bald fand Laura, dass wir uns an anderen Orten als immer nur in ihrem Zimmer treffen sollten.

»Was kann in einem Schlafzimmer schon Aufregendes passieren?«, fragte sie.

Nun trafen wir uns an Orten, die sie ausgewählt hatte und für besonders literarisch hielt. Einmal verabredeten wir uns vor einem Stillleben mit toten Tieren im

Museum, ein andermal in einem Waschsalon. Wie Laura meinte, war es von höchster Bedeutung, dass das Leben aus lauter möglichst einzigartigen Situationen bestand.

»Stell dir vor, du stirbt am Ende und stellst fest, dass du dein ganzes Leben immer nur zu Hause gesessen hast«, sagte sie.

Ich dachte an Mutter und Großmutter und stimmte ihr zu: Das musste wirklich schrecklich sein.

Eine einzigartige Situation erkannte man gemäß Laura daran, dass sie theoretisch auch eine Szene in einem Film hätte sein können. »Das könnte jetzt auch ein Film sein«, war einer ihrer Lieblingssätze. Sie gebrauchte ihn, als wir zusammen in diesem Fotoautomaten standen und kaum atmen konnten oder als wir auf dem Kletterturm eines Spielplatzes saßen und lauwarmen Weißwein tranken.

Was ist eine einzigartige Situation? Ich für meinen Teil kann behaupten, dass Laura recht hatte, sofern eine einzigartige Situation darin besteht, dass man sie nie wieder vergisst. Ich habe jedenfalls alle unsere Treffen, vom Kletterturm über den Fotoautomaten bis zu dem merkwürdigen Abend auf dem Friedhof, bis zum heutigen Tag in glasklarer Erinnerung. Was wir da genau machten und warum, ist weniger klar. Laura wollte Schauspielerin werden. Und ich? Ich wollte fliehen. Und sei es nur auf einen Kletterturm. Es gelang mir nicht wirklich, aber wenn ich mit Laura zusammen war, hatte ich das Gefühl, als könnte ich tatsächlich jemand anderes sein. Nicht mehr Charly Brom, der Mörder von Walter Bruckner sein, sondern ein Künstler, ein Dichter, der seine Poeme von den Klettertürmen herunterbrüllte.

»Sehr schön«, sagte Laura. »Aber warum kommen in dem Gedicht andauernd Bratwürste vor?«

Für einen Moment war ich kurz davor, ihr alles zu erzählen. Dann aber tauchten plötzlich Kommissar Voglers Augen vor mir auf.

»Ich hatte Hunger«, erklärte ich mit schiefem Grinsen.

Wir lachten und fielen fast vom Kletterturm.

Aber der Friedhofsbesuch war wirklich merkwürdig. Es war schon spät, und wir kletterten über die Mauer. Es war ein kleiner katholischer Friedhof mit nur ein paar wenigen Gräbern. Es sah aus, als wäre der Tod eine Randnotiz. Wir liefen eine Weile lang stumm nebeneinander her und lasen die Namen auf den Grabsteinen. »Wer hätte gedacht, dass der Tod so langweilig sein kann«, seufzte Laura.

Das ist nicht der Tod, dachte ich. *Das ist nur ein Durchgangslager.*

Und ich dachte an meinen Vater, dessen Grab ich seit Jahren nicht mehr besucht hatte. Mutter nahm mir das übel, doch sie ging selber auch nie hin.

»Ich habe eine Friedhof-Allergie«, behauptete sie.

»Die habe ich auch. So was ist erblich.«

Schließlich fanden wir eine Lösung, wie wir Vater gedenken konnten, ohne auf den Friedhof zu müssen. Jedes Jahr an seinem Todestag spazierten wir durchs Dorf und fütterten alle Katzen, die uns über den Weg liefen, in Erinnerung an meinen Vater, den großen Freund und Ernährer allen Katzenviehs.

Plötzlich legte sich Laura auf einen der Grabsteine. Er war aus hellem Marmor. Darunter ruhte eine gewisse

Berta Pfister, die vor fast fünfzig Jahren im Alter von siebenundachtzig das Zeitliche gesegnet hatte. »Erlöst«, stand auf dem Stein geschrieben. Der Tod war jene Erlösung, von der die Menschen am wenigsten hatten. Aber vielleicht war auch genau das der Sinn davon: das Ende aller Gefühle. Denn solange man noch irgendetwas spürte, gab es immer gute Gründe, sich die Laune verderben zu lassen.

Laura lag auf dem Grab von Berta Pfister und hatte die Augen geschlossen.

»Ich bin tot«, behauptete sie.

Den Satz kannte ich von zu Hause, wo er einer der Lieblingsslogans meiner Großmutter war. Warum stellten sich die Frauen in meinem Umfeld nur so häufig tot? Warum wimmelte es in meinem Leben nur so von echten und eingebildeten Todesfällen? Die Frauen stellten sich scheintot, und die Männer starben wirklich.

Es wurde langsam dunkel. Lauras Nasenspitze zuckte leicht in der Kälte des einbrechenden Abends. Wenn sie noch lange dort liegen blieb, würde sie sich eine Erkältung holen.

»Was soll ich tun?«, fragte ich sie.

»Du bist doch ein Künstler. Dir wird schon etwas einfallen.«

In diesem Moment hätte ich ihr die Wahrheit sagen sollen. Welche? Dass ich kein Künstler war, sondern ein Mörder. Mörder brachten den Tod. Sie erweckten nicht zum Leben.

»Ich warte immer noch.«

Sie verschwand schon fast in der Dunkelheit, und ihre Lippen waren eiskalt, als ich sie endlich küsste.

»Lass uns gehen«, sagte sie und sprang auf ihre Füße.

An diesem Abend forderte mich Laura auf, ein Theaterstück für sie zu schreiben. Es solle ein hochdramatisches Werk voller einzigartiger Situationen sein, in dem sie die Hauptrolle spielte.

»Wir werden es vor Publikum aufführen. Ich kenne den Besitzer eines Kellertheaters. Alles, was wir brauchen, ist eine gute Geschichte.«

»Ich glaube, ich weiß eine«, sagte ich nach einer Weile.

»Das ging ja schnell.« Sie sah mich erstaunt an.

»Ja. Und ich habe auch schon einen Titel für unser Stück.«

»Und? Willst du ihn mir nicht verraten?«

»Es heißt *Die Frau des Metzgers.*«

Die Zombies sind längst in der Überzahl

Am Abend trafen wir uns mit meiner Mutter im Restaurant des Hotels. Das Lokal war für seine Käsespezialitäten bekannt, und an allen Tischen sah man Gäste Fondue oder Raclette essen. Mutter trug immer noch den Hosenanzug. Das Hütchen hatte sie abgelegt oder verloren. Das war schwer zu sagen. Sie war direkt von der Messe gekommen und wirkte noch etwas derangiert. In ihren Augen glomm das Feuer stundenlangen Feilschens, und als sie in der Ecke einen ausgestopften Pfau entdeckte, fragte sie unseren Kellner, wie viel sie dafür haben wollten.

»Tut mir leid. Aber der ist nicht zu kaufen.«

»Alles ist zu kaufen. Holen Sie mir den Manager.«

Sie griff nach der Speisekarte.

»Was essen die da?«, fragte sie mit Blick auf die anderen Gäste.

»Raclette«, sagte ich leidend.

Sie verzog das Gesicht. Was Käsespezialitäten anbelangt, sind wir einer Meinung. Mit dem Käse schmelzen auch die Sitten zugunsten einer archaischen Brutalität, bei der das Schlimmste möglich scheint.

»Wir müssen hier raus, bevor sie anfangen zu jodeln«, flüsterte Mutter.

In diesem Moment betrat ein groß gewachsener Mann mit schulterlangem Haar den Raum. Er schmunzelte und bewegte sich im sanften Wiegeschritt. Er sah aus, wie ein Dirigent, der im Herbst seiner Karriere die verführerische Leichtigkeit der Operette entdeckt hat.

Als er an unserem Tisch vorbeikam, rief ihm Mutter zu:

»Morgen schnappe ich mir die Krawattennadeln, ob es Ihnen passt oder nicht.«

»Das werden wir ja sehen«, antwortete er süffisant.

»Du scheinst dich ja gut eingelebt zu haben«, bemerkte Gabor.

»Es ist das reinste Haifischbecken. Und es gibt nur wenige gute Brocken. Man muss zubeißen, wenn man sie vor die Zähne bekommt.«

Der Vergleich mit einem Haifischbecken schien mir nicht ganz passend für eine Antiquitätenmesse, deren Besucher größtenteils Ü-70 waren. Gabor Speckeisen schien jedenfalls schwer beeindruckt.

»Ich habe schon in viele Brocken gebissen. Leider nur waren die meisten vergiftet.«

Ich dachte an die umbrische Gourmetwurst. Die Aussage war vollkommen wörtlich zu verstehen.

»Man muss Geschmack haben«, verriet Mutter das Geheimnis ihres Erfolgs und schaute zu ihrem Konkurrenten rüber, der gerade salzige Butter auf ein Brötchen strich, als dirigiere er die Ouvertüre *Der lustigen Witwe*.

»Darauf stoßen wir an«, rief Gabor, so als wolle er sagen: Ich habe zwar keinen Geschmack, aber wenigstens weiß ich das Leben zu genießen. Auch das war falsch. Sein Leben war ein reiner Abnutzungskampf. Sein letztes Hemd war auch sein bestes.

Doch war er auch ein Schauspieler und tat daher so, als wäre dieses Glas Prosecco der verdiente Lohn nach einem Tag voller Entbehrungen. Dabei hatte er die vergangenen Stunden an der Hotelbar verbracht und sich einen Gin Tonic nach dem anderen hinter die Binde gekippt.

»Auf dich, Renate«, rief er. »Auf die Preziosen dieser Welt und …«

Er schien noch etwas Weiteres sagen zu wollen, doch fiel ihm nichts mehr ein, weshalb er einfach »Prost« rief.

Wenigstens hatte sich die Sache mit dem Polizisten geklärt. Woher ich das wusste? Weil ich in den vergangenen Stunden mit ihm in der Hotelbar Gin Tonics getrunken hatte. Er hieß Heinz Tanner, ging in zwei Jahren in Rente und war ein begeisterter Leser meiner Bücher.

»*Bretonische Sehnsucht* ist mein Favorit. Dieser Dupin mit seiner Kaffee-Manie. Herrlich.«

Offensichtlich verwechselte er mich mit Jean-Luc Bannalec. Doch das war immer noch viel weniger ärgerlich, als wenn er mich verhaftet hätte. Dass dies nicht in seiner Absicht lag, war bereits klar, als er mir zur Begrüßung herzlich die Hand schüttelte. Polizisten schüttelten Mördern bei der Verhaftung nicht die Hand, und sie sagten auch nicht »ich bin ein großer Fan«. Ich war also noch einmal davongekommen. Und merkwürdigerweise war ich enttäuscht. *Wieder nicht*, dachte ich. Die Flucht ging weiter. Statt endlich ein Mörder zu sein, musste ich weiter so tun, als wäre ich ein Schriftsteller, noch dazu einer, der bretonische Krimis verfasste.

Polizist Heinz war hier, um in einem Diebesfall zu ermitteln. Denn während unseres kurzen Besuchs hatte Gabor sich die Brieftasche stehlen lassen. Ich hegte allerdings den Verdacht, dass er nie eine besessen hatte und dies sein bizarrer Versuch war, die Suppe auszulöffeln, die er sich mit der Ankündigung »das geht alles auf meine Kappe« eingebrockt hatte. Ich fühlte mich in meiner Theorie bestätigt, als Gabor, nachdem sich der Polizist als begeisterter Leser meiner Bücher zu erkennen gegeben hatte, den Vorschlag machte, an der Bar einen heben zu gehen.

»Das muss gefeiert werden«, forderte er.

»Dass deine Brieftasche gestohlen wurde?«, fragte ich.

»Ich meine, dass ihr euch endlich kennenlernt.«

Er zeigte auf Heinz und mich, als wären wir Ying und Yang.

Heinz stimmte sofort zu. Zwei Jahre vor der Pensionierung musste man nicht mehr jeder Brieftasche hinterherlaufen, und zehn Minuten später quollen unsere nicht mehr ganz so durchtrainierten Hintern über die kleinen Hocker der Hotelbar.

»Zum Wohl«, sagte Heinz.

»Ich dachte immer, Polizisten trinken nicht im Dienst?«, fragte ich ihn.

»Man darf nicht alles glauben, was sie im Fernsehen sagen.«

Zwei Stunden und mehrere Gin Tonics später wurden die Gespräche immer seltsamer.

»Wie viele Leute hast du in deiner Karriere umgebracht?«, wollte Gabor von Heinz wissen.

»Da muss ich meine Frau fragen.«

Nach kurzer Rücksprache am Handy erklärte er nicht ohne Stolz:

»Siebzehn Stück.«

Gabor pfiff anerkennend.

»Und hast du manchmal Gewissensbisse?«, wollte ich wissen.

»Nein. Wieso auch? Ich habe ja jedes Mal aus Notwehr gehandelt.«

Ich hatte damals auch aus Notwehr gehandelt, und trotzdem fühlte ich mich schuldig. Und dabei hatte ich nur einen Menschen umgebracht und nicht siebzehn. Offenbar legte sich die Schuld, sobald sie Teil einer Arbeitsstruktur wurde. Der Mensch konnte mit dem Schlimmsten umgehen, wenn er dafür ein Gehalt erhielt. Ich mache *nur* meine Arbeit. Ein Wort genügte, um die größte Schuld zu legitimieren. Von Hypochondern sagte man, dass sie Ärzte wurden. Vielleicht hätte ich Polizist werden sollen.

»Ich werde jetzt Polizist«, schrieb ich Nina eine SMS. Es war der beschwipste Versuch, eine Antwort von ihr zu provozieren. Sie hatte auf meine Grüße aus Gruyère nicht reagiert, und allmählich begann ich mir Sorgen zu machen. Wie viel Unsinn konnte man sich leisten, bis die Menschen genug von einem hatten?

»Und hast du schon einen neuen Roman in der Mache«, wollte Heinz von mir wissen.

»Ich recherchiere noch«, murmelte ich.

»Und ich helfe ihm dabei«, verkündete Gabor und zwinkerte mir verräterisch zu.

»Bist du auch Schriftsteller?«, fragte Heinz.

»Fleischfachverkäufer. Aber ich habe da eine unglaubliche Geschichte, die ich Charly gerne erzählen möchte. Bestsellerpotenzial.«

»Schön, wenn man so gute Freunde hat.«

Ich lächelte gequält.

Nach dem Abendessen wollte Gabor unbedingt noch den Spa-Bereich des Hotels aufsuchen.

»Ohne mich«, erklärte Mutter. Sie hatte sich sechzig Jahre lang keinen Tag entspannt. Wenn sie jetzt plötzlich damit anfing, wäre das Verrat gewesen. Mir ging es ähnlich. Doch sagte ich mir, dass ich jetzt an Gabor Speckeisen dranbleiben musste, koste es, was es wolle.

So betrat ich kurz darauf im hoteleigenen Bademantel den Wellnessbereich, in dem die Luft so warm war, dass meine Nasenhaare zu verbrennen schienen. Hinter den großen Fenstern lag die Nacht über der bewaldeten Landschaft. In der Ferne waren die dunklen Schemen vereinzelter Hügel wie schlafende Riesen zu sehen. Das Bad war um diese Zeit so gut wie menschenleer. Nur eine ältere Dame mit Badekappe schwamm im Becken stoisch ihre Bahnen. Schon zuvor im Restaurant war sie mir aufgefallen. Sie war nach uns hereingekommen und hatte die Mahlzeit so zackig eingenommen, dass sie nach einer halben Stunde bereits die Rechnung verlangte. Ich dachte an meine Mutter, für die Tempo auch das Wichtigste im Leben war. Es hinter sich bringen, denn das Beste kommt immer erst danach.

Aus dem Jacuzzi winkte mir jemand zu. Es war Gabor. Er lag bis zum Kinn im sprudelnden Wasser. Sein Gesicht war auf eine so groteske Weise verzogen, dass ich für einen Moment glaubte, er habe einen Herzinfarkt erlitten.

»Herrlich«, stöhnte er plötzlich.

Also doch kein Herzinfarkt. Im Gegenteil. Ihm war besonders wohl. Das habe ich schon oft beobachtet: Wenn der Mensch sich gehen lässt, ist das kein angenehmer Anblick. Leiden macht schön, Genuss hässlich.

»Du musst mehr essen, Charly«, murmelte er, als ich meinen Bademantel auszog und meinerseits in den Jacuzzi stieg. »Du bist ja nur noch Haut und Knochen. Das ist nicht gut. Ein Windstoß könnte dich wegblassen.«

Er sah mich genauer an.

»Man muss dem Wind widerstehen, Charly.«

Ich nickte. Es war also so weit. Seit zwanzig Jahren rannte ich der Wahrheit davon, um schließlich in einem Jacuzzi gestellt zu werden. Im Becken zog die Dame mit der Badekappe immer noch ihre Bahnen. Vielleicht musste man es so machen. Nie stehenbleiben. Immer weitermachen. Doch ich konnte nicht mehr. Ich war erschöpft. Es war Zeit für die Wahrheit.

Auffordernd nickte ich Gabor zu.

»Ein eigenes Restaurant.«

Das Wasser sprudelte so laut, dass ich nicht sicher war, ob ich richtig gehört hatte.

»Nachdem ich mit dem Skigeschäft Pleite gegangen war, habe ich mit einem Kompagnon zusammen ein Restaurant eröffnet. Es hieß Tango Argentino.«

Was sollte das? Warum erzählte er mir diese Geschichte?

»Wir hatten nur einen Monat geöffnet. Aber das war der beste Monat meines Lebens. Wir importierten das Rindfleisch von einer Farm in Argentinien. Es war so zart, dass dir die Tränen kamen.«

Oder war das eine Parabel? Ein Gleichnis? Sprach der Mann in Rätseln, und ich musste sie lösen?

»Das Konzept stammte von mir. Es war genial. In einem Teil des Lokals befand sich der Restaurantbetrieb. Im anderen wurde getanzt. Tango, was denn sonst?«

Nein. Keine Rätsel. Und auch keine Parabel. Der Mann erzählte tatsächlich einfach von einem Restaurant.

»Eine Live-Band spielte jeden Abend. Wir hatten bis um fünf geöffnet. Wer wollte, konnte bis zum Morgengrauen tanzen. Promis haben uns besucht. Ein Gemeinderat. Ein ehemaliger Radfahrer. Was für Nächte, Charly. Mein Gott, was waren das für Nächte.«

Das war das Problem mit den Menschen. Man verlangte von ihnen die Wahrheit, und sie erzählten einem wieder nur Anekdoten.

»Und dann war alles zu Ende. Der Kompagnon war mit der Kasse abgehauen. Hatte sich ins Ausland abgesetzt. Sie haben ihn bis zum heutigen Tag nicht erwischen können. Na ja. Vielleicht hat er sich auch umgebracht. Er war ein wenig labil.«

Die Dame mit der Badekappe stieg aus dem Becken und ging zackig an uns vorbei in Richtung Dusche. Sie sah aus, als ließe sie nicht einfach nur fünfzig absolvierte Bahnen hinter sich, sondern gleich ein ganzes absolviertes Leben. Ich sah ihr neidisch nach.

»Ich erinnere mich an den letzten Abend. Gäste waren keine mehr gekommen. Doch die Live-Band war noch für einen Auftritt bezahlt. Wir müssen tanzen, sagte ich zu Doris, unserer Köchin. Wenn einem nichts mehr anderes übrig bleibt, muss man tanzen bis zum bitteren Ende.«

Er wirkte sehr zufrieden. So als hätte er sich gerade von einer Last befreit oder zumindest von einer weiteren lächerlichen Geschichte. Als er aus dem Whirlpool stieg, um sich abzuduschen, sah ich, dass er eine winzig kleine Badehose trug. So eine, die einfach alles zeigte. Es waren genau Menschen, die solche Badehose trugen, die die Welt zum Narren hielten.

»Und was ist mit Walter Bruckner?«, fragte ich erschöpft.

»Walter Bruckner?«, wiederholte er, so als wäre es der Name eines Gerichts, das er den Gästen im Tango Argentino serviert hatte.

»Du wolltest mit mir über seine Ermordung reden.«

Gabor grinste:

»Aber doch nicht in einem Jacuzzi.«

In der Lobby herrschte Tumult. Erst glaubte ich, ein Promi habe gerade eingecheckt. Dann bemerkte ich die Frau im Hosenanzug, die sich in der Mitte des Trubels befand. Direkt neben ihr stand der Pfau aus dem Hotelrestaurant.

»Ich habe mit dem Manager gesprochen. Er war ein zäher Verhandlungspartner, aber schließlich habe ich ihn weichgekocht«, rief sie uns zur Begrüßung zu.

Sie war in Hochstimmung. Männer weichkochen war genau ihr Ding. Die Gäste, die sich neugierig um sie scharten, wirkten unschlüssig, wen sie exzentrischer finden sollten: den ausgestopften Pfau oder die Frau mit dem Hosenanzug. Sicher war nur eines: Die beiden waren ein gutes Team.

»Silvio hat angeboten, mir zu helfen, den Pfau aufs Zimmer zu tragen.«

Es dauerte einen Moment, bis ich verstand, dass Silvio der weichgekochte Hotelmanager war. Er stand unmittelbar neben Mutter und machte einen entwaffneten Eindruck. Ich kannte diesen Eindruck. Doch war es eine Weile her, seit ich ihn zum letzten Mal gesehen hatte. Herr Rosa, der an meinem Geburtstag als Clown aufgetreten war, war in meiner Erinnerung häufig so herumgestanden. Und plötzlich kam mir auch der Messerwerfer in den Sinn. Den hatte ich ja vollkommen vergessen. Er war mit einem Set geschliffener Messer in ihr Leben getreten, und als er einen Monat später wieder daraus verschwand, waren die Messer stumpf gewesen.

»Selbstverständlich habe ich abgelehnt«, teilte Mutter ihrer Zuhörerschaft mit. Manche waren gerade erst hereingekommen und wunderten sich, was das für eine Diva war, die hier Reden in Beisein eines Pfaus schwang.

»Ich habe Silvio gesagt, dass ich schließlich zwei Männer hätte, die sich darum kümmern werden.«

Damit waren wir gemeint.

»Aber natürlich. Gar kein Problem. Selbstverständlich«, machte Gabor, der schon beim Anblick des Pfaus zu schwitzen anfing.

Das Tier reichte mir bis zur Brust, und das Federwerk war so üppig, dass man es auch zu zweit kaum tragen konnte. Bevor sich die Lifttür hinter uns schloss, hörte ich noch, wie meine Mutter ihrem Publikum mitteilte: »Haben Sie gewusst, dass mein Sohn der berühmte Kriminalautor Charles W. Brom ist?«

Die Tür schloss sich und ich dachte: Warum *W.*?

Im Lift sprachen wir kein Wort. Das war auch nicht nötig. Der Pfau ersetzte das Reden.

»Und was machen wir jetzt?«, fragte Mutter, als wir auf ihrem Zimmer angekommen waren. Der Fall war klar: Man konnte unmöglich einen Pfau erstehen und dann einfach so schlafen gehen.

»Ich würde sagen, wir bestellen eine Flasche Champagner«, schlug ich vor.

Die Flasche wurde uns von Silvio persönlich aufs Zimmer gebracht.

»Was für ein schönes Zimmer«, rief er, als wäre er nicht der Manager, sondern ein Gast auf der Durchreise.

»Kommen Sie nur herein. Die Schuhe dürfen Sie anbehalten«, meinte Mutter, so als wäre dies ihr richtiges Zuhause. Und vielleicht, überlegte ich, wäre das ja wirklich die perfekte Heimat für sie gewesen. Eine Suite in einem Vier-Sterne-Hotel irgendwo im Westen des Landes. Niemand kam zu Besuch. Man brauchte sich um nichts zu kümmern. Das Leben zog an einem vorbei, und doch war das Bett immer frisch bezogen.

Das Problem meiner Mutter war, dass sie das falsche Leben hatte. Sie hatte es nie gewollt. Es war einfach so passiert. Sie hatte früh geheiratet, Kinder bekommen, und ihr Mann war genauso früh schon wieder verstorben. Sie war allein geblieben mit Kindern, einem Haus und einer todessüchtigen Mutter, die im Dachzimmer auf den Spuren von Van Gogh wandelte. Mutter hatte keine Spuren, auf denen sie wandeln konnte. Sie suchte immer nur ihre eigenen und konnte sie nirgendwo finden.

Silvio öffnete die Champagnerflasche mit einem siegreichen Knall.

»Schnell. Die Gläser«, rief er und schenkte ein.

»Ein Trinkspruch«, forderte Mutter. Gabor räusperte sich bedeutsam, doch sie unterbrach ihn barsch. »Nicht du. Die Ehre gebührt natürlich dem Manager.«

Silvio nickte dankend. Er trug noch immer seinen Manageranzug. Auf dem Namensschild stand geschrieben *Silvio T.*

»Die schönen Dinge werden rarer, denn die Menschen werden auch immer rarer«, begann er flott. »Die wirklichen Menschen meine ich. Die Zombies sind längst in der Überzahl. Ich sehe es ja, wenn ich am Morgen unseren Frühstückssaal betrete. Warum lebt ihr, frage ich mich, wenn ich sie vor ihrem Orangensaft sitzen sehe. Was ist eurer Plan? Man muss einen Plan haben im Leben. Mein Plan war es immer, Manager eines größeren Hotels zu werden. Schon als Kind habe ich davon geträumt, und diesen Traum habe ich mir erfüllt. Ohne Plan geht es nicht. Wer keinen Plan hat, wird zum Zombie.«

Die Rede war etwas aus der Bahn geraten und hatte sich vom Trinkspruch zum Bekenntnis verwandelt. Auch Silvio war das aufgefallen. Daher erhob er schnell sein Glas und rief:

»Auf die schönen Dinge und die Menschen, die sie retten.«

Wir stießen an. Das Klirren ging im Getrampel der Gäste unter, die gerade an unserm Zimmer vorbei durch den Gang rannten. Für ein Luxushotel war es ziemlich hellhörig. Wenn jemand im Nebenzimmer hustete, hatte man das Gefühl, sich anzustecken.

»Musik«, forderte Mutter, so als dürfe jetzt das Streichorchester loslegen. Stattdessen schaltete Gabor sein iPhone ein.

»Jazz«, bemerkte Silvio anerkennend und schnippte mit dem Finger. Offenbar hatte er Feierabend, oder er hatte keine Lust, zu den Zombies zurückzukehren. Aber wer sagte denn, dass wir nicht auch welche waren? Woran erkannte man, dass man ein Mensch war – und kein Zombie?

Nina hatte mir noch immer nicht geantwortet. Weder auf die Grüße aus Gruyère noch auf die Ankündigung, dass ich Polizist werden wollte. Das Handy schwieg bedrohlich. Ich beschloss, sie anzurufen. Doch sie ging nicht ran.

»Alles in Ordnung bei euch?«, schrieb ich ihr eine SMS.

Natürlich wusste ich, dass nichts in Ordnung war. Und es würde auch nie wieder in Ordnung sein, wenn ich nicht etwas dagegen unternahm.

Ich ging zu Gabor. Er stand über sein iPhone gebeugt und suchte nach passender Tango-Musik. Offenbar weckte der Abend Erinnerungen an die Zeit, als er im Tango Argentino Gastronomie und Tanzen bis zum Morgengrauen miteinander vermählt hatte.

»Wir müssen über Walter Bruckner reden«, sagte ich zu ihm.

»Aber doch nicht jetzt.«

Er zeigte ins Zimmer, wo sich Silvio und meine Mutter gerade angeregt über Suizide in Hotelzimmern unterhielten. Es war ein Thema, das meine Mutter immer schon gefesselt hatte. Und jetzt hatte sie endlich jemanden gefunden, der ihr aus dem Nähkästchen davon erzählen konnte.

»Was weißt du über seinen Tod?«, fragte ich Gabor.

»Ich suche dieses Lied«, antwortete er, so als hätte er mich gar nicht gehört.

Ich bringe ihn um, dachte ich. Andere Leute brachten seelenruhig siebzehn Stück um die Ecke. So gesehen hatte ich noch Luft nach oben.

»Was für ein Lied?«, fragte ich kurz vor dem Explodieren.

»Das Lied, zu dem wir damals getanzt haben. Die Köchin und ich in unserer letzten Nacht im Tango Argentino. Der besten Nacht meines Lebens. Der letzten

Nacht meines Lebens. Seither bin ich nur noch ein Zombie.«

Bei dem Wort schaute Silvio neugierig zu uns rüber. Offenbar war das Thema eine Art Steckenpferd von ihm.

Mein Handy vibrierte. Eine Nachricht von Nina.

»Was Suizide anbelangt, habe ich eine ausgezeichnete Bilanz«, hörte ich Silvio meiner Mutter erzählen. »Nur zwei in genauso vielen Jahren. Man vergleiche das mit den Werten meines Vorgängers. Da sind die Leute scharenweise aus dem Fenster gesprungen. Als ich hier angefangen habe, war das mein erklärtes Credo: Weniger Selbstmorde. Und ich habe mein Versprechen gehalten.«

»Bravo«, rief meine Mutter.

»Ich musste ihm versprechen, niemandem davon zu erzählen«, sagte Gabor plötzlich, und einen Moment verstand ich nicht, was er damit meinte. »Niemandem außer dir.«

»Wem hast du das versprechen müssen?«

»Daniel«, natürlich. »Daniel Hefti.«

Ich sah ihn fragend an.

»Die Überlebensrate der Gäste ist die Visitenkarte eines Hotels«, rief Silvio ausgelassen. Der Pfau spreizte seine Flügel. Ich spürte das Gewicht des Handys in meiner Tasche.

»Erzähl Charly meine Geschichte«, hat er zu mir gesagt. »Er soll darüber einen Roman schreiben.«

Jetzt verstand ich gar nichts mehr. Warum wollte Daniel Hefti, dass ich einen Roman über *seine Geschichte* schrieb?

Tango-Musik erklang. Gabor machte eine Art Pirouette und lief aufgeregt durch den Raum. »Das ist es. Das ist das Lied«, rief er aufgeregt.

»Was für ein Lied?«, wollte Mutter wissen.

»Das Lied meines Lebens.«

Er parkierte seinen traurigen Körper vor meiner Mutter und reichte ihr die Hand.

»Tanz mit mir, Renate.«

»Ich denk gar nicht daran. Silvio berichtet mir gerade von seiner Suizidrate.«

Daniel Hefti hatte eine Geschichte für mich. Er wollte, dass ich darüber einen Roman schriebe. Wieder spürte ich das Gewicht meines Handys in der Tasche. Ich griff danach.

»Wir müssen tanzen, Renate«, schrie Gabor jetzt beinahe. »Wir müssen tanzen bis zum bitteren Ende.«

»Auch das noch«, erwiderte sie.

»Wer sind Sie überhaupt?«, wollte Silvio einigermaßen interessiert wissen.

Irgendwo klingelte ein Telefon.

Ich hielt mein Handy in der Hand und las: »Es ist aus zwischen uns.«

Ich verstand Ninas Nachricht nicht wirklich. Ich dachte nur immer wieder: Warum hatte er *Erzähl Charly meine Geschichte* gesagt? Der Mord an Walter Bruckner. Das war doch *meine* Geschichte.

Meine Mutter telefonierte mit jemandem. Ich hörte ihre Stimme aus weiter Ferne.

»Ich bin ein Magier«, erzählte Gabor jetzt dem Hotelmanager. »Ich bin der Magier der schlechten Träume.

Was auch immer du für einen schlechten Wunsch hast. Ich werde ihn dir erfüllen. Außerdem verkaufe ich Gourmetwurst.«

»Charly?«

Meine Mutter stand neben mir. Sie wirkte wie im Schock.

»Das war das Krankenhaus. Großmutter hat einen Schlaganfall erlitten. Sie wissen nicht, ob sie die Nacht überlebt.«

Forever young

Am Wochenende lernte ich den Leiter des Kellertheaters kennen, in dem wir *Die Frau des Metzgers* aufführen wollten. Das Theater befand sich direkt neben einer Bushaltestelle, was laut Laura ideal war, weil die Zuschauer so bequem mit dem öffentlichen Verkehr zu unserer Vorstellung fahren konnten.

Im Bus erzählte sie mir die Geschichte des Kellertheaters. Es war früher ein Depotraum gewesen, in dem die Stadtpolizei gestohlene Fahrräder aufbewahrt hatte. Eines Tages hatte Caesar, so hieß der Leiter des Theaters, das Tor aufgebrochen und aus dem Depot ein Theater gemacht.

»Und die Polizei hat nichts dagegen gehabt?«, fragte ich erstaunt. Laura sagte nichts und verdrehte nur die Augen.

Caesar erwartete uns vor dem Theater, das Caesars Theater hieß. Er war ein großgewachsener Mann mit kurzen roten Haaren, die er sich mit viel Gel zu einer eigenartigen Igelfrisur aufgestellt hatte. Ich hatte ihn vom Bus aus schon gesehen, wie er rauchend vor dem Eingang auf und ab gegangen war.

Auch jetzt wirkte er nervös. Zur Begrüßung hielt er uns die Schachtel mit den Marlboros hin.

»Raucht ihr?«

Wir schüttelten den Kopf.

»Ich brauche noch eine.«

Wir warteten, bis er zu Ende geraucht hatte, und starrten dabei schweigend auf die dicht befahrene Straße neben dem Theater.

»Schrecklich«, sagte Caesar. Es war unklar, ob er das Verkehrsaufkommen meinte oder etwas anderes, das ihm gerade durch den Kopf gegangen war.

Als wir das Theater betraten, war ich überrascht, denn es sah tatsächlich immer noch aus wie ein Fahrraddepot. Zwar waren die Fahrräder verschwunden, doch das Ambiente war geblieben. Klobige gräuliche Säulen zogen sich durch den ganzen Raum. Auf dem Boden waren noch die weißen Markierungslinien zu sehen. An der Wand hing ein alter Reifen. Nach Theaterbetrieb sah es eher weniger aus.

»Wir hatten gerade Sommerpause«, erklärte Caesar.

Es war Mai. Aber vielleicht fand in Caesars Theater der Sommer ja früher statt.

»Ich muss euch etwas zeigen«, rief er und lief hinter die Bar, die, wie ich bald feststellte, auch als Büro diente, und kam mit einer Flasche Prosecco zurück.

»Noch nicht«, mahnte er sich selber und stellte sie zur Seite. Stattdessen drückte er uns einen Flyer in die Hand, auf dem für ein Bandoneon-Konzert geworben wurde.

»Liebst du die Bandoneon-Musik?«, fragte er mich mit todernster Miene.

»Sehr«, sagte ich schnell.

Caesar klatschte in die Hände.

»Und jetzt erzählt mal. Was habt ihr vor?«

Wir schilderten ihm *Die Frau des Metzgers*. Ein Monolog, sagten wir. Eine künstlerische Manifestation.

»Genial«, rief er und klatschte wieder in die Hände. »Und wisst ihr auch schon, wann ihr damit auf die Bühne wollt?« Er holte eine dicke ledergebundene Agenda aus der Bar und begann hektisch darin zu blättern. Alle Seiten waren leer. Trotzdem tat er so, als überlege er intensiv, welche Termine er eventuell verschieben könnte, um Raum für unseren Monolog zu schaffen.

»Wie wärs denn mit Ende Juni?«, fragte er schließlich.

»Ist dann nicht Weihnachtspause?«, versuchte ich einen Witz. Er sah mich verständnislos an. »Ich bin ein trauriger Mann auf dem Weg ins Nichts«, erzählte er mir später einmal. Meiner Erfahrung nach haben Leute, die sich auf solchen Reisen befinden, wenig Sinn für Humor.

Wir versicherten ihm also schnell, dass Ende Juni einfach perfekt sei.

»Abgemacht. Und was ist mit dem Text?« Er schaute zu mir.

»Ist fertig.«

Eine Woche zuvor hatte ich *Die Frau des Metzgers* zu Ende geschrieben. Noch am gleichen Tag hatte ich den Text zu Laura gebracht, die ihn auf dem Bett liegend las, während ich unruhig auf dem Sitzball wartete. Sie sagte nichts, als sie fertig war, und legte einfach nur ein Lied von The Cure auf. Sie mochte The Cure, also nahm ich an, dass der Text ihr gefallen hatte.

Zum Abschluss unseres Treffens im Kellertheater öffnete Caesar die Proseccoflasche.

»Auf die Kunst«, verkündete er beim Anstoßen.

Seither schmeckt Kunst für mich nach lauwarmem Prosecco.

In der nächsten Woche fingen wir mit den Proben an. Dazu trafen wir uns in Lauras Zimmer. Für die Endproben sollten wir dann in Caesars Kellertheater umziehen. Die ersten paar Tage lagen wir einfach auf ihrem Bett und stellten uns das Bühnenbild vor. Laura machte schnell deutlich, dass es abstrakt sein musste.

»Wir wollen den Leuten keine echte Metzgerei zeigen, sondern die Idee davon.«

»Ganz genau«, stimmte ich ihr zu.

Wie bei so vielen Dingen wusste ich nicht genau, wovon sie eigentlich sprach, doch aus Angst, meine künstlerische Identität zu verraten, nickte ich einfach weiter. Damals lernte ich, dass man ziemlich weit kommt, wenn man die Menschen in dem Unsinn bestätigt, den sie so von sich geben.

»Wie stellst du dir das Bühnenbild vor«, fragte sie plötzlich. Ich dachte eine Weile intensiv nach.

»Abstrakt«, sagte ich schließlich.

»Und weiter?«

Ich dachte wieder nach.

»Ein Loch«, erklärte ich.

»Was für ein Loch?«

»Das Bühnenbild ist ein Loch. Du stehst in dem Loch und hältst dort deinen Monolog.«

»Brillant. Endlich trete ich mal vor Publikum auf, und dann sieht mich keiner, weil ich in einem Loch stehe?«

Laura kümmerte sich nicht nur um das Bühnenbild, die Regie und die Darstellung der weiblichen Hauptrolle. Sie organisierte auch einen Beitrag im Fernsehen für uns. Ein Bekannter von ihr machte gerade ein Praktikum bei einem Lokalsender. Er hieß Vince und kam eines Tages mit seiner Kamera vorbei, um Laura dabei zu filmen, wie sie auf dem Hüpfball saß und Weißwein trank.

»Und was bist du für einer?«, fragte er mich nach einer Weile.

Nachdem Laura ihm erzählt hatte, dass ich den Text geschrieben hatte, wollte er unbedingt eine Aufnahme von mir drehen, wie ich am Tisch saß und mit gewichtiger Miene auf der Schreibmaschine tippte.

»Aber ich benutze doch gar keine Schreibmaschine«, gab ich zu bedenken.

»Das weiß der Zuschauer doch nicht.«

Weil das Stück *Die Frau des Metzgers* hieß, wollte er außerdem eine Außenszene mit mir drehen, wie ich mit einer Wurst in der Hand aus einer Metzgerei herausgelaufen kam. Einen ganzen Nachmittag lang drehten wir die Szene. Am Ende musste der Beitrag aus Zeitgründen gekürzt werden, und nur die Wurstszene blieb übrig. Da es ein Lokalsender mit kleinem Programm war, wurde der Beitrag in den nächsten Wochen stündlich wiederholt.

»Gratuliere. Wie man hört, hat dein Sohn endlich eine Lehrstelle gefunden«, sagten die Leute zu meiner Mutter.

Geprobt haben wir in diesen Wochen eher weniger. Manchmal unternahmen wir Ausflüge in irgendeine Bar hinter dem Bahnhof, wo wir uns stundenlang hinter unseren warmen Weißweingläsern verschanzten. In meiner

Erinnerung habe ich nie wieder so viel gesessen wie in diesen Tagen. Laura konnte erstaunlich gut schweigen. Das war darum so überraschend, weil sie in der Schule eher als Quasselstrippe bekannt war. Lernte man sie jedoch ein wenig besser kennen, stellte man fest, dass sie ihre Zeit am liebsten schweigend verbrachte. Wirklich gesprochen hat sie eigentlich nur, wenn es um ihre Zukunft an der Schauspielschule ging, und auch da beschränkten sich ihre Beiträge auf ein paar wenige Sätze. Mir kam das Schweigen eher unnatürlich vor, zumal es viel gab, was ich hätte sagen wollen. Doch wenn man zu lange wartete, wurde das Schweigen wie Eis, das kein Wort zu brechen vermochte.

»Wir müssen auch an die Kostüme denken«, war das Einzige, was ich nach stundenlangem gequälten Nachdenken herausbrachte.

Es ist auch nicht wieder zu einem Kuss gekommen wie damals auf dem Friedhof. Obwohl ich dazu bereit gewesen wäre. Doch legte sich Laura nie wieder auf den Boden und behauptete, sie sei tot. Vermutlich ist das so: Ist man einmal zum Leben erwacht, ist keine weitere Reanimation mehr nötig. Dabei achtete ich seit dem Kuss viel stärker auf mein Äußeres. So kontrollierte ich, bevor ich zu Laura ging, jetzt immer, was für eine Unterhose ich trug, für den Fall, dass etwas passieren würde. Doch wie gesagt, es ist nichts mehr passiert. Auch die belegten Brote hatten aufgehört. Nicht, dass ich so ungeheuer versessen auf sie gewesen wäre. Und doch vermisste ich sie. Wo ein Käsebrot ist, da ist auch Hoffnung.

Noch eine andere Sache ging zu Ende: Die Metzgerei Haslinger schloss ihre Türen. Niemand hatte davon gewusst. Doch plötzlich hieß es, Julius habe eine Arbeit in der Stadt gefunden und den Laden verkauft. Die Aufregung war groß. Die Neubader waren immer sehr stolz darauf gewesen, ihren eigenen Metzger zu haben. Nun würden sie wie der Pöbel aus den umliegenden Dörfern ihr Fleisch beim Großhändler kaufen müssen. Bis es so weit kam, standen sie vor der Metzgerei Schlange, um sich wenigstens ein paar Troststücke für die Zukunft zu sichern. Auch mein Onkel Karl hatte zwölf Kilo Bratwürste bestellt.

»Ich werde sie vakuumieren«, schrie die alte Haslinger aus dem Hörer.

Onkel Karl weilte gerade an einem Formel-1-Rennen in Malaysia, weshalb einstimmig entschieden wurde, dass ich die Würste für ihn abholen sollte.

»Du stehst doch so gut mit der Haslinger«, meinte Mutter und zwinkerte mir zu.

Wie damals, als ich meine Bier-Wurst abholen wollte, machte ich mich auf den Weg zur Metzgerei, und wie damals stand die alte Mutter hinter der Theke.

»Du schon wieder«, begrüßte sie mich.

Nachdem ihr Sohn und Elsa weggezogen waren, lebte sie allein in der Wohnung über der Metzgerei, wo sie ein paar Jahre später verstarb. Wie sie da zwischen dem letzten Fleisch der Ära Haslinger stand, wirkte sie so, als hätte sie bereits angefangen zu verblassen.

Sie überreichte mir die Tasche mit den zwölf Kilo Würsten für Onkel Karl. Ich wog sie in der Hand. Das war also geblieben von meiner Liebesgeschichte an der luxemburgischen Grenze.

Ich wartete einen Augenblick, ob wie damals Elsa in den Laden käme. Doch nichts geschah. Ich holte etwas aus meiner Tasche.

»Könnten Sie das bitte Elsa geben?«

»Was ist das?«, fragte sie und blickte neugierig auf das eingepackte Notizbuch mit meinen gesammelten Gedichten.

»Es ist jedenfalls keine Wurst.«

Plötzlich war Ende Juni, und die Premiere stand vor der Tür. Abgesehen von dem bizarren Beitrag im Lokalfernsehen hatten wir keine Werbung für unser Stück gemacht, und nun stellte sich die Frage, ob überhaupt jemand kommen würde.

»Keine Angst. Irgendjemand kommt immer«, beruhigte uns Caesar.

Um das Catering wollte er sich persönlich kümmern. Wie sich dann herausstellte, bestand das Catering einfach aus einem Teller Schnittchen, die er vermutlich sogar selber geschmiert hatte. Im Laufe des Abends entdeckte ich den Teller an den verschiedensten Orten. Mal stand er auf der Bar, dann war er hinter der Bühne, später sah ich ihn auf dem Technikertisch. Dass jemand eines von den Schnittchen gegessen hätte, wäre mir nicht aufgefallen.

Tatsächlich trafen doch ein paar Leute ein. Als erster kam Lauras Vater.

»Ah, der Mann mit den Pfannen«, begrüßte er mich wie einen alten Bekannten und schüttelte mir kräftig die

Hand. Ich frage mich heute noch, ob der Mann wirklich Psychoanalytiker war.

Nach ihm kam Vince. Er hatte seine Kamera mitgenommen, wollte die Vorstellung filmen und uns die Aufnahme später zukommen lassen. Ich habe nie wieder etwas von ihm gehört.

Es folgte eine Gruppe von Leuten, die Caesar als »Freunde des Theaters« bezeichnete. Sie schienen uralt. Manche gingen am Stock. Einer kam sogar im Rollstuhl und musste die Treppe in den Keller hinuntergetragen werden.

»Und wo sind deine Leute?«, wollte Caesar wissen und klopfte mir gönnerhaft auf die Schulter. Er trug eine schwarze Weste und hatte sich die Haare wie immer mit Gel zur Igelfrisur hochgestellt. An diesem Abend sahen sie besonders stachelig aus.

»Die kommen ein anderes Mal.«

In Wahrheit hatte ich Mutter und Großmutter nichts von dem Stück erzählt. Wenn sie gekommen wären, hätte mich das nur nervös gemacht. Außerdem befürchtete ich, dass sie Parallelen zur Wirklichkeit erkannt hätten. Stattdessen beließ ich sie in dem Glauben, dass ich mich mit einem Mädchen namens Laura traf.

»Wer weiß«, sagte Mutter. »Vielleicht bringst du sie ja eines Tages nach Hause mit.«

»Wer weiß«, antwortete ich vielsagend.

Dabei wusste ich ganz genau, dass dies niemals passieren würde. Laura wollte nach Berlin, um dort die Aufnahmeprüfung zu machen. Danach ging es weiter nach London und New York. Und nach der Matura begann ich meinerseits das Studium, für das ich nach Basel ziehen wollte. Doch davon erzählte ich meiner Mutter nichts, da es zu schmerzhaft für sie gewesen wäre. Wer weiß. Vielleicht war es auch einfach nur schmerzhaft für mich. Wir waren nicht für die Wahrheit gemacht. Sie machte uns immer irgendwie betroffen. Stattdessen zeigte ich ihr ein Bild von Laura. Es war eines der kleinen Porträtbilder, die wir damals in dem Fotoautomaten gemacht hatten. Ich hatte es ausgeschnitten und ins Portemonnaie gesteckt, so wie ich das bei anderen Jungs aus meiner Klasse gesehen hatte. Mutter betrachtete es lange.

»Sie ist bildhübsch«, sagte sie und gab mir das Foto zurück.

Sie hatte recht. Trotzdem war es mir bis zu diesem Moment gar nicht aufgefallen.

»Das ist Laura«, sagte ich dümmlich.

Das Passfoto trug ich danach noch einige Jahre in meinem Portemonnaie herum, bis es mir eines Tages in der Straßenbahn gestohlen wurde.

Vor der Vorstellung zogen Laura und ich uns in der Garderobe nebeneinander um. Laura war unglaublich nervös.

»Mir ist schlecht. Ich muss mich übergeben«, sagte sie immer wieder. Sie trug ihr Papageienkostüm. Es war meine Idee gewesen. Ich fand, dass es am besten zu ihrer Vorstellung einer künstlerischen Manifestation passte. Ich trug eine schwarze Strumpfhose und darüber nichts. Das wiederum war Lauras Idee gewesen, die im Nachhinein doch nicht so brillant gewesen war. Ich war damals so dünn, dass mich nach der Vorstellung die Leute nur darauf ansprachen. »Du musst mehr essen, Junge«, sagte sogar Lauras Vater. »Du bist ja nur Haut und Knochen.«

Bevor es losging, umarmten wir uns. »Denk immer daran. Du bist ein großer Künstler«, sagte sie. Ich wollte gerne etwas Bedeutsames sagen. Etwas wie »ich werde alles vergessen, das meiste zumindest, aber auch wenn ich alt, krank und dement bin, werde ich mich noch daran erinnern, wie du auf dem Grabstein von Berta Pfister gelegen und ›ich bin tot‹ gesagt hast«. Doch stattdessen rief ich einfach: »Lang lebe die Kunst.«

Wir gingen raus. Auf der Bühne war es stockdunkel. Nur ein Scheinwerfer beschien die aufblasbare Wurst, auf die sich Laura nun langsam setzte und ihren Text zu sprechen begann:

»Meine Augen sind grün. Aber das stimmt gar nicht.«

Es dauerte eine Weile, bis ich mich an die Dunkelheit gewöhnt hatte. Dann konnte ich die Zuschauer in der ersten Reihe erkennen. Viel mehr als die erste Reihe, so erfuhr ich später, war sowieso nicht besetzt gewesen. Ich sah die greisen Freunde des Theaters. Einige waren bereits eingeschlafen.

Zu meiner Überraschung entdeckte ich unter ihnen Daniel Hefti. Was machte der denn hier? Er saß in der ersten Reihe und winkte mir zu. Seine linke Hand war im Gips. Ich erinnerte mich, gehört zu haben, dass er sich an Julius Haslingers Geburtstagsparty die Hand gebrochen hatte. Ich nickte ihm zu und spürte, wie ich nervös wurde.

Beim Schreiben hatte ich mir vorgestellt, eine epische Geschichte zu verfassen, die das Publikum mehrere Stunden in Atem hielt. Tatsächlich dauerte das Ganze gerade mal eine knappe halbe Stunde. Es war die Geschichte der Mordnacht. Als ich sie schrieb und sogar noch während wir daran probten, hatte ich die ganze Zeit den Eindruck gehabt, als wäre alles ganz kryptisch und geheimnisvoll. Als hätte ich ein poetisches Rätsel verfasst, dessen Sinn sich allein durch Metaphern und Stimmungen vermittelte. Nun aber realisierte ich, dass ich mich auf ganzer Linie getäuscht hatte. Ich hatte kein Kunstwerk verfasst. Nein. Ich hatte ein Geständnis abgelegt.

Am Ende erschien Caesar in der Person des Liebhabers auf der Bühne. Ich folgte ihm durch die Dunkelheit und erschlug ihn mit einer griechischen Amphore – Lauras Idee.

Das war es. Als es zu Ende war, herrschte Stille im Publikum. Offenbar hatte niemand begriffen, dass es nicht mehr weiterging.

Und da wettete ich noch einmal, ein letztes Mal, mit dem Universum. »Wenn die Leute jetzt klatschen«, sagte ich zu ihm, »wird nie jemand erfahren, dass ich Walter Bruckner ermordet habe.«

Die Stille dauerte und dauerte. Schließlich musste Caesar, der noch immer irgendwo erschlagen auf der Bühne lag, den Applaus anreißen. Das Publikum folgte zögernd. Und mit ihm das Universum.

Das Licht ging an. Wir nahmen uns bei den Händen, um uns zu verneigen. Ich blinzelte ins Scheinwerferlicht und sah zum Stuhl, auf dem Daniel Hefti gesessen hatte.

Er war leer. Als ich den Blick hob, sah ich gerade noch eine Gestalt mit Gipshand zur Eingangstür hinaushuschen.

Auf der Premierenfeier sagten die Leute zu mir: »Es ist gut, dass es nicht länger gedauert hat.« Sie meinten das als Kompliment.

Der Einzige, der begeistert war, war Vince.

»Du bist ja ein Dichter«, rief er und umarmte mich. »Ich dachte, du bist wieder irgendein Idiot, aber du kannst ja wirklich schreiben.«

Wir rauchten einen Joint zusammen und aßen Caesars Schnittchen auf.

Der Leiter des Kellertheaters verabschiedete sich frühzeitig.

»Machts gut. Ich muss nach Hause. Ich habe noch Wäsche im Trockner. Werft den Schlüssel einfach in den Briefkasten, wenn ihr geht.«

Nach dem Gras fühlte ich mich etwas merkwürdig. Ich erinnere mich noch daran, wie ich auf der aufblasbaren Wurst lag und »ich bin ein Mörder, ich bin ein Mörder« rief. Später tanzte ich mit Laura zu *Forever Young*.

»Ich liebe dich. Ich liebe dich. Ich liebe dich«, sagte ich ihr ins Ohr.

Aber vielleicht habe ich es auch nur gedacht.

Eile mit Weile

Am nächsten Morgen fuhren wir in aller Herrgottsfrühe zurück. Der Himmel war grau, die Straßen leer, die Stimmung im Auto schlecht.

»Ich habs gewusst«, wiederholte Mutter immer wieder. »Ausgerechnet, wenn ich zur Antiquitätenmesse fahre, muss die mit dem Sterben anfangen.«

Sie war der Ansicht, dass Großmutter absichtlich an diesem Wochenende starb, um ihr eins auszuwischen. Ganz undenkbar war das nicht. Großmutter hatte in den vergangenen Jahren so viele gute Gelegenheiten ungenutzt verstreichen lassen, weil ihr der melodramatische Pfiff dabei gefehlt hatte. Ihr Leben war so unscheinbar verlaufen. Da sollte sie ein möglichst spektakulärer Tod für die ausgebliebene Action entschädigen.

»Es ist doch gar nicht gesagt, dass sie wirklich stirbt«, stöhnte Gabor.

Er war unrasiert und verkatert. Er hatte viel getrunken und nach dem Anruf von Mischka noch einen Whiskey aus der Minibar geöffnet. »Den brauche ich auf den Schock.« Er sollte wohl besser nicht fahren, doch Mutter war nicht im Stande dazu, und auch ich war froh, wenn ich mich an diesem Morgen auf nichts als meine Gedanken konzentrieren konnte.

Aber was waren eigentlich meine Gedanken?

So ganz klar war mir das auch nicht. Ich schaute aus dem Fenster in den trüben Morgen, wo hinter den Lärmschutzwänden der Autobahn gräuliche Äcker in der Dämmerung lagen.

Ich versuchte an meine Großmutter zu denken, doch um ehrlich zu sein, was gab es da schon groß zu denken? Sie hatte einen Schlaganfall gehabt, und es war nicht sicher, ob sie die Nacht überlebt hatte. Und selbst wenn, konnte sie auch noch im Verlaufe dieses oder der nächsten Tage sterben. Was halfen da noch Gedanken? Man musste warten, was der Arzt sagte. Diesen Satz wiederholten wir an dem Morgen immer wieder. Die Zukunft hing von seinem Urteil ab. Gab es überhaupt eine? Er würde es wissen. Zwar wussten wir nicht, wer er war, wie er hieß oder aussah, doch das machte seine Einschätzung nur noch bedeutsamer. Den Menschen, die wir kannten, trauten wir nicht besonders.

Ich dachte also nicht an Großmutter. Nein. Ich dachte an Nina, meine Frau. Noch-Frau hätte ich wohl ergänzen sollen. *Es ist aus*, hatte sie mir geschrieben. Was hatte sie damit nur gemeint? Nicht, dass es eine besonders geheimnisvolle Nachricht gewesen wäre, aber: Hatte sie es wirklich so gemeint? Das konnte wohl nicht ihr Ernst sein. Ich hatte am Vorabend ein paar Mal versucht, sie anzurufen, sie hatte jedoch nicht abgenommen. Danach hatte ich ihr eine Nachricht geschrieben, dass dies alles ein Missverständnis sei und wir reden müssten. Sie hatte sie noch nicht gelesen, aber schließlich war auch erst sieben in der Früh.

»Du entfernst dich immer mehr von mir«, hatte mir Nina vor einiger Zeit gesagt. Es stimmte. Doch irgendwie hatte ich geglaubt, dass man ja jederzeit wieder zurückkehren konnte. Wieder stand ich bei Eiseskälte im Hof und versuchte in der steinharten Erde ein Loch zu graben, während sich die Nachbarschaft an den Kopf griff. Ich war ein Idiot. Ein miserabler Ehmann. Und ein schlechter Vater. Ich dachte an meine Wutanfälle zurück. Immerhin hatte ich eine gute Erklärung: Ich war ein Mörder. Wenn die Ausrede, die man für sein verkorkstes Leben hatte, noch schlimmer war als das Leben, dann hatte man wirklich ein Problem.

Was sollte ich tun? Wenn ich Nina alles erzählte, würde sie mir wohl kaum erleichtert um den Hals fallen: *Und ich dachte, du liebst mich nicht. Stattdessen liegt es nur daran, dass du jemanden umgebracht hast!* Doch hatte ich eine andere Wahl? So weitermachen ging jedenfalls auch nicht. Ich würde nur wieder beim Lochen landen. Also machte man besser reinen Tisch und suchte wie erwachsene Menschen nach Lösungen. War Nina überhaupt noch an dem interessiert, was ich zu sagen hatte? Wenn dir ein Mensch verleidet ist, öden dich auch seine Erklärungen an, ganz egal wie spektakulär sie auch sein mögen. War ich Nina verleidet?

»Ich liebe dich«, schrieb ich ihr eine SMS. Ich hatte ihr das schon lange nicht mehr gesagt oder geschrieben. Ich benutzte die Formulierung eigentlich immer nur dann, wenn es wirklich übel um uns stand.

»Musst du so rasen«, beschwerte sich Mutter auf der Rückbank. »Reicht es nicht, dass meine Mutter stirbt? Müssen wir ihr sofort nachfolgen?«

»Immerhin kommen wir so um den ganzen Papierkrieg nach einem Todesfall herum«, gab ich zu bedenken.

»Du hast recht. Drück auf die Tube, Gabor.«

Sie trug immer noch den Hosenazug. Das Puppenhütchen hatte sie jedoch abgelegt. Neben ihr stand oder saß der ausgestopfte Pfau auf der Rückbank. Er machte sich gut neben Mutter, die beiden schienen wie ein unschlagbares Team. Eine mondäne Antiquitätensammlerin, die in einem Hosenanzug durch die Welt reiste, begleitet von ihrem Freund, dem ausgestopften Pfau.

Ein perfektes Leben.

Schade nur, dass Menschen sterben mussten.

»Ich habs gewusst. Ich habs die ganze Zeit gewusst«, murmelte Mutter.

Auf dem Parkplatz vor dem Krankenhaus verfuhren wir uns. Ein Securitas-Mitarbeiter winkte uns heran und erkundigte sich, wo wir hinwollten.

»Zur Notfallstation. Meine Mutter hatte einen Schlaganfall«, erklärte ihm meine Mutter.

»Sind Sie alles Angehörige?«, fragte er.

»Mein Sohn und ich sind direkt verwandt. Er hier ist nur unser Fahrer«, meinte Mutter und zeigte auf Gabor.

So war das, wenn man nicht zur Familie gehörte. Es genügte ein Unglücksfall, und schon wurde man vom Liebhaber zum Fahrer degradiert. Gabor nahm es stoisch zu Kenntnis. Vielleicht hatte er es auch gar nicht gehört, er schien wirklich sehr verkatert.

»Und was ist mit dem da?« Der Securitas-Mitarbeiter meinte den ausgestopften Pfau.

»Wir kommen gerade von einer Antiquitätenmesse«, erklärte Mutter.

Der Securitas-Mitarbeiter nickte verständnislos und winkte uns durch.

In der Notfallstation steuerte Gabor sofort wie ferngesteuert auf den Kaffeeautomaten zu, dessen Röhren kurz darauf den Wartesaal erfüllte, der an diesem frühen Sonntagmorgen schon fast voll war. Der Großteil der Wartenden schienen Fußballhooligans zu sein, die sich in der vergangenen Nacht eine Messerstecherei mit den Anhängern eines verfeindeten Clubs geliefert hatten. Im Vergleich dazu wirkte unser Schlaganfall fast sanft und harmlos. Aber sterben konnte man natürlich trotzdem.

»Wir wollen zu Adèle Brom«, erklärte meine Mutter der Frau am Empfang. »Sie hatte gestern Abend einen Schlaganfall.«

»Ich seh gleich mal nach.«

Die Frau hatte kaum den Satz zu Ende gesprochen, als Mutter nachsetzte.

»Lebt sie noch?«

»Ich seh gleich mal nach«, sagte die Frau wieder.

Wir sahen ihr dabei zu. Die Situation erinnerte mich an ein Flughafenterminal, wo die Angestellte der Airline herauszufinden versuchte, ob es noch Platz in der Maschine gab.

»Sie lebt«, sagte sie schließlich. Es gab noch Platz in der Maschine. »Aber sie liegt im Koma. Der Arzt wird gleich mit Ihnen sprechen. In der Zwischenzeit dürfen Sie im Wartesaal Platz nehmen.«

Sie zeigte auf den Bereich mit den hässlichen grauen Stühlen, wo sich Gabor soeben hingesetzt hatte. Es wirkte so, als wolle sie sagen: Das ist euer Platz. Neben dem verkaterten Typen mit dem doppelten Espresso in der Hand.

»Gibt es etwas, was wir tun können?«, fragte Mutter sie.

Die Frau sah sie überrascht an. Auch ich war irritiert. Großmutter lag im Koma. Was in aller Herrgotts Namen wollte sie tun? Einen Rumba tanzen?

»Der Arzt wird gleich zu Ihnen kommen«, wiederholte die Angestellte.

Wir setzten uns. In der ganzen Notaufnahme schienen wir die Einzigen zu sein, die nicht irgendwo herausbluteten. Aber das konnte sich natürlich jederzeit ändern.

»Wie läufts?«, fragte Gabor.

Der Espresso tat ihm gut. Er war sogar wieder zu ganzen Sätzen imstande.

»Großmutter liegt im Koma. Aber sonst ist alles wunderbar«, informierte ihn meine Mutter.

»Bei meiner Mutter war es genauso«, erzählte er nickend. »Hat erst zwei Wochen im Koma gelegen und ist dann gestorben.«

»Vielen Dank für diese Geschichte«, sagte Mutter. »Jetzt bin ich wirklich ruhig.«

Nina hatte meine Nachricht immer noch nicht gelesen. Ich wollte gerade ein paar Schritte zur Seite gehen, um sie noch mal anzurufen, als ein junger Mann in einem weißen Kittel vor uns stand. Seine randlose Brille und das wilde, krause Haar verliehen ihm etwas Unaufrichtiges, etwas Spöttisches. Ich beschloss sofort, ihm kein Wort glauben zu wollen.

»Familie Brom?«, sagte er fragend. Wir schauten uns kurz an. Tatsächlich. Das waren wir. Ein weiteres Mitglied lag auf der Intensivstation, und auf der Rückbank im Auto saß noch ein ausgestopfter Pfau.

»Ihre Großmutter ist vor einer halben Stunde aus dem Koma aufgewacht.«

»Endlich«, rief Mutter. Es klang ungeduldig, als wäre Großmutter nur um uns zu ärgern ins Koma gefallen. Auch Mutter hatte den unpassenden Ton bemerkt, denn schnell fügte sie hinzu:

»Wie geht es ihr?«

»Sie ist ansprechbar und bei mehr oder weniger klarem Verstand.«

Als Zustandsbeschreibung traf das eigentlich auf jedes Mitglied der Familie Brom zu.

»Ihr Zustand ist jedoch kritisch und kann sich jederzeit wieder verschlechtern.«

Der junge Arzt ging mir auf die Nerven. Natürlich war das ungerecht. In solchen Situationen brauchten die Menschen wahrscheinlich einen Sündenbock, und wer war da naheliegender als der Arzt, der nicht wusste, ob er die Patientin retten konnte. Ich meine, verdammt noch mal, was war das denn für eine Arbeitseinstellung?

Konnte man sich einen Schreiner vorstellen, der zu seinem Kunden sagte: Ich weiß nicht, ob ich die Kommode fertigstellen kann?

»Können wir zu ihr?«, wollte Mutter wissen.

»Natürlich. Ihre Schwester ist ja schon bei ihr.«

»Meine Schwester?«

War das der Moment, wo wir um ein schreckliches Geheimnis reicher wurden? Man hörte ja immer wieder von Familien, die am Totenbett auf unbekannte Halbgeschwister trafen. War es möglich, dass der alte Brom während einer seiner Kaffeerahmdeckelmessen noch eine weitere Tochter gezeugt hatte?

Vor dem Eingang zur Intensivstation lüftete sich das Geheimnis, als Mischka uns tränenüberströmt entgegenstürzte.

»Ich musste ihnen erzählen, dass ich Ihre Schwester bin«, schluchzte sie. »Sonst hätten sie mich nicht zu ihr gelassen.«

»Aber das ist doch selbstverständlich, Mischka«, meinte Mutter zerknirscht. Ich sah ihr genau an, wie unzufrieden sie war. Nicht wegen Mischkas Lüge, sondern weil sie tatsächlich für ihre Schwester gehalten worden war. »Es muss der Hosenanzug gewesen sein«, philosophierte sie später immer wieder.

Mischka hatte die ganze Nacht nicht geschlafen und sah noch grauer aus als üblich. Ihr brauner Trenchcoat wirkte wie ein Sarg, aus dem ihr Kopf wie ein trauriger Holzwurm ragte. Sie erzählte uns, was am Vorabend genau passiert war. Sie hatte mit Großmutter zusammen in ihrem Zimmer gegessen und sich im Fernsehen die

Sendung *Landfrauenküche* angesehen, als Großmutter plötzlich über Lähmungserscheinungen im linken Arm klagte. Bald war die ganze linke Seite gelähmt. Dazu kam eine verwaschene Aussprache. Mischka rief die Ambulanz. Als sie eintrafen, war Großmutter schon nicht mehr ansprechbar.

»Ich dachte, sie sei tot«, erzählte Mischka unter Tränen. »Aber sie lebt. Nicht wahr? Frau Brom lebt.«

»Fragt sich nur, wie lange noch«, bemerkte Mutter lakonisch.

»Bei meiner Mutter war es genauso«, meldete sich Gabor zu Wort. »Wir saßen gemütlich vor dem Fernseher. Zwei Wochen später war sie tot.«

»Und habt ihr auch *Landfrauenküche* gesehen?«, fragte ich genervt.

Es störte mich, dass er hier war. Hatte es Mutter vorhin nicht selber gesagt? Er war nur unser Fahrer. Er gehörte nicht zur Familie. Peinlicherweise stellte sich kurz darauf heraus, dass er als Einziger daran gedacht hatte, dem Arzt ein paar sinnvolle Fragen zu stellen, wie zum Beispiel »was passiert, wenn sich ihr Zustand wieder verschlechtert« oder »wie viele von uns dürfen gleichzeitig rein«.

»Es darf immer nur einer zu ihr«, klärte er uns auf.

»Ich gehe«, sagte Mutter schwer. Man konnte ihr ansehen, dass sie keine Lust dazu hatte. Aber was hatte Lust schon auf einer Intensivstation zu suchen? Eben noch war sie auf der Antiquitätenmesse dem Glück auf den Fersen gewesen, und einen Tag später musste sie sich mit dem Tod herumschlagen.

»Sag ihr gute Besserung von mir«, rief ihr Gabor nach.

Sie schien ihn nicht gehört zu haben. Wie sie da in Richtung Tür ging, wirkte es auf mich, als ginge sie durch einen langen und schmalen Korridor, der nur für sie allein und für diesen Gang existierte: den Gang einer Tochter zu ihrer sterbenden Mutter.

»Und was machen wir jetzt?«, fragte Gabor. In dem grell erleuchteten Flur, in dem wir uns aufhielten, standen dieselben hässlichen grauen Stühle wie im Wartesaal. Wir setzten uns hin. So ein Besuch im Krankenhaus war ein großes Hinsetzen. Von einem Warteraum in den nächsten, bis man schließlich neben dem Tod saß.

Als Mischka sich setzte, knirschte sie vor Müdigkeit. Aber es war wohl einfach der Trenchcoat.

»Sie haben schon so viel getan, Mischka«, sagte ich zu ihr. »Warum gehen Sie nicht nach Hause und legen sich eine Weile hin?« Sie schüttelte den Kopf.

»Ich möchte bleiben.«

Ein Superteam, dachte ich. Ein verkaterter Metzger, eine knirschende Pflegerin und ein Mörder auf freiem Fuß. Da fiel mir wieder Nina ein. Sie hatte die Nachricht mittlerweile gelesen, aber nicht auf mein »ich liebe dich« reagiert. »Ich bin gleich wieder da«, sagte ich.

Ich ließ es ungefähr zwei Minuten lang klingeln, während ich eine Informationstafel über Venenthrombosen an der Wand studierte. Danach schrieb ich ihr noch eine SMS. »Bitte. Geh ans Telefon. Ich bin im Krankenhaus. Großmutter hatte einen Schlaganfall.«

Es kam mir wie Erpressung vor, als hätte Großmutter nur einen Schlaganfall erlitten, damit sich Nina bei mir melden musste.

Als ich zu den hässlichen Stühlen zurückkehrte, war der von Mischka leer.

»Sie ist sich in der Cafeteria etwas zu Essen holen gegangen«, erklärte Gabor. Ich setzte mich neben ihn. Die Stühle waren nicht nur hässlich, sie waren auch hart. Wenn man ein paar Stunden darauf verbracht hatte, konnte man sich gleich in einen der angrenzenden Operationssäle einweisen lassen.

»Hast du *Breaking Bad* gesehen?«, fragte Gabor nach einer Weile.

»Nein«, fauchte ich, aggressiver als beabsichtigt.

Es vergingen einige Minuten, dann sagte er wieder etwas.

»Daniel Hefti.«

»Wie bitte?«

»Er wollte, dass ich es dir erzähle.«

Stimmt. Im Trubel der Ereignisse hatte ich diese Geschichte ganz vergessen.

»Also los. Bringen wir es hinter uns.«

Ich war wütend. All die Wochen hatte Gabor sein Geheimnis für sich behalten, und genau jetzt, während Großmutter im Sterben lag, musste er damit rausrücken. Sein Timing war miserabel. Aber vielleicht lag das auch gar nicht an Gabor, sondern an der Wahrheit. Sie kam immer im falschen Moment.

»Es war nur wenige Wochen, bevor er sich das Leben nahm. Da hat er mich eines Abends angerufen. Wir sind früher befreundet gewesen, hatten aber schon seit Jahren kaum noch Kontakt. ›Ich muss dir etwas erzählen‹, sagte er. Es schien wichtig. Also bin ich zu ihm gefahren.«

Gabors Stimme klang jetzt ganz anders als sonst. Er war ein unernster Mensch. Wenn solche Menschen plötzlich ernst werden, hat das immer einen ungeheuren Effekt. Die Stille, die sie dann umgibt, scheint bis ans Ende der Welt zu reichen, und sogar die Wände haben Ohren, um zu hören, was sie berichten.

»Erinnerst du dich an den Mord an Walter Bruckner?«

»Natürlich«, schrie ich beinahe.

»Es war Daniel.«

»Was?«

»Daniel hat ihn umgebracht. Er hat es mir an jenem Abend erzählt.«

»Aber das ist …«

»Er hatte Schulden bei ihm. Walter hat ihm eine größere Summe geliehen, damals, als wir mit dem Bierbrauen anfingen. Doch als sich das Projekt zerschlug, wollte er das Geld von einem Tag auf den anderen zurückhaben. Er hat Daniel unter Druck gesetzt. Da ist er durchgedreht. Hat ihm den Hals aufgeschlitzt, während wir Julius Haslingers Geburtstag gefeiert haben.«

»Daniel Hefti?«

Und wieder stand ich in der Nacht auf dem Schrottplatz. Bauschutt knirschte unter meinen Füßen. Aber da war noch eine Person, die davor nicht Teil meiner Erinnerung gewesen war.

»Aber das ist noch nicht alles. Denn nachdem er Bruckner ins Loch geworfen hatte, hörte er plötzlich ein Geräusch. Da war noch jemand auf dem Schrottplatz. Die Person lag seltsamerweise auf dem Boden und rappelte sich gerade hoch. Daniel hat Panik bekommen.

Hat versucht, den Zeugen niederzuschlagen. Doch der hat sich gewehrt und ihn mit einer Scherbe an der Hand verletzt. Daniel ist abgehauen. Er war sicher, dass die Polizei ihn bald holen käme. Doch nichts ist passiert. Der andere hat dichtgehalten. Bis an sein Lebensende hat er sich gefragt, warum er ihn nicht verraten hat.«

»Dieser andere. Hat er dir gesagt, wer das war?«, fragte ich tonlos.

»Er hat ihn nicht erkannt. Er sagte, es sei zu dunkel gewesen.«

»Verstehe.«

Ich war der Mörder von Walter Bruckner. Fünfundzwanzig Jahre lang hatte ich in dem Glauben gelebt. Und jetzt soll das alles gar nicht wahr sein? Ich erinnerte mich an meinen Schlag mit der kaputten Glasflasche. Wie der Schatten geschrien hatte. Es kam mir so vor, als hätte ich insgeheim geahnt, dass mein unbeholfener Hieb nie und nimmer ausgereicht hätte, um einen anderen Menschen zu töten. Und doch hatte ich daran geglaubt. Warum? Weil ich es in diesem Moment wirklich hatte tun wollen? Weil ich Angst um mein Leben gehabt hatte? Oder weil ich eifersüchtig auf ihn und Elsa gewesen war? Und als ich ihn dann tot in der Grube sah, gab es für mich keine Zweifel mehr.

»Und was habe ich mit der Geschichte zu tun?«, fragte ich jetzt so überrascht wie möglich.

»Daniel wollte, dass ich dir davon erzähle, weil du Kriminalromane schreibst. Er glaubte wohl, dass du ihn verstehen könntest. Keine Ahnung. Er war auch ein sehr eitler Mensch. Vielleicht dachte er wirklich, du würdest seine Tat in einem Roman verewigen.«

Und ob ich verstand. Wenn auch anders, als Gabor vermutete. Daniel Hefti hatte geglaubt, dass ich den Mord gesehen hatte, und war überrascht gewesen, dass ich ihn nicht der Polizei ausgeliefert hatte. Dann aber hatte er unser Theaterstück gesehen. *Die Frau des Metzgers*. Er hatte in der ersten Reihe gesessen und am Ende begriffen, dass ich mir die Schuld an Bruckners Tod gab. Er sah seine Chance, zu entkommen. Und ergriff sie. Darum hatte er mich nach all den Jahren angerufen. Er wollte beichten. Doch ich ließ ihn nicht. So hat er seine Geschichte eben Speckeisen erzählt und ihm aufgetragen, sie mir als Romanidee zu verkaufen.

»Was für ein Feigling«, rief ich aus.

»Du hast recht. Das war er. Andererseits. Hättest du dich an seiner Stelle anders verhalten?«

Ich schwieg. Ich kannte die Antwort. Wer brachte schon den Mut auf, sein Leben freiwillig zu opfern? Dass man es dabei gerade verlor, realisierte man erst später.

»Eine Sache verstehe ich nicht«, sagte ich. »Warum bist du mit der Geschichte zu mir gekommen? Ich meine, Hefti ist tot. Warum bist du nicht zur Polizei gegangen?«

Er lachte traurig.

»Warum? Ich weiß es nicht. Vielleicht weil das schon so lange her ist. Und dann ist mir wieder in den Sinn gekommen, was für eine Mordswut ich damals auf Bruckner gehabt habe. Auch mir hat er damals Geld ausgeliehen. Geld, das ich für mein Skigeschäft benötigte. Und als es mit der Bierfreundschaft vorbei war, hat er mich unter Druck gesetzt, genau wie Daniel Hefti. Hätte ich ihn auch umbringen können? Ich weiß es nicht. Und ich bin froh, dass ich es nicht wissen muss und mir der gute Daniel diese Arbeit abgenommen hat.«

Er streckte sich, als wäre er gerade aus einem langen Traum aufgewacht. Dann klopfte er mir auf die Schultern.

»Schau nicht so entsetzt. Der Mensch ist ein Monster. Aber das Leben geht weiter.«

Wog das Leben wirklich so wenig? War alles nur ein seichter Traum, und nichts war wirklich von Bedeutung? Und konnten wir die Vergangenheit einfach so ablegen, wie einen Mantel, den wir nicht mehr tragen wollten?

Bevor ich mir noch mehr von diesen unsinnigen Fragen stellen konnte, ging die Tür zur Intensivstation auf, und meine Mutter kam heraus. Ihr Gesicht wirkte schmal und knochig. Und da war noch etwas anderes: Sie sah aus wie Großmutter. Es war so, als wäre bereits ein Teil der Sterbenden auf sie übergegangen. Der Anblick erschreckte mich so sehr, dass ich aufsprang und zu ihr lief.

»Was ist passiert? Ist sie? Ist sie ...?«

»Sie ist bei Bewusstsein und spricht irgendwelchen Blödsinn.«

»Was für einen Blödsinn?«

Mutter seufzte.

»Sie spricht über Enten.«

»Wie bitte?«

»Schau mich nicht so an. Ich habe keine Ahnung, was das soll. Sie hat noch nie über Enten geredet.«

»Bei meiner Mutter war das genauso«, schaltete sich Gabor Speckeisen wieder ein. »In den letzten Wochen war sie ein vollkommen anderer Mensch.«

»Vielleicht kann ich helfen«, meinte Mischka, die soeben aus der Cafeteria zurückgekehrt war. »Frau Brom und ich haben uns gestern Abend eine Dokumentation über das Winterverhalten von Enten angesehen.«

»Ich dachte, ihr hättet euch die *Landfrauenküche* angesehen«, fragte Mutter verwirrt.

»Ja, aber davor die Dokumentation.«

Mutter schüttelte den Kopf.

»Sie schaut zu viel fern. Das ist nicht gut für sie.«

Kaum ausgesprochen, war klar, wie sehr sich alle Beteiligten eine Zukunft wünschten, in der man an Großmutters Fernsehkonsum schrauben konnte. Mischka nickte heftig.

»Weniger Fernsehen. Wieder mehr Brettspiele.«

Plötzlich hatte ich eine Idee. »Wartet«, schrie ich beinahe. »Ich bin gleich wieder da.«

Ich lief los. Wer mich gesehen hatte, musste sich denken: Ein verkaterter Chirurg auf dem Weg zur OP. Tatsächlich tat mir das Laufen gut. Die Geschwindigkeit. Der Aktionismus. Damit konnte ich dem Universum oder zumindest mir selber suggerieren: Hier passiert etwas. Die Nachricht, dass ich nicht der Mörder von Walter Bruckner war, hatte mich aus der Starre befreit, in der ich mich die letzten zwei Jahrzehnte befunden hatte. Ich konnte endlich tun, was immer ich wollte. Doch was wollte ich tun?

Auf dem Parkplatz öffnete ich die Tür zum Beifahrersitz. Der Pfau saß nach wie vor auf der Rückbank und starrte hoch konzentriert vor sich hin.

»Alles in Ordnung, Alter?«, fragte ich ihn. Er nickte. Mir kann nichts mehr passieren, schien er zu sagen. Ich bin ausgestopft.

»Stell dir vor«, sagte ich zu ihm. »Ich bin offenbar doch kein Mörder.« Er schien nicht wirklich überrascht. Ich nahm die Plastiktüte, die neben dem Pfau auf dem Rücksitz lag, und lief zurück.

»Wenn du so weitermachst, kannst du dich gleich neben Großmutter auf die Intensiv legen«, schimpfte Mutter, als ich kurz darauf schwer außer Atem aus der Tür zum Treppenhaus getorkelt kam.

»Alles in Ordnung, muss nur kurz Luft holen«, keuchte ich.

Eine Viertelstunde später war ich einigermaßen imstande hineinzugehen.

Im Vergleich zu einem normalen Krankenzimmer gibt es auf der Intensivstation noch weniger Privatsphäre. Die Betten sind nur durch dünne Vorhänge voneinander abgetrennt und wirken so schwankend wie der Zustand der Patienten hier, der sich jederzeit zum Schlimmsten ändern konnte. Der Mensch gehört schon nicht mehr ganz sich selber, sondern schon ein wenig dem Tod, aus dessen Klauen man ihn noch einmal zu reißen versucht. Allerdings war ich überrascht, wie ruhig hier alles vonstatten ging. Krankenpfleger huschten leise herum, zogen irgendwo an einem Vorhang, hinter dem etwas geflüstert wurde. Von Reißen keine Spur. Es war vielmehr so, als versuche man, dem Tod die Idee noch einmal auszureden.

Ich fand Großmutter schnell. Ihr Bett stand an der hinteren Wand, direkt neben dem großen Fenster, hinter dem der Himmel grau und unruhig lag. Sie hatte allerlei Schläuche an den Armen und in der Nase, was umso seltsamer aussah, da jemand sie geschminkt hatte. Ich vermutete, dass es nicht Mischka gewesen war, die das immer sehr vorsichtig und zurückhaltend machte. Es musste eine der Pflegerinnen gewesen sein, die Großmutter aus lauter Barmherzigkeit im Stile einer versoffenen Opernsängerin angemalt hatten, schrill und makaber. Der grüne Lidschatten, das feurige Rouge auf den Wangen, die zentimeterdicke Puderschicht. Es war so, als hätte die Person mit aller Kraft versucht, das Leben noch einmal hervorzubringen, unter dem sich bereits schon die deutlichen Linien des Todes abzeichneten.

»Hast du gewusst, Charly, dass die Enten im Winter ihre Federn einfetten, damit die Kälte ihnen nichts anhaben kann?«, fragte mich Großmutter zur Begrüßung.

»Ich habe gehört, du interessierst dich jetzt für Enten«, sagte ich und setzte mich neben sie. »Erzähl mal. Was machen die denn so?«

»Enten haben ein Netz in den Beinen, wo das kalte Blut aus den Füßen mit dem wärmeren aus dem Oberkörper vermischt wird. So ist ihnen niemals kalt.«

Bestimmt hatte sie viele Medikamente bekommen.«

»Großmutter. Weißt du, wo wir hier sind?«

Sie schien einen Moment nachzudenken. Dann sagte sie:

»Auch der übrige Entenkörper ist prächtig auf die Winterzeit eingestellt. So schützen wetterfeste Deckfedern die darunterliegenden Daunenfedern vor Nässe.«

Das Leben war ein stetiger Verfall von Themen, die einem zunehmend fremd geworden waren. Am Ende blieben einem nur noch die Enten. Seltsamerweise kam mir der Gedanke in diesem Augenblick tröstlich vor. Es war so, als hätte meine Großmutter selber so ein paar wetterfeste Deckfedern mit darunterliegenden Daunen, die sie vor Regen und Kälte beschützten. Und in gewisser Weise stimmte das auch. Großmutter verstand tatsächlich nicht, in welcher Situation sie sich gerade befand. Doch waren es keine Daunenfedern, die sie vor der grausamen Wahrheit beschützten, sondern eine Wagenladung Medikamente.

»Ich habe dir etwas mitgebracht.«

Ich öffnete die Plastiktüte, die ich aus dem Auto geholt hatte und zog das *Eile mit Weile* heraus.

»Schau mal, das wolltest du doch so gerne spielen.«

»Die Enten machen darum auch keinen Winterschlaf.«

Ich ignorierte sie und stellte das Spielbrett auf.

»Welche Farbe bist du? Ich nehme die Roten. Ist nicht grün deine Lieblingsfarbe?«

Sie reagierte nicht. Sie hatte keine Lieblingsfarbe mehr oder irgendetwas anderes, das sie mochte oder wollte. Sie war jetzt überhaupt nichts mehr, nur noch eine Expertin für Enten.

Ich nahm den Würfel und fing an zu spielen. Ich spielte für uns beide. Erst machte ich einen Zug für mich, dann einen für Großmutter. Es ging schleppend voran. Ich hatte den Eindruck, dass sie den Kopf ganz leicht drehte und zum Spielbrett auf dem Beistelltisch herüberschaute. Aber sicher war ich nicht. Nach einer Weile begann sie wieder von den Enten zu sprechen. Thematisch war die Sache erschöpft. Allzu viel konnte so eine Fernseh-Dokumentation auch gar nicht hergegeben haben. Also wiederholte sie einfach das, was sie schon erzählt hatte.

Ich spielte weiter. Dazwischen dachte ich immer wieder: *Ich habe Walter Bruckner nicht umgebracht. Ich bin also doch kein Mörder. Aber wer bin ich dann?* Für den Moment war ich einfach ein freundlicher junger Mann, der mit seiner Großmutter *Eile mit Weile* spielte.

Im Moment lag ich in Führung. Ich wollte, dass Großmutter gewann. Sie hasste es zu verlieren, was der Grund gewesen war, warum sie nur sehr selten mit uns gespielt hatte. Gewann sie, verzog sie das Gesicht zu einem süffisanten Grinsen: »Ich spiele *Monopoly* schon seit vierzig Jahren.« Sah sie sich jedoch auf die Verliererstraße einbiegen, begann sie zu gähnen, täuschte eine plötzliche Schwäche oder gar Krankheit vor und zog sich, noch bevor das Spiel zu Ende war, zurück.

Jetzt konnte sie sich nirgendwohin mehr zurückziehen. Sie lag bereits im Bett. Und es war das letzte Bett des Lebens. Darum wollte ich sie gewinnen lassen. Doch das Würfelglück war nicht auf ihrer Seite. Außerdem war sie unterdessen eingeschlafen. Oder war sie gestorben? Ich schaute mich hysterisch nach dem Pflegepersonal um. Nein. Sie atmete noch. Alles gut. Für den Moment.

»Ich komme morgen wieder, Großmutter«, sagte ich. »Und dann spielen wir weiter.«

»Und? Hat sie wieder von den Enten angefangen?«, wollte Mutter sofort wissen, als ich herauskam. Im Hintergrund war Gabor auf einem der hässlichen Stühle eingeschlafen.

»Alles gut. Wir haben *Eile mit Weile* gespielt.«

»Ihr habt was?«

»Entschuldige mich einen Moment«, sagte ich. Mein Telefon klingelte.

Ich lief schnell den Flur entlang, bis ich sicher war, ganz alleine zu sein. Dann nahm ich den Anruf an.

»Hallo, Liebste?«

Dann fing ich an zu weinen.

Hoch soll sie leben

Wir beerdigten Großmutter zusammen mit der Kaffeesahnedeckelsammlung. Auch wenn sie sich am Ende von ihr entfremdet hatte, hatte sie doch eine wichtige Rolle in ihrem Leben gespielt, zumindest wichtiger als so manches andere. Außerdem konnten wir uns so auf elegante Weise von den miefigen Lederbänden befreien. Sie waren jetzt an einem besseren Ort. Genau wie Großmutter. Und sollten sie wider Erwarten doch an Wert zulegen, wussten wir ja, wo wir sie finden konnten.

Großmutter war schneller gestorben, als wir erwartet hatten, jedenfalls, wenn man daran dachte, wie viel Zeit sie sich davor gelassen hatte. Neunundachtzig Jahre.

Ich hatte sie noch einmal besucht – wieder mit *Eile mit Weile*. Sie lag im Koma. Trotzdem stellte ich die Figuren auf. Rot für mich. Grün für sie. Ich spielte Zug um Zug, ohne auf die Regeln zu achten. Die Figuren hüpften einfach sinnlos über das Spielbrett, genau wie die Menschen. Ab und zu fragte ich sie: »Wie war das noch einmal mit den Deckfedern, Großmutter?« Sie antwortete nicht. Sogar die Enten waren jetzt ausgeflogen.

Nachdem Großmutter gestorben war, stellten wir fest, dass wir keine Ahnung hatten, wie wir sie eigentlich beerdigen sollten. Der Tod war ihr Lebensthema gewesen, doch über alles, was danach kam, hatte sie kein Wort verloren. Wollte sie begraben oder verbrannt werden?

»Ich will auf gar keinen Fall begraben werden. All die Würmer, die um meinen Leib schleichen«, meinte Mutter.

»Das hilft uns nicht weiter. Es ist Großmutter, die im Moment beerdigt werden soll.«

»Ich gebe ja nur Empfehlungen ab.«

Mischka hatte eine Idee.

»Ich habe neulich mit Frau Brom eine Dokumentation über Feuerbestattungen geschaut, und sie war sehr angetan.«

»Sie haben mit ihr zu viel vor der Glotze gesessen. Das hat sie ins Grab gebracht«, schimpfte Mutter, worauf Mischka weinend aus dem Zimmer lief.

Doch diese Information genügte, um das Thema abzuhaken. Das Fernsehen hatte gesprochen. Großmutter wurde verbrannt.

Als Nächstes stellte sich die Frage nach einem Testament. Gab es eines? Großmutter war kein schriftlicher Mensch gewesen. Genau wie meiner Mutter fehlte ihr die Geduld. Ich erinnerte mich an die Geburtstagskarten, die sie mir früher geschrieben hatte. Sie begannen immer sehr schwungvoll. »Mein lieber Charly. Nun bist du also neun Jahre alt geworden.« Danach packte sie das Grauen vor dem Roman, den sie selber angefangen hatte, und sie beschloss, die Sache so schnell wie möglich zu beenden: »Alles Gute zum Geburtstag. Deine Großmutter.«

Wir machten uns auf die Suche. Wenn ein Mensch stirbt, hinterlässt er vor allem sehr viele Kleider. Zumindest in Großmutters Fall war das so. Sie füllten mehrere Schränke, und die meisten Sachen hatte sie seit Jahrzehnten nicht mehr getragen. In einem Schrank hingen lauter Nachthemden. Die meisten Kleider rochen muffig, und viele waren voller Mottenlöcher. Trotzdem hatte Großmutter kein einziges weggeworfen oder in die Altkleidersammlung gebracht. So waren sie mit der Zeit zu Souvenirs geworden, die sie für uns zurückließ.

»Wo wollte sie nur hin?«, murmelte Mutter, als sie fassungslos all die Schachteln voller Schuhe fand. »Ich meine, ist es nicht seltsam, dass ausgerechnet ein Mensch, der sein halbes Leben zu Hause verbracht hat, mehr Schuhe besitzt als der Kaiser von China?«

»Besitz der Kaiser von China denn viele Schuhe?«, wollte ich wissen.

»Du weißt, was ich meine.«

Es war Mischka, die den Zettel fand.

Seit Großmutters Tod war sie nicht mehr nach Hause gegangen. Sie hatte sich in ihrem Zimmer einquartiert, wo sie auch die Nächte verbrachte. Nach ein paar Tagen bemerkten wir, dass sie angefangen hatte, Großmutters Sachen zu tragen.

»Sie hat Großmutters Minirock an«, raunte mir Mutter zu.

»Und? Er steht ihr gut«, raunte ich zurück.

Tatsächlich stellte sich heraus, dass ihr Großmutters Kleider wie angegossen passten. Nicht nur das. Sie sah darin frischer aus als in dem braunen Trenchcoat und den anderen gräulichen Sachen, die sie sonst so trug.

Während sie die Sachen durchschaute, entdeckte Mischka einen zusammengefalteten Zettel in Großmutters altem Pelzmantel. Er war eines der raren Geschenke ihres Mannes gewesen, mit dem er sie für all die Gelegenheiten zu entschädigen suchte, bei denen sie leer ausgegangen war. Aus Prostest hat Großmutter den Mantel nur ein einziges Mal getragen, nämlich an Großvaters Beerdigung. Es war Juni, und selbst in der Kirche herrschte eine drückende Hitze, doch alle sprachen davon, wie aristokratisch sie in dem edlen Pelz aussah. Mittlerweile war auch er den Motten zum Opfer gefallen, doch das schien Mischka nicht weiter zu stören.

»Hier steht etwas von Letzter Wille«, rief sie.

»Geben Sie schon her«, befahl Mutter herrisch und begann vorzulesen.

»Letzter Wille. Von Adèle Brom. In der Kirche keine Musik. Kein Gesinge. Keine Reden. Vor allem keine Reden. Stille. Das Publikum soll schweigend an mich denken. Keine Gebete. Auch kein Vaterunser. Eine simple Predigt genügt. Es soll gesagt werden, dass die Verstorbene ein hartes Leben hatte, sich jedoch niemals beschwert hatte. Sie war eine Kämpferin, denn kämpfen bedeutet hinnehmen. Auf dem Grabstein bitte den vollen Namen. Adèle. Nicht Ada. Das ist alles.«

Mutter hatte Tränen in den Augen. Sie merkte es und wurde ärgerlich.

»Was soll das heißen, sie hat sich nie beschwert?«

»Letzter Wille bedeutet nicht unbedingt letzte Wahrheit«, meinte ich.

»Doch. Genau das bedeutet es. Die Leute in der Kirche werden diesen Blödsinn hören und denken, was für eine arme Frau.«

»Du kannst an deiner eigenen Beerdigung ja eine Gegendarstellung präsentieren.«

»So weit kommt es noch.«

Die Nächste, die nicht sterben will, dachte ich.

»Und wie stellt sie sich das vor, eine Beerdigung ohne Musik?«, wollte Mutter wissen.

»Warten Sie, da steht noch etwas auf der Rückseite«, bemerkte Mischka.

Mutter drehte den Zettel um:

»Musikwunsch.«

Plötzlich fing sie an zu lachen.

»Was ist los? Warum lachst du?«

»Weißt du, was wir singen sollen?«

»Was?«

»*Hoch soll sie leben.*«

Am Tag der Beerdigung regnete es. In der Kirche roch es nach feuchten Regenmänteln, und im Eingang standen lauter aufgespannte Regenschirme zum Trocknen herum. Bevor er mit der Predigt begann, schnäuzte sich der Pfarrer lange. Alle schauten ihm hochinteressiert dabei zu, so als gehörte das bereits zum Gottesdienst.

Wir hatten lange nach einem geeigneten Bild von Großmutter gesucht, das wir am Eingang hätten aufstellen können, doch hatten wir keines gefunden, auf dem sie nicht einen komplett entsetzten Eindruck gemacht hätte. Also stellten wir einfach eines ihrer Katzenbilder auf. Während des Gottesdienstes ließen wir die Alben mit den Kaffeesahnedeckeln durch die Bänke zirkulieren. Es waren insgesamt zehn ledergebundene Bände, und die Trauergäste, die etwas anderes erwartet hatten, reagierten beim Anblick des Inhalts geradezu erschrocken. Dann aber blätterten sie pflichtschuldig durch die Seiten. Schließlich handelte es sich um das Vermächtnis der Verstorbenen. Und so war Großmutters Plan wirklich aufgegangen, und nachdem all die Jahre niemand das erste und einzige Kaffeesahnedeckelmuseum der Schweiz hatte besuchen wollen, saßen sie nun alle regungslos da und huldigten dem Werk ihres Mannes.

»Sie hatte es nicht leicht, doch hat sie sich nicht beklagt«, las der Pfarrer den vorbereiteten Text vor. »Sie war eine Kämpferin.«

»Amen«, flüsterte Mutter.

Wir saßen zusammen mit Mischka in der ersten Reihe, die für die nächsten Angehörigen reserviert war. Mein Bruder war am frühen Morgen aus Berlin angekommen. Er wirkte übernächtigt und unzufrieden.

»Was habt ihr nur mit Großmutter gemacht?«, fragte er, ganz Manager, der seine Angestellten zusammenstauchte.

»Nichts haben wir gemacht«, sagte ich. »Sie ist einfach gestorben.«

»Was ist passiert? Ist sie gestürzt?«

»Sie hat *Landfrauenküche* geschaut.«

»Dieses Land ist eine Provinz.«

Er lachte verächtlich.

»Wie stirbt man denn in Berlin?«, wollte ich wissen.

»Gar nicht. Bevor sie sterben, ziehen die Leute aufs Land und verwachsen mit der Natur.«

Und damit waren wir bereits komplett. Wir waren selber überrascht, als wir es bemerkten. Was war mit dem Rest der Familie passiert? Viele waren verstorben. Das konnte man verstehen. Oder sie wohnten weit weg wie jene Cousine meiner Mutter, die vor einigen Jahren zum Glauben gefunden hatte und nun als Nonne in einem französischen Kloster lebte. Sie hatte uns eine Postkarte geschrieben: »Gott wird ihr vergeben.«

»Was wird er vergeben? Gott hat ihr gar nichts zu vergeben. Im Gegenteil. Wir haben Gott zu vergeben«, ereiferte sich Mutter.

Familienzusammenkünfte regten sie immer auf. Selbst wenn die Familie gar nicht anwesend war. Onkel Karl kam zu spät und setzte sich in die letzte Reihe. Nach dem Gottesdienst machte er wilde Zeichen in meine Richtung. Für mich sah es aus wie »ich geh nur mal schnell etwas aus dem Auto holen«. Habe den Mann seither nicht mehr gesehen.

Nina hatte mich gefragt, ob sie und Emil kommen sollten. Doch wir hatten entschieden, dass es besser war, wenn wir uns zu Hause trafen und dann in Ruhe über alles redeten. Ich wagte es nicht, sie zu fragen, wie die SMS gemeint gewesen war. *Wir sehen uns zu Hause*, hatte sie gesagt. Das klang nach einer Tür, durch die man gehen und einem Bett, in dem man schlafen konnte, auch wenn es vielleicht nur ein Sofa war. Immerhin hatte sich mein Blatt etwas verbessert, nun, da ich kein Mörder mehr war. Zwar hatte ich sie all die Jahre angelogen, doch hatte ich jetzt eine viel bessere Ausrede: Ich war selber angelogen worden. Von wem? Nun. Er ist tot. Er auch? Das ist das Problem. Unser Schicksal wird in der Regel schon in der Vergangenheit besiegelt. Oder wie Mutter es ausgedrückt hatte: »Die Gegenwart war eine Suppe, die uns ein anderer eingebrockt hatte.«

Und trotzdem muss man Verantwortung übernehmen, und sei es bloß, um den Menschen in der Nähe zu signalisieren: Ich lebe noch.

So hatte ich mir vorgenommen, um Ninas Liebe zu kämpfen. Schließlich hatte das in unserer Familie Tradition, wie der Pfarrer während des Gottesdienstes sagte. Wir gaben niemals auf, egal was für Steine das Schicksal uns in den Weg legte. Zwar wirkte unser Widerstand bisweilen etwas unscheinbar, ja fast schläfrig. Wer uns nicht kannte, konnte glauben, wir hätten längst aufgegeben, doch es war gerade unsere unermessliche Fügsamkeit und Faulheit, aus der wir Kraft für die nächste, die finale Schlacht zogen.

Nach dem Gottesdienst versammelten wir uns auf dem Friedhof vor Großmutters Grab. Neben ihr lag Rolff Binggeli, der Sänger der legendären Dixieland Globetrotters. Das hätte ihr bestimmt nicht gepasst. Die Leute aber sagten »ein guter Nachbar« und »sie hätte es schlechter treffen können«. Es folgten die Lederbände.

Damit wäre das erste Kaffeesahnedeckelmuseum der Schweiz geschlossen, dachte ich, während ich genau wie die anderen eine Handvoll Erde in die offene Grabstelle warf.

»Lasst uns jetzt *Hoch soll sie leben* anstimmen«, sagte der Pfarrer.

Die Stimmen der Trauergäste klangen schrill. Während sie sangen, sah ich zum Himmel hoch, ob Großmutter dort oben irgendwo fliegen würde. Doch da waren nur ein paar Gewitterwolken.

Das Leichenmahl fand im Widder statt. Es gab Curry-Wurst. Mein Bruder hatte das organisiert.

»Wie schmeckt es euch?«, fragte er die Trauergäste und drückte ihnen seine Karte in die Hand. »Kommt mal vorbei, wenn ihr in Berlin seid. Wir haben 24/7 geöffnet.«

Schon wieder eine Wurst. Ich beschloss in diesem Moment, endlich Vegetarier zu werden. Seine Vergangenheit wird man wohl so wenig los wie seinen Charakter. Das Einzige, was man als Mensch im Grunde verändern kann, ist der Speiseplan.

Plötzlich stand eine kleine Frau mit dünnem Haar und leidvoller Miene vor mir.

»Bist du Charly?«

Ich nickte.

»Er war dein größter Fan.«

»Wer?«

»Daniel. Er hat alle deine Bücher gelesen. Immer wieder«

»Sie sind die Frau von Daniel Hefti?«

Sie schlug die Augen nieder, als wäre das eine Bürde, die sie wohl zu tragen hatte. Ich dachte an die Steinerschule.

»Sobald ein neuer Roman von dir erschienen ist, ist er sofort in den Laden gerannt. Zu Hause hat er sich in seinem Zimmer eingeschlossen und gelesen.

»Schön, wenn man solche Leser hat.«

»Bei uns stehen noch ganze Kisten mit Büchern von ihm herum. Alles Krimis. Vielleicht möchtest du ja vorbeikommen und dir nehmen, was dir gefällt. Daniel würde sich bestimmt freuen.«

»Aber mit dem größten Vergnügen.«

Zum Glück reiste ich am nächsten Morgen ab. Ich hatte mir noch keinen Zug rausgesucht, doch war mir jetzt klar, dass es gar nicht früh genug sein konnte. Ich drehte mich zu meiner Mutter um, die in der Mitte des Saals stand und die Trauerwünsche der Gäste mit eisernem Lächeln in Empfang nahm. Wo war sie wohl in Gedanken?

Gabor Speckeisen stand wie eine Art pensionierter Bodyguard neben ihr und brachte ihr gelegentlich ein Glas Weißwein, das er jeweils selber trank. In den letzten Tagen war er einige Male vor unsere Tür gestanden, doch Mutter hatte ihn immer weggeschickt.

»Es ist zu Ende«, sagte sie mir. »Ich brauche keinen Mann in meinem Leben. Sie lenken mich nur vom Thema ab.«

Gabor grinste schief und wirkte wie jemand, der sich in der Tür geirrt hatte und sich nun so unauffällig wie möglich aus dem Staub machen wollte.

»Mit den Würsten bin ich fertig«, hatte er mir zuvor erzählt. »Ich mache jetzt Schafswolle. Ein Bekannter von mir hat zwei Tonnen, die er mir billig überlassen kann.

Stell dir nur vor, was man mit dieser Schafswolle so alles machen kann.«

Noch eine Erinnerung überkam mich, während ich schon leicht gelangweilt durch das alte Restaurant Widder streifte. Auf einmal sah ich mich wieder mit Bloch an einem der Tische sitzen, während ich mir vorstellte, dass gleich meine geheime Liebschaft zur Tür hereinkäme.

Wenn es eine Wahrheit gibt, an die ich felsenfest glaube, dann lautet sie: Es geschieht immer das Gegenteil von dem, was du dir gewünscht hast. Nicht nur das: Je mehr du dir eine Sache wünschst, desto sicherer kannst du sein, dass sie niemals in Erfüllung geht. Warum? Weil das Schicksal dich nicht mag? Aber es gibt doch gar kein Schicksal. Und was soll man dagegen tun? Sich das Wünschen abgewöhnen? Oder soll man vielleicht versuchen, immer das Gegenteil von dem zu wollen, was man sich eigentlich wünscht, um so ans Ziel seiner Träume zu gelangen? *Klingt nach einer typischen Strategie der Familie Brom*, dachte ich, schaute zu meiner Mutter rüber, die stoisch ein Glas Weißwein nach dem anderen ablehnte, und musste lächeln.

Als es bereits dunkel war, verließ ich noch einmal das Haus und lief durch die milde Abendluft die steinerne Treppe zwischen den Rebstöcken zur Oberbergstraße hinauf. In den vergangenen Wochen hatte ich es vermieden, hier hochzugehen. Nun lief ich auf den großen Betonklotz zu, der dort seit Jahren in vollkommener Umnachtung lag. Es war, als läge ein Fluch auf dem Haus, der verhinderte, dass jemand das ehemalige Anwesen von Walter Bruckner kaufen wollte. Im Garten stand das Gras so hoch, dass man ihn kaum betreten konnte. Trotzdem erkannte ich den Busch, hinter dem ich mich damals vor Elsa versteckt hatte. Für einen absurden Moment glaubte ich, meine eigenen Abdrücke im Gras zu sehen, als ich mich dorthin stellte, wo ich damals immer gestanden hatte. Meine Erleichterung war gewaltig, als ich mit klopfendem Herzen durchs Fenster hineinschaute.

Denn da war nichts.

Am nächsten Morgen saß ich um Fünf in der früh in meinem Zimmer. Draußen wurde es schon hell. Gleich würde ich mich von meiner Mutter verabschieden und mit einem der ersten Busse zurück in die Stadt fahren. Dort stiege ich auf den Zug um. In wenigen Stunden wäre ich zu Hause.

»Wir haben deinen Stuhl zusammengebaut«, hatte mir Nina am Telefon erzählt, als ich sie am Vorabend angerufen hatte. »Er wartet auf dich.«

Es war ein gutes Gefühl, wenn ein Stuhl auf einen wartete.

»Und ihr?«, fragte ich, »wartet ihr auch auf mich?«

»Wir warten auch ein bisschen auf dich«, sagte sie.

Ich nahm meine Reisetasche. Hatte ich wirklich nur so wenig Gepäck mitgenommen? Zwei Bücher nahm ich mit. *Endlich leichter kochen*, denn vielleicht würde ich dem Zwiebelrostbraten noch eine zweite Chance geben. Und das Buch von Jack London, das mir Elsa geschenkt hatte, mit der Widmung auf der ersten Seite, die ich in der Nacht nach dem Mord herausgerissen hatte. Außerdem hatte ich

Großmutters Ölbild eingepackt. Ich war mir nicht sicher, ob ich es Nina wirklich schenken wollte, jedenfalls nicht bevor sich die Wogen wieder geglättet hatten. Aber vielleicht würde das Gemälde ja als eine Art Zauber wirken, der künftige Gespenster aus der Vergangenheit von mir fernhielt. Als ich es in Papier schlug, erinnerte ich mich daran, wie sehr ich gezappelt hatte, während Großmutter mich malte. Und jetzt lief ich wieder davon.

Meine Mutter saß mit ihrem iPad am Küchentisch. Eine Tasse Brennnesseltee stand bereits ausgekühlt vor ihr.

»Ich mache mich auf den Weg.«

»So sieht es aus«, sagte sie, ohne aufzublicken. »Möchtest du vorher noch einen Kaffee trinken?«

»Die Maschine ist kaputt«, erinnerte ich sie.

»Eben nicht«, rief sie triumphierend. »Ich habe sie repariert.«

»Du hast die Kaffeemaschine repariert?«

»Jemand musste es ja tun. Und nachdem du in den vergangenen Wochen so viel um die Ohren hattest.«

»Es tut mir leid.«

Meine Bilanz war tatsächlich kläglich. Ich hatte nichts repariert, kein Problem für sie gelöst, und nicht mal einen gemeinsamen Abend vor der Glotze verbracht. Dafür war in meiner Anwesenheit Großmutter gestorben, und Mutter hatte sich von Gabor Speckeisen getrennt. Auf der positiven Seite war allein der Zwiebelrostbraten zu verzeichnen. Mit anderen Worten: Ich wäre besser zu Hause geblieben.

»Jetzt mach dir schon deinen Kaffee. Ich habe die Maschine nur für dich repariert.«

Ich drückte auf den Knopf. Ein gesundes Röhren erfüllte den Raum. Mutter lächelte selig, als wolle sie sagen: dafür sind Mütter da.

»Woher kommt eigentlich der da?« Ich zeigte auf den Bonsai auf der Fensterbank. Er musste dort schon eine Weile stehen, doch hatte ich ihn irgendwie nie so richtig bemerkt.

»Den hat Daniel Hefti mitgebracht.«

»Daniel Hefti?«

»Ursprünglich war er ein Geschenk vom Garten-Hans, aber Daniel wollte ihn nicht haben. Darum hatte er ihn mir mitgebracht, weil Großvater sie früher doch gesammelt hat.«

»Warum hat er den Bonsai denn nicht gewollt?«

»Woher soll ich das wissen? Sie hatten offenbar Streit. Irgendeine alte Sache aus der Vergangenheit.«

Da durchfuhr es mich: Und wenn Großmutter doch recht gehabt hatte, und der Mörder von Walter Bruckner war gar nicht Daniel Hefti, sondern der Garten-Hans?

Mich überkam ein ungutes Gefühl. *Mein Gott*, dachte ich. *Es geht immer weiter. Es geht immer weiter.*

Ich leerte meinen Kaffee in einem Zug.

»Ich gehe!«

Vor der Haustür umarmten wir uns. Die Umarmung dauerte ein paar Sekunden länger als beim letzten Mal.

»Ich hoffe, du kommst bald wieder vorbei«, sagte sie.

»Natürlich komme ich wieder. Ich komme immer wieder«, rief ich etwas zu euphorisch, während ich bei mir dachte: *frühestens in einem Jahr.*

Sorgen musste ich mir keine machen. Mischka war ja in Großmutters Zimmer gezogen und lebte jetzt offiziell bei Mutter unter der Bedingung, dass sie sich um den Haushalt kümmerte und Mutter nicht bei ihren Selbstgesprächen störte.

Es ist seltsam, aber es kam mir so vor, als suchte Mutter angestrengt nach einem Grund, um mich zum Bleiben zu bewegen. Doch ihr wollte nichts einfallen, also sagte sie einfach:

»Gute Reise.«

Es war nur ein paar Wochen her, seit ich in Neubad angekommen war. Und nun ging ich schon wieder. Das ist das Problem von mir, meiner Familie und vermutlich den meisten Menschen: Gehen ist schmerzhaft, aber bleiben kommt auch nicht infrage. Meine Reisetasche fühlte sich leicht an, als ich langsam davonging. Nach ein paar Schritten drehte ich mich noch einmal um und sah meine Mutter, die in der Haustür stand und mir nachwinkte. Wie klein sie geworden ist, dachte ich.

Keine zehn Minuten später saß ich im Bus. So schnell verschwindet man also. Die letzten Häuser von Neubad zogen bereits an mir vorbei. Ich dachte an meine Großmutter in ihrem kalten Grab. Und an meinen Vater in seinem kalten Grab. Und ich dachte an Nina und Emil, die zu Hause auf mich warteten. *Leben und Sterben*, dachte ich, während der Ort meiner Kindheit und Jugend wie ein Traum hinter mir verblasste. *Das passiert selbst den Besten von uns.*